黒兎伯爵の溺愛求婚

獣人伯爵様は、自称紳士な武闘派兎さんでした

百　門　一　新

I S S H I N　M O M O K A D O

一迅社文庫アイリス

CONTENTS

エミリア・ヴァレンティ

ヴァレンティ子爵家の長女。弟の学費の助けにとはじめた副業の刺繍店を、親友たちと経営している。
恋愛には奥手で、結婚にも興味がないまま十八歳になった。

アルフレッド・コーネイン

コーネイン伯爵家当主。草食系のトップに立つ黒兎の獣人で、王族の護衛騎士。三十歳。容姿端麗で文武に優れ冷静沈着。夜会で出会ったエミリアにお見合いを申し込んだ。

黒兎伯爵の溺愛求婚

獣人伯爵様は自称紳士な、武闘派兎さんでした

characters profile

ダニエル	人族。三十九歳の音楽家。楽団でピアノを演奏し、作曲も手がける。エミリアの親友。
ジョシュア	リス科の獣人族の少年。十五歳の画家。ドレスを着ている。エミリアの親友。
セリム・ヴァレンティ	ヴァレンティ子爵家の長男で、エミリアの弟。
バートラー	コーネイン伯爵家に仕える中年の執事。
アーサー・ベアウルフ	ベアウルフ侯爵家の当主で軍部総帥。狼の最強獣人。
クライシス・バウンゼン	バウンゼン伯爵家当主。ベアウルフ侯爵とは幼馴染で親友。
レオルド・ベアウルフ	ベアウルフ侯爵家の嫡男。王都警備部隊の隊長。
カティルーナ・バウンゼン	バウンゼン伯爵の姪。王都の治安部隊に所属している。

…用語…

獣人	戦乱時代には最大戦力として貢献した種族。人族と共存して暮らしている。祖先は獣神と言われ、人族と結婚しても獣人族の子供が生まれるくらい血が濃く強い。家系によってルーツは様々。
仮婚約者	人族でいうところの婚約者候補のこと。獣人に《婚約痣》をつけられることによって成立。獣人は同性でも結婚可能で、一途に相手を愛する。
求婚痣	獣人が求婚者につける求婚の印。種族や一族によってその印は異なる。求婚痣は二年から三年未満で消える。

イラストレーション◆春が野かおる

黒兎白爵の溺愛求婚

獣人白爵様は、自称紳[illegible]な武闘派兎さんで[illegible]た

KUROUSAGIHAKUSYAKU NO DEKIAIKYUUKON

序章　春の夜会で

王宮の夜会は煌(きら)びやかだ。それが、王宮のものであればなおの事、賑わいと輝しさに溢(あふ)れる。社交の場としても親しまれ、未婚者だと素敵な出会いを期待して積極的に参加したりする。そこには着飾った男女が演奏に合わせて踊る姿や、お喋(しゃべ)りを楽しんだり、ライトアップされた花園を観賞してロマンチックな気分を満喫する男女もあった。

とはいえ、十八歳の子爵令嬢、エミリア・ヴァレンティは違っていた。

恋に対する憧(あこが)れに興味を覚えた事はなく、王宮の夜会も滅多には参加しなかった。今夜は、『商品について話を聞きたい』とする数人を顧客に紹介されたので、デザインを入れたサンプル用のハンカチを持って、仕事の営業としてやってきたのだ。

他(ほか)の女の子達のように、綺麗(きれい)に着飾ったのだから夜会を楽しもう、という考えは皆無だった。もしかしたら新規の注文が入るかもしれない、と乙女(おとめ)心からは程遠い気持ちでもって、うきうきとした気持ちで受け付けを通って会場入りし、料理も酒もダンスの輪も素通りした。

頭の中は、仕事の事で期待いっぱいだった。だから今回の夜会で披露され、大注目を浴びている五段重ねの超特大サイズのケーキにも気付かなかった。

エミリアは、令嬢にしてはかなり珍しい、首を隠す程度しかない短い髪をしていた。柔らかなハニーブラウンの髪先だけ少し癖があって、華奢な肩先でふわふわと遊ばせている。髪を結い上げていない十八歳以上の女性は、彼女くらいなものだったから社交界では目を引いた。

料理もダンスも素通りして、数人と楽しく話してすぐ「じゃ、帰るわね！」と元気良く帰宅する姿も、他の令嬢とは少し違っていて印象的だった。それを見かけた料理長とコック達による、とある一方的な挑戦が始まってからというもの、王宮の使用人の中では、こっそり注目の令嬢にもなっている。

今夜もエミリアの入場を見届け、その動向を少しばかり見守っていた会場の受け付け担当の男性使用人が、「また料理長達の、渾身のメニューを素通りかぁ……」と静かに泣いた。

恋に興味がないのであれば、絶対に好奇心は食に向くはずだ！　と、信じて疑わない王宮の料理長とコック達が、実は彼女を勝手に強敵認定して、料理の腕とアイディアを磨いて挑戦し続けていた。ちなみに、ずっと連敗が続いていて、気を引けた試しもなかった。

結局用事を終えても、エミリアの目が料理やデザートに向く事はなかった。彼女は、サンプル用のハンカチを全て配れた事に大満足して、「よしっ、帰るか」と笑顔で出口に向かった。

その時、どこからか、夜会では珍しい大声が聞こえてきた。

「いやぁぁあああああ！　アーサーやっぱり駄目だよ見ていられないッ、僕のルーナが狼に喰われる未来図しか浮かばないよぉぉおおおおお！」

「煩いぞクライシス！　社交デビューを見届けると張り切っていただろうッ。というか、人の息子を狼呼ばわりするんじゃないッ」

何かあったのだろうか、と小さな疑問を覚えたエミリアは、後ろをついてくる足音に気付いて考えていた事を忘れた。まるで後を追うかのように、床をコツコツと踏む音が全く同じルートを辿(たど)っていた。

自分にダンスのお誘いがあるはずがないので、もしかしたら酔った勢いで声を掛けようとしている男性なのだろうか、とチラリと推測した。社交デビューを迎えてから、知人や友人から面倒であるのなら関わらない方がいい、と口酸っぱくアドバイスされていた。

可能性はないと思うけれど、『近道』をすれば簡単に振り切れるわね。

たった一人で来ている夜会であるので、家族や友人を心配させない方向で安全ルートを取ろうと決めて、正体不明の足音から逃げる事にした。当初予定していた会場の正面入り口ではなく、人混みに紛れるようにして、会場側面に複数並んでいる開放された扉へ早足で向かい、廊下へと出た。

休憩室に向かうための通路となっているそこは、今夜も月明かりしか差していなくて薄暗かった。たまに寄り添った男女が歩いていく姿があるばかりで、いつも不思議と衛兵の見張りもない場所だったから、エミリアは勝手に『近道』として使わせてもらっていた。

この廊下は二階に位置していて、真下はライトアップされていないちょっとした庭園になっているのだ。その向こうが馬車の停車場となっているので、飛び降りれば最短距離だった。普段から登っている木に比べれば高くはなく、下の芝生も柔らかいので問題はない。

会場内の人混みで撒けるかもと期待していたのに、例の足音も廊下に出てきた。先程よりも少し歩調が速くなっていて、意外としっかりついてこられていると感じたエミリアは、対抗するように、ドレスのスカートを少し持ち上げて小走りに進んだ。

飛び降りれば一発で振り払えるのだから、焦りは覚えていなかった。この薄暗さであれば、互いに顔なんて見えないだろうからと、少し足音を引き離したところで、躊躇する事無くスカートを持ち上げて廊下の塀に飛び乗った。そして――

「よっ」

淑女らしくない軽快な掛け声を上げて、宙に向かって勢い良くジャンプした。

その瞬間、後方でコツコツとリズムを刻んでいた足音が、唐突に駆け足に変わったかと思ったら、一瞬後には真後ろに迫っていた。本当に人間かと思ってしまうくらいの驚異的な速さで、あっという間に距離を縮められて驚く暇もなかった。

宙に飛び出した直後だったエミリアは、自分の髪先とドレスが、ふわりと舞う浮遊感の中で「え」とそちらに目を向けた。見開いた眼前に飛び込んできたのは、廊下からこちらに伸ばされた男性の大きな両手で、抱き留められたかと思った直後、強い力で廊下に引き戻されて、逞しい腕に抱き上げられていた。

自分よりも高い体温に包まれて、上品で優しい甘い香りが鼻先を掠めた時には、目の前いっぱいに、近い距離から覗き込んでくる見知らぬ男性の端正な顔があった。頼りない月明かりにぼんやりと浮かぶ夜空のような美しい深い藍色の瞳が、じっとこちらを見下ろしてくる。

　エミリアは、びっくりして大きな目を見開いた。暗がりで見えにくいけれど、髪の色は青白い月の光でもハッキリとする黒で、顔立ちはひどく端正であると分かるくらいに美麗だった。唐突な出来事にもかかわらず、相手の男は落ち着いた表情をしている。

　濃い藍色の目をこちらに向けたまま、彼は一向に何も言う様子がなかった。無言の時間が続いて、エミリアは抱き上げられている状態に落ち着かなくなった。

「……えぇと、びっくりさせたのなら、ごめんなさい。近道しようと思っただけなんです」

「ここは結構な高さがある。人族の身で飛び出そうとした子は、君が初めてだ」

　小さく開かれた形のいい口から、チラリと獣歯が覗いて、彼が獣人族であるらしいと分かった。よくよく見てみると、知的な印象を与える綺麗な深い藍色の瞳は、どこか野生的な強さを感じさせる獣目だった。

　てっきり夜会の参加者だろうと思っていたのに、こちらを抱き上げている彼が、装飾品の多い王宮騎士の軍服に身を包んでいると気付いて驚いた。軍人というよりも、落ち着きを持った大人の貴族紳士という印象が強くて、思わずまじまじと見てしまう。

　すると、男がやけにじっと見つめ返してきて、なんだか獲物をロックオンするような獣目のようだと感じて、小さな緊張を覚えた。恐らく薄暗い今の状況下のせいで、そう見えてしまう

のだろう。何せ、こんなにも美しい切れ長の瞳を、間近から見たのは初めてだ。

「あの、ちゃんと正規のルートから出ますから、下ろしてくださ――」

「君が平気であるというのなら、止めない」

そう言われて、エミリアはまたしても驚いてしまった。大抵の人は、女の子なんだからやめなさいと注意してくるから、この大人の男性は違うらしい様子が新鮮に映った。相手は騎士であるし、だから先程なんの用があって自分を追っていたのか、という疑問を忘れた。

男は紳士らしい手付きでこちらを廊下に下ろすと、「とはいえ」と言葉を続けて、改めて正面から見下ろしてきた。向かい合うと、彼の背が随分高い事にも気付けた。

「危ない事に変わりはない。だから、どうしてもここから下りたいと言うのなら、まずは私が飛び降りて、下で君を待っ――」

「すみませんでしたッ、ちゃんと正面から帰ります！」

エミリアは反射的に力一杯挙手して、そんな必要はない事を主張した。出会ったばかりの見知らぬ人に、ここから飛び降りるような真似なんて、させられるはずがない。

近道したかったけれど、今日のところは、大人しく遠回りの道のりで馬車まで行こう。

エミリアは、当初の目的を忘れてとぼとぼと歩きだした。びっくりの連続が続いたせいで、令嬢としてきちんと挨拶しないと『あなたになんて興味がありません』という意味にも取られる事がある、という教えも頭から飛んでいた。

「待って。名前を教えてくれないだろうか？」

少しだけ、どこか焦った声が後ろから聞こえてきて足を止めた。不思議に思って、夜空のような美しい瞳を持った獣人騎士を見つめ返して、何も考えないまま答えた。

「エミリア・ヴァレンティです」

もう会う事はないだろうと思っていたから、そう簡単に名乗っただけで、エミリアは彼の名前も訊かないまま「迷惑を掛けて、すみませんでした。さようなら」と告げて、その場を後にした。

人族の貴族名家と比べると、まだ歴史の浅いヴァレンティ子爵家は、小さな農村地を一つ持っているだけの小貴族である。土地から得られる収入は少なく、昔から領民達と同じように畑を耕して、自給自足の生活を送ってきた。

一昔前、ここは荒れている土地の一つでしかなかった。初代ヴァレンティ子爵は、悪天候や大きな災害に見舞われた時も、領民と苦労を分かち合ってきた。そして、長い年月を掛けて、コツコツと根気強く荒れた土地の改善に励み、今の作物が取れる環境が出来ていた。

『いつか皆の暮らしが豊かになればいい』

初代ヴァレンティ子爵の口癖は、一族の気質として代々受け継がれ、質素で穏やかな日々を愛する暮らしが続いている。だから領民達の土地愛は強く、貴族らしくない暮らしを日々楽しみ、領民の事を考えて税を上げずに努力する、庶民派な子爵家の姿勢も大変親しまれていた。

十八歳のエミリアは、そんなヴァレンティ家の長女である。

身長は女性の平均で、決して美人ではないけれど愛嬌のある顔立ちをしている。昔からスカートで走り回り、川に飛び込んだりするのもしょっちゅうで、余分な肉が付かないまま成人の十八歳を迎え、腰回りも小さく手足も引き締まって全体的に細身だった。

村の子供達に、木登り名人と尊敬されるくらい身軽で、運動神経も良かった。そのおかげで、一部の貴族の友人達から「猿みたいな令嬢」と言われたりもする、元気たっぷりの大きな明るい茶色の瞳を持った庶民派令嬢である。

貴族の娘にしては珍しく長髪ではなく、幼い頃から、鎖骨に少し掛かる程度の長さを保っていた。その柔らかな髪は母譲りで、伸ばさないのが勿体ないくらい綺麗な色合いのハニーブラウンをしている。毛先が大きくウェーブを描く癖毛は、父譲りだった。

ヴァレンティ家の屋敷は、使用人がいなくても十分にやっていける大きさをしていた。柵や塀で仕切られてさえいない敷地内には、手作りの立派な鶏小屋が一つある。

そこから少し進むと、農村内に敷かれた水路の水車があって、庭先には香辛料やサラダ野菜が植えられている小振りな家庭菜園が置かれていた。屋敷裏には、ヴァレンティ一家が面倒を見ている広々とした畑が広がっている。ここでエミリアは、父と母、そして十四歳の弟と暮らしていた。

夜明けと共に起床し、朝食の前にそれぞれが担当している朝一の作業を行って、皆で家事を分担して母の料理を手伝ってから、全員で食卓につくのがヴァレンティ家の日課だった。

この日もエミリアは、空が明るくなり始めた時刻から、行動を開始していた。

弟を学校に通わせるため、少しでも稼ごうと、三年前からとある副業の店を構え、日中の畑仕事はほとんど手伝えなくなっていた。だから、朝の手伝いは積極的だった。なかなか弟と仲良くしてくれないでいる鶏達の世話と、卵の回収も彼女の役目である。

一通りの作業を終えると、すっかり眩しい青空が広がっていた。そろそろ新聞が届いている頃だろう、と玄関前から少し離れた位置にあるポストを覗き込んで、エミリアは自分の名前が記されている手紙がある事に気付いた。

「何かしら？」

差し出し人の名前を確認してみると、そこには『アルフレッド・コーネイン』という、全く覚えのない男性名が記されていた。

気になって、その場で手紙を開封してみた。便箋の冒頭部分には、王宮の廊下から飛び降りるのを止めた者だが、馬車まで見送り出来なくてすまなかった、というような内容が達筆で書かれてあった。その一文を読んだところで、「ああ、なるほど」と思い至った。

「そういえば昨日、夜会に行ったわね。なんだ、あの時の人か」

どうやら、あの夜空色の瞳をした男性は、アルフレッドと言うらしい。昨夜、帰宅した際に、それを家族に話した事を思い出しつつも、エミリアは首を傾げてしまう。

「それにしても、随分早い社交辞令の手紙ねぇ」

王都からあまり離れていない土地とはいえ、翌日の朝一番に手紙が届けられるというのも珍しい。仕事の営業でパーティーに参加した際、久しぶりに会った友人から手紙をもらうけれど、普通便だと大抵はその数日後になる。

わざわざ、料金のかなり高い速達便の方を使ったのだろうか。複数の手紙が送れる金額なので、それはそれで勿体ないなと思った。一体どんな社交辞令の言葉が綴られているのだろうか、と手紙の全文にざっと目を通したエミリアは、つい「ん?」と顔を顰めてしまっていた。

「彼が、獣人貴族の伯爵様なのは分かったけど……、これ『仮婚約がしたい』って書いてない?」

自分の読解力が足りていないせいだろうかと、もう一度読み返して内容を確認する。やはり信じられなくて、ついでにもう二回ほど読み直してもみたが、丁寧で長いこの手紙には、『仮婚約』を前向きに考えて見合いをしてくれないだろうか、という用件がしたためられていた。

獣人は、大昔から王都に暮らしている種族だ。一族のルーツとなった獣の性質を持ち、幼少期には獣耳や尾といった外見的な特徴もあって、成人する段階で『成長変化』というものを迎えて人化する。だから獣人族の大人は、全員が人族とほとんど変わらない外見をしていた。

とはいえ、戦乱時代に国内一の戦闘種族と呼ばれて活躍していたくらい、人族と違ってその身体能力はかなり高い。特徴的な獣目と牙は、そのまま残されているという特徴もあって、それを見て人族なのか獣人族なのか判断する事も多かった。

仮婚約というのは、そんな獣人族が持つ、独自の結婚活動の習慣の一つだ。

恋愛結婚を重視している彼らは、動物的な察知能力で相性の善し悪しを敏感に感じ取れるらしく、婚約を決める前に、まずは候補を上げて仮の婚約者とする。そして、その中から未来の結婚相手である『本婚約』の相手を決める方法を取っていた。

仮婚約の際には、肌を少し噛んで『求婚痣』という小さな紋様を刻む特徴もあった。一族によって痣の形は様々で、王都に行くと未婚の男女の肌にそれを見る事が出来た。

人気がある事を示す一種のステータスにもなっているようで、パーティー会場では、複数の『求婚痣』を堂々と見せて歩く令嬢令息の姿も少なくない。けれど自分には関わりのない話だと思っていたから、まじまじと観察した事はなく、詳しくも知らないでいる。

「昨夜に数分話したくらいよね？　だから、きっと何かの間違いだと思うのだけれど……」

ちょっとした悪戯か、または何かの手違いとしか思えないのだが。

見合いを希望する手紙が信じられなくて、何かしら仕掛けがあったりするのだろうか、と便箋を太陽の日差しにかざして見てしまう。朝の光に『婚約者候補になって欲しい』、『一度会ってくれないか』、『すぐにでも見合いがしたい』という手紙の文字が透けて見えた。

ふと、作業用エプロンを着用した父が、本日の畑仕事の前準備を終えて向こうから歩いてくるのが見えた。泥にも対応している防水タイプの長靴をはいていて、ウェーブのかかったふわふわとした髪を風に揺らしながら、玄関を目指して足を進めている。

父がこちらに気付いて足を止め、玄関とポストの間から声を掛けてきた。

「珍しいね、エミリア。友達からの手紙かい？」

「ううん、お見合いがしたいっていう手紙よ」

「ぶほっ」

エミリアがさらりと答えた途端、衝撃的な知らせだと言わんばかりに父が咽(むせ)た。

同じように、裏の畑の方から玄関先に戻ってきた母が、「あらあら、見せてごらんなさい」と笑顔で言ってきた。便箋を受け取って、しばらくもしないうちに表情を綻(ほころ)ばせる。

「昨日言っていた騎士様かしら？　獣人族の伯爵様だったのね。早速お見合いがしたいだなんて、行動が早いわねぇ」

獣人貴族と知るなり、母が安心した顔で「いつお見合いをするの？」と訊(き)いてきた。まるで、そのまま結婚になったとしても問題ない相手よ、と伝えるかのような、嬉(うれ)しそうな微笑(ほほえ)みを浮かべていた。

エミリアは、会った事もない男性であるのに、母が全く心配も警戒も覚えていないらしい様子を不思議に思った。

自分にはそんなつもりはない事を、しっかり伝えておこうと考えて口を開いた時、牛乳を買いに近くまで走っていっていた弟のセリムが、「ただいま！」と元気良く戻ってきた。

今年で十四歳になったセリムは、エミリアや母と同じ、ハニーブラウンの柔らかな髪をしている。父譲りの天然パーマで全体的にウェーブがかかっており、少しつり目で喧嘩(けんか)っ早そうな顔立ちながら、その目元には愛嬌があった。

父が硬直状態を続けている中で、母にニコニコと手招きされたセリムが手紙を覗き込んだ。

読み進めてすぐ「うわっ、見合いってマジ？」と、貴族の令息とは思えない口調で言う。

「これってさ、獣人貴族の婚約者候補って事だろ？　見合いの申し込みがあったら、こっちが断らない限りは高確率で仮婚約者になるって、学校の友達が話してたぜ。しかも伯爵様とか、すげぇな！　いつお見合いすんの？」

「お見合いはしないつもりよ」

エミリアは、母の手から手紙を取り返しながら、ぴしゃりとそう告げた。セリムが目を剥いて、それから心底びっくりした顔で「しないの？」と訊き返す。

「相手は獣人貴族の伯爵様なのに？」

「昨日、少し話しただけの人よ？　それに私、すぐに結婚したいわけじゃないもの。だから、お見合いはしないわ」

エミリアがはっきりと答えるのを、そばで聞いた母が「あらあら」と、のんびりした様子で頬に手をあてた。放心状態から戻った父が、子供みたいな愛嬌のある丸い瞳を向けて、聞き間違いだろうかと問うように瞬きする。

「エミリア、パパが言うのもなんだけど……。せっかくの機会なのに、本当に断るのかい？」

「お見合いって、地位の高い相手の屋敷まで足を運ばなきゃいけないでしょう？　それなら『残念ながら近いうちに王都に行ける余裕はないですし、今回のお話はなかった事に』って、私の方から、きちんとお断りの返事を出しておくわ」

あっさり言ってのけたエミリアは、これで問題解決と言わんばかりに、キラキラと輝く良い笑顔で手紙をしまった。ポストに置いたままだった新聞を手に取ると、「さっ、朝食の準備をしましょう」と皆を促す。

セリムは安堵と戸惑いに揺れる瞳で、元気に歩き出す姉の後ろ姿を見つめていた。父が弱々しく説得を続けるのに対して、エミリアが「はいはい」と聞き流して背中を押す様子には、手紙の事を全く気に留めていない事が分かる。

「………そもそもさ、姉ちゃん。女の子として、少しくらい夢を見ようぜ」

複雑な胸中で、つい心配になってそう呟いてしまったのだった。

※

エミリアは、社交デビューを迎える随分前から、少しでも家の稼ぎを手伝おうと考えて、いくつかの副業を掛け持ちしていた。その一つが刺繍の仕事で、十五歳で社交デビューをした後、とある出会いがあって、本格的に力を入れるべく他の副業を断ってその一本に絞った。

大人のメンバーを含む共同経営体制で、その刺繍店を出したのは、十五歳と数ヶ月の事である。開店当初は、なかなか注文も入らず苦労したが、今では顧客もついて定期的に仕事も入るようになっていた。土地と建物に関しても、昨年で買い取りの支払いが完了している。

店は地価の安い王都の端にあって、農村地を通る速い乗合馬車に乗れば、三十分で着く距離だった。朝食を終えたエミリアは、例の手紙の返事を簡単にしたためて刺繍店に向かい、その近くの郵便事業社に「速達で」とお願いして手紙を預けた。

速達便の料金は高いが、王宮で迷惑を掛けてしまった相手を待たせるのも申し訳ない、という気持ちもあった。早目に返事が届いた方が、彼の方もきっと都合がいいだろう。

「よしっ、これで一件落着！」

満足したエミリアは、思考を仕事へと切り替えて出勤した。

通い慣れた店のガラス扉をくぐると、左右の棚に所狭しと収められた資料や、刺繍道具や画材に囲まれた狭くも感じる店内があった。二階建ての物件で敷地面積はあるのだが、カーテンで仕切られた奥の作業場を大きく確保しているため、そのような作りになっていた。

カウンター前には、唯一開けた店内スペースがあって、そこには作業用としても使用出来る手作りの丸椅子が二脚置かれていた。そのうちの一つの自分専用の椅子に腰かけ、ノートを広げて注文期日と納品日を確認し始めたところで、エミリアは「そう言えば」と思い出した。

「今朝、お見合いをしたいっていう手紙が来て、びっくりしたの」

共同経営者であり、三年前に町で出会って意気投合した二人の親友達にそう報告した。

すると、仕事道具が詰め込まれて窮屈になっているカウンターの内側で、肉付きが悪い痩せ型の中年男が「マジで?」と驚いた風でもない声を上げた。無精髭をはやした彼は、自身専用の高さがある手作りの椅子を回して、レジの隣で頬杖をついて垂れた双眼を向ける。

「なんだか唐突だなぁ。まっ、めでたい話じゃねぇか」

目頭の彫りが深く、やや取っつきにくい雰囲気があるものの、ニヤリと笑った顔には威圧感がない。くすんだ赤毛の上部分を後ろで結んでおり、片方の頬には医療用のガーゼを貼っていて、エミリアを見つめる眼差しにも親密さが宿っていた。

彼の名前はダニエルと言い、今年で三十九歳になる長身の男だった。本業は音楽家で、小さな楽団でピアノを担当し、作曲も手がけている人族である。

その時、カウンター前のもう一つの丸椅子に座っていた、もう一人の共同経営者が同意するように「確かにめでたいね」と、少年声ながらも凛々しい雰囲気で言った。

「僕ら獣人族と違って、人族の女性は、十八歳では結婚する人も多いらしいからな」

そう言葉を続けたのは、十五歳の少年ジョシュアだった。無愛想な表情さえ絵になるような美しい顔立ちをしたリス科の獣人族で、齢十一歳で画家としてデビューし、人物画を専門としている芸術家である。

まだ成人を迎えていないため、その小さな頭には、焦げ茶色の癖のない髪と同色の獣の耳があった。長い睫毛の下には、黄色がかった色合いをした獣目がある。

男性然とした様子で、堂々と腕と足を組んでいる姿もさまになっている彼は、たっぷりのレースが何重にもあしらわれた、豪華という言葉がぴったりあてはまるドレスに身を包んでいた。

絶世の美少年とはいえ、無愛想でキリリとした顔は少年そのもので、声も華奢ながら毅然とした態度や台詞も似合う低さがある。そちらについて改めて感じるものがあったのか、ダニエルが女性用のドレスを着ている親友兼仕事仲間を見て「なぁ、ジョシュアよ」と呼んだ。

「…………お前さ、黙っていれば、どうにか頑張れば中世的な女の子に見えなくもな——あ、やっぱ無理だわ。遠目で見てもやっぱり女には見えんし、口開くとまんま男だ」

自身で言っておいて、ダニエルが途中で諦めたように片手を振った。

実年齢よりも外見が幼く華奢とはいえ、毎日美しく着飾っているその胸元は、少年特有の厚みもない真っ平らなものだった。細身ながら身体も鍛えられており、だから初見の人間も性別を間違える事はなかった。

ジョシュアが露骨に顔を顰め、君は阿呆なんじゃないか、という目でダニエルを見やった。

「何度も言っているが、僕が綺麗で可愛いドレスを着ているのは、ただの趣味だ。ひらひらのレースとか刺繍とか、可愛いだろう」

本人は可愛い服で着飾りたいだけで、口調や態度、仕草は男そのものだった。彼のスカートの下はズボンであり、だから履いている靴もバッチリ男性用である。

断言されつつ同意を求められ、ダニエルが真剣に考えるように腕を組んで、「うーん」と悩ましげに天井を仰いでこう言った。

「それを自分で着ちまうってのが、おじさんにはどうも分からんのよ……」

エミリアは十五歳の夏、稼ぎの方法について悩んで出歩いていた時に、今よりも三歳若いダニエルとジョシュアに出会った。王都で『文系食堂』と呼ばれている店があり、その前で画家と作家のグループが喧嘩で衝突し、唐突に格闘トーナメント戦が開催されたのだ。

その現場に偶然居合わせたのが、エミリア達の交友のきっかけである。

王都警備部隊が駆けつける大騒ぎとなり、どちらが軍人か分からない派手な取っ組み合いに発展した。飛び込み参戦した詩人メンバーが優勢かと思われたところ、突如として騒ぎの真上に飛んで躍り出たのが、腹が空きすぎて切れていたダニエルとジョシュアだった。

当時、二人は互いを知らない仲だった。どちらも遠くから騒ぎを聞きつけて、賞金か褒美の出る勝ち抜き戦だと勘違いして飛び込んできていた。

参戦メンバーの七割を叩きのめした後に「ただの喧嘩勝負かよ」と気付いて、二人はやる気を失ったように騒ぎの外に出た。ちょうどエミリアが、「みんな強いのねぇ」と座り込んで眺めていたところに倒れてきて、初めて三人は顔を合わせたのだった。

当時エミリアは十五歳、ダニエルは三十六歳で、ジョシュアは十二歳だった。

互いの悩みが本職以外の稼ぎである事を知り、『三人の副業店』を立ち上げる事にした。エミリアが刺繍技術を持っているように、ジョシュアは趣味で服を作っていたので、刺繍が入ったオーダーメイドのドレス制作までを行える店を考えたのだ。

刺繍はエミリアがメインとなって進め、ドレス制作に関してはジョシュアの指示の元で動いた。ダニエルは、サポート作業と接客交渉を担当し、開店から閉店まで責任を持って店の面倒も見た。三人の休憩所である店の二階部分は、彼の部屋となっている。

「めでたいも何も、手紙で断ったわよ？」

エミリアは、納品日を管理するためのノートを膝の上に置いたまま、きょとんとした表情で二人にそう言った。

「さっき、お断りの返事を出してきたもの」

「バッサリ切り捨ててきたな。乗り気じゃない感がすげぇわ」

朝にもらったばかりの見合い話なのに、その決断から行動に至るまでが早い。思わずダニエルは、口の中に呟きを落とした。自身の庶民的な意見から「まぁ、知らない男との見合いだし？」と口にしたところで、気付いたように彼女へ視線を戻して尋ねる。

「家を通さないで来たってなると、全く知らない貴族の坊ちゃんじゃないって事じゃね？」

「そうね。数分だけ話した人からだったわ」

「なるほど、一目惚れってやつか」

「そんな訳ないじゃない。美人ならまだしも、私に限ってそれはないわよ」

あっけらかんと口にして、エミリアは笑った。

短い髪であっても女性らしさがあり、笑った顔は可愛いと店の客からは評判である。ダニエルは「もうちょっと夢を持ってもいいと思うんだが……」と小さな声をこぼし、その様子を眺めていたジョシュアが、ニヤリとして足を組みかえた。

「そういうところも美点だよね。僕は結構好きだよ。ああ、大事なところだから確認しておくけど、相手の『貴族様』は人族？　それとも獣人族？」

「獣人族よ」

エミリアはノートに視線を戻して、さらりと答えた。だから、ジョシュアがちょっと驚いた顔をして、ダニエルに問うような目を向けた事に気付かなかった。

獣人側からの見合いを希望する連絡であれば、『はい断りました』では、終わらないような気がする。相性がいいから、という理由だけなら問題はないけれど。

中年音楽家と少年芸術家は、三年という付き合いから、互いの意見が同じである事を視線一つで察した。エミリアのもとに届いたという手紙について、「……まさかの一目惚れじゃないよな？」と、ほぼ同時にそう呟いてしまっていた。

◆

共同経営者である親友達に、見合いを希望する手紙があってそれを断ったと伝えたのは、つい一昨日の事だ。そして、今――自宅のリビングで見合いが開始されていた。

私はお見合いを断ったはずだけれど、一体どうなっているのでしょうか……。

珈琲が出されたリビングで二人きりとなったエミリアは、緊張で愛想笑いが引き攣りそうだった。向かい側の二人がけ用の革ソファには、夜会の帰りに薄暗い廊下で顔を合わせて以来である、あの騎士の男性が座って、落ち着きを払った様子で珈琲に口を付けている。

返事の内容は簡潔に書いたはずなので、きちんと伝わったとは思うのだ。それなのに、昨日の夕方「私がそちらに行くから問題ない」という内容の知らせが届けられた。

二回目となるその手紙には、引き続き『仮婚約』を希望している旨が一筆され、お見合いの開催日時まで記されていた。指定された日取りは、手紙が郵便事業社に受け付けされた翌日の日付けになっていて、明日には来るという人に連絡を取れる時間や、手段があるはずもなく、当日の今日を迎えた。

まるで、こちらからの断りの返事を受け取らないみたいな、早急で強引とも感じる設定日時には驚きを通り越して呆気に取られた。

あまりにも唐突過ぎて、本当にお見合いなんて開催されるのだろうか、とドレスに着替えたり着飾ったりする考えも浮かばなかった。普段着のまま家族といつも通りに過ごし、弟のセリムが学校に行くのを見送ったところで、彼が訪ねてきたのである。

日中の明るい日差しの下で、改めて目にしてみたその伯爵様は、同じ獣人族である親友のジョシュアと違って、大人の美貌を持った男性だった。

癖のない漆黒の髪に、夜空色の美しい切れ長の瞳。凛々しさも覚える端正な目鼻立ちは、歳相応の落ち着きを払った表情をぐっと引き立てていた。出会った時の騎士服ではなく、紳士として礼儀を守るように、さりげなくお洒落もされた立派な訪問着に身を包んでいるせいで、余計にその美貌と存在感は増していた。

一緒に出迎えた父が、自分よりも身長のある彼を見上げて、「重圧感がすごい……」と息を呑んだ。母だけがニコニコとしていて、「ようこそいらっしゃいました」とあっさり招き入れて珈琲を出すと、茫然としている父を引っ張って畑に向かったのだ。

目の前のソファに腰かけているのは、いまだに独身とは思えないほど見目麗しい、大人の余裕を感じさせる獣人族の伯爵様である。

向かい合ってしばらく経っていたものの、エミリアはそんな彼と、こうして自宅のリビングで、仮婚約のお見合いをしている実感が湧かないでいた。夜会の廊下で言葉を交わしたのも、本当にごく僅かな時間だったので、どうしてこんな事になっているのだろうか？

美形な大人の獣人貴族とお見合いしているなんて、とても現実とは思えない……。

思わずしげしげと見つめてしまっていた。彼は上品にゆったりと珈琲カップを見下ろし続けていて、そんな美しい大人の男性である彼を、自分が失礼なくらい観察してしまっていると気付いて、エミリアは途端に恥ずかしくなった。

「私はコーネイン伯爵、アルフレッド・コーネイン。王族の護衛騎士でもある。君より十二歳年上だ」

つい、テーブルに視線を落としてしまったら、向かいに腰かけている彼がようやく視線を上げて、先程玄関先で両親を交えてしたものよりも、少し言葉数多く自己紹介してきた。

十二歳上というと、彼は三十歳の伯爵様なのだろう。出会った際に、あっさりこちらを抱き留めてきた腕は、騎士らしく鍛えられて逞しかった事を覚えてはいるものの、こうして見ていると、荒事には無縁そうな領地の運営を専業としている貴族という印象がある。

「えぇと、その、私はヴァレンティ子爵家の長女、エミリアと申します」

改めて名乗った彼――アルフレッドに向かって、エミリアも再度自己紹介を返した。せっかく言葉を交わせたのに、まるで唇の動きの全てを読むみたいに見つめられて、緊張がぶり返して口を閉じてしまう。

普段着ですみません、と、なんとなく心の中で謝って、ぎこちなく目をそらした。もし本人と会う事になったら、面と向かって『お断り』をしようと考えていたのに、一体なんと言って切り出せば、失礼にならない形で本題に繋げられるのか分からない。

どうしよう。考えれば考えるほど、頭の中が真っ白になって何も出てこない。

婚約じゃなくて候補だし、あっさり断ってしまっても平気なのかしら……？

チラリと盗み見ると、アルフレッドは落ち着いた様子で、再び珈琲カップを手にしていた。男性にしては肌も白くて、剣を握る事があるとは思えないくらい指も細くてキレイだ。

男性なのに美人だという言葉が浮かび、ついじっと目に留めて、仮婚約を求められている現状を考えてしまう。すると、珈琲に口を付ける直前、唐突に彼がこう言った。

「種族は兎(うさぎ)だ」

視線が上げられたわけでもなく、まるで独(ひと)り言みたいな穏やかな声で告げられたから、その台詞が自分に向けられたものであると理解するのに、数秒ほど時間が掛かった。

少し考えてようやく、どうやら獣人族のルーツとなっている獣の種類を教えられたらしい、と気付いた。獣人族の親友であるリス科のジョシュアと、同じくらい愛らしい動物の名前が彼の口から出たのは意外で、緊張も忘れて目を丸くしてしまう。

改めて向かい合っても、アルフレッドは大人なクールイケメンという第一印象が強く、兎科の獣人というイメージはない。護衛騎士というくらいだから、てっきり戦闘向けの獣を想像していたエミリアは、素直に尋ね返していた。

「兎って、もふもふしている、あの……？」

「兎科も大小様々で種類も多々あるが、私の一族は黒兎(くろうさぎ)だ」

つまり黒いもふもふ……と口にして、可愛らしいその小動物を思い浮かべた。まじまじと彼を見つめて、知らず想像を膨らませて瞳を輝かせる。

小さい兎さんの方なのかしら。

それとも、耳が垂れていつも眠そうにしている兎さん？

身分も高くて容姿端麗で、そのうえ大人過ぎて話しかけづらいと思っていた目の前の男性が、途端に少し身近な存在であるように感じた。

すると、アルフレッドが珈琲カップを手に持ったまま、ゆっくりと視線を合わせてきた。まるで逃げない事をさりげなく確認するみたいに横目に留めて、それからこちらを見つめ返したまま、珈琲カップをそっとテーブルに戻した。

「兎は、好き？」

優しい声色で問われて、エミリアは少し驚いた。ずっと無表情だった彼の夜空色の瞳が、警戒を解くようにして穏やかに笑んだからだ。

ずっと無表情でいる堅苦しいタイプの人なのかと思っていたが、そうではないらしい。少しの微笑を浮かべただけで、より大人びた雰囲気をまといながらも、彼の印象は暖かくて優しげなものに変わっていた。

こんな柔らかい物言いもする人なんだなと思いながら、エミリアはこくりと頷いた。

「好きです。座ってスカートを広げて待っていると、膝の上に上ってきて丸くなってくれるのも可愛いと思います」

「そう。それは良かった」

アルフレッドがそう呟いて、微笑を自然な様子で綻ばせた。それは、こちらから視線がそらされるまでの、ほんの数秒の事だったけれど、エミリアが小兎に抱いている『優しい』『大人しい』『癒し系』の要素が頭に浮かんだ。

それにしても、ちょっとした仕草も綺麗な人である。

窓の方をなんとなしに見やった彼の横顔を、エミリアは珈琲カップを手に取りながら、こっそり目に留めた。外の明るい日差しが差し込む室内で、アルフレッドの黒髪の一本一本が艶やかに流れているのが見える。男性にしては睫毛も長くて、絵になるくらい美しい人だ。

どうして、私なんだろう、とそんな疑問が込み上げる。

目の前に、一度顔を合わせただけの『アルフレッド・コーネイン』という、大人の獣人貴族がいる事が不思議だった。自分がこの人に仮婚約の見合いを申し込まれたのだ、という事がやはり信じられない。

「あの、お手紙を拝見したのですが、……婚約者候補にと言われても、唐突過ぎて戸惑いしかないと言いますか」

珈琲を飲めるくらいには、落ち着いてきた気がする。今なら自分から話せそうだと思って、珈琲カップを戻したところで、そう切り出してみた。

すると、アルフレッドがこちらに視線を戻して、問うような冷静な眼差しで「どうして？」とだけ尋ね返してきた。どうしてと言われても、こちらだって何故と返したいくらいだったので、エミリアは返答に困ってしまう。

「えぇと、その………伯爵様の婚約者候補になるほどの身分でもないですし、社交の場にもあまり出てはいませんし……」

「ヴァレンティ家は、領地改善のため陛下に『願い』を出して、社交界とは少し距離を置いている事は知っている。そして長女である君が、結婚活動をしていないという事も聞いた」

「そうですね。今のところ、そういう事は全く考えていないというか……」

どうしようかと悩んだものの、わざわざここまで足を運んできてくれた彼に、何も話さないまま断るというのも申し訳ない気がした。まさか、お見合いのために向こうから訪ねてきたのは驚いたけれど、こんなに紳士的な人なのだ。彼なりの配慮があったのかもしれない。

だから断りの言葉を切り出す前に、自分がどうして結婚活動をしていないのか、それについてどう考えているのか、エミリアは素直に話してみる事にした。

「私には、四歳年下の弟がいます。いずれ立派な領主になって、学んだ知識を活かして領地を豊かにしたいと学校に通っているんです。その頑張りを応援したくて、少しでも学費を稼ぐために副業を始めたのがきっかけで、趣味だった刺繍がもっと好きになりまして――」

十五歳の時、弟が通いたいと言う王都の貴族学校の、入学金が足りなくて悩んでいた。

学校には、何歳からでも通えるから平気だよ、とセリムは笑って言っていたけれど、エミリアは姉として何かしてあげたかった。赤子だった弟を抱き上げた時、全力で守って、彼の望む事には協力して応援しようと決めていたからだ。

　セリムは、昔から勉強が好きな子だった。学校に通い始めてからは、より活き活きとして勉学に励み、昨年からは成績上位をキープして学費の八割が免除されていた。

　そんな彼の努力もあって、両親の稼ぎだけでも十分に学費をまかなえるようになったのは、一年と少し前の頃だ。エミリアは十八歳の誕生日を迎えて、祝いに駆けつけてくれた友人達に指摘されて初めて、自分が結婚活動らしい事を、何もしてこなかったと気付いた。

　両親は、結婚を強いていない。恋に興味はなく過ごしていたから、エミリアもそれを忘れていて、なら、このままでいいんじゃないかとも思った。今の仕事は遣り甲斐があって楽しく、自給自足のこの生活にだって、なんの不満だって抱いていないからだ。

「お見合いも結婚も、全然考えた事がないんです。いずれ弟が家を継ぎますし、両親からは嫁ぐのはゆっくりでもいいからと言われていて、それに甘えているところもあります。友人からは、婚期を逃してしまうと心配されましたけど……。私としては、無理に結婚しなくてもいいかなって」

　エミリアは想いを告げながら、窓の外の田舎風景に目を留めた。

　ここは、とても穏やかな領地だ。豊かという訳ではないけれど、少ない領民と一緒になって暮らし、彼らと共に笑いあえる家族が誇らしくて、その関係性の全てを愛していた。

　多分、今以上に大切な物なんて、出来ないだろうとも思うのだ。

毎日を愛する家族と過ごして、出歩いた先で顔を合わせた領民達と、当たり前のようにお喋りを楽しむ。仕事の営業をかけるついでにチラリと社交界に顔を出して、そこで友人達と会えたら嬉しくなって『元気にしてた？』と互いに近況を語り合う。

そして気の合う二人の親友と、一緒になって一つの作品を仕上げ『今回も良い物が出来た』、『喜んでくれるといいな』と手を叩いて笑い合ったりするのだ。そんな日々が、キラキラと輝いていて、とても大切な宝物だった。

エミリアはそれを思い返して、風景を目に留めたまま知らず微笑んでいた。

「今だって、こんなにも満たされて幸せなんです。家族以上に好きだと思える誰かが出来て、その人の事をもっと知りたくてそばにいたいという気持ちが、どんなものか想像した事もなくて」

だから、と、自分なりの言葉で答えを切り出した。

「結婚にも興味がないのに、伯爵様の婚約者候補になるのも悪いですし、ですから今回頂いたお話については、お断――」

その時、引き止めるように手を取られた。

ハッとして視線を戻すと、向かいのソファに座っていたはずのアルフレッドが、いつの間にか目の前で片膝をついて、こちらを覗き込むようにして見上げていた。握られた手は熱くて、痛くはないけれど、全く振りほどけないくらいに力強い。

その漆黒の髪が、さらりと揺れて額にかかるのが見えて、一瞬にして移動した彼はテーブルでも飛び越えたのだろうか、と思ってしまう。一体どうしたんだろうと目を丸くして見つめ返していると、彼がこちらを見上げたまま形の良い唇を開いた。

「私は、君がそんなふうに考えるところも好ましいと感じている。だから、どうか君に『求婚痣』を贈らせて欲しい」

求婚痣は、獣人族が求愛の証として相手に付ける物である。彼らは微量ながらに全員が魔力を持っていて、噛む事で魔術契約のように相手の肌に一族特有の紋様が刻まれるのだ。

仮婚約の際に刻まれるのは、小さな求婚痣だ。候補者の中から結婚相手を決めると、本婚約として正式な大きな求婚痣を付け直す――とは聞いた事があった。初夜を迎えると、求婚痣は消えて代わりに何かあるらしいが、エミリアはそれがなんだったのか思い出せなかった。

情が深いと言われている獣人族は、仮婚約者と呼ばれている婚約者候補を挙げて、交流を深めた後で正式な婚約者を決めて結婚する。エミリアは、親友である獣人族のジョシュアから聞いた、相性の善し悪しも仮婚約の大きな判断基準になる、という話を思い返した。

偶然にも自分は、その基準ラインを超えていたのだろうか？

彼は伯爵という身分であるし、手紙で断ったのに訪問したのは、もしかしたら多くの婚約者候補を挙げて、慎重に相手を選んでいるのかも……？

とはいえ仮婚約者というのは、きちんと法律で認められた『未来の花嫁候補』なのだ。美人でもなく器量が良い訳でもない自分が、目の前にいる見目麗しい彼の相手として釣り合わないのは一目瞭然(いちもくりょうぜん)であるので、その候補者達の中に加わる、というのも悪い気がする。

そもそも、今回が二回目の顔合わせで、ほとんど初対面のようなものなのだ。いきなり仮婚約という制度に参加するというのも、自分には難しく思えた。

その時、取られていた手を握り込まれた。こちらの断ろうとする気配でも察したのか、どうか頼むとでも言うようにアルフレッドが見つめ返してくる。

「でも、私――」

けれどエミリアは、続く『ごめんなさい』という言葉を口にする事が出来なかった。たった一声だけで、アルフレッドの表情が変化したのを見て、思わず口を閉じてしまったせいである。どうか断らないでと訴えるように、彼が悲しげな顔をしたのだ。戸惑いを覚えて何も言えないでいると、大きな両手がそっと手を包み込んできた。

「どうか、仮婚約を受け入れてくれないだろうか。まずは仮婚約者として、『私という男』を知って欲しい。そして、『私の知らない君』を教えてくれ」

こちらを真っ直(す)ぐ見つめてくる目と、告げられた言葉には、彼自身が持つ強い誠実さを感じた。たった一度、王宮の廊下で顔を合わせただけであるのに、お互いを知りたいから交流しようと、この人は心からそう告げているのだ。

そんな事を面と向かって言われてしまえば、何も始まっていないのに強い理由もなく、拒絶してしまえるはずもない。

互いを知りたいから交流するのが仮婚約という制度だと言うのなら、偶然とはいえ、こうして少し話せたのも何かの縁なのだろう。結婚相手として選ばれる事はないだろうけれど、結婚について真摯に向き合って考える種族なのかもしれない獣人族の彼の事を、もう少しだけ知りたい気もした。

ほんの少しの間だけ、思案のために視線をそらしたエミリアは、チラリと彼を見つめ返した。

「『仮婚約』の制度は、お互いを知るための物なの……？」

「そうだ。施行されている間は、交流を最優先にする事が出来る。他にも不安があれば聞こう。私は紳士だ、仮婚約を無理強いするような形は望まない」

片膝をついてこちらの顔を覗き込むアルフレッドが、「どんな質問でもいい、全て答えよう」と怖がらせないよう配慮するかのような声色で続けた。手を包み込む大きな両手の温もりは、宥めるように優しくて、父が同じようにしてくれていた頃の記憶が蘇った。

紳士であるという言葉が、これほどまでに似合う大人の男性に出会ったのは初めてだ。十二歳も年上のせいかしら、とエミリアは思いながら、小さく首を横に振って見せた。

「大丈夫です、他に質問はありませんから」

「ようやく笑ってくれたね。ずっと緊張していたようだから、少し安心した」

そう口にして、アルフレッドがまた少し微笑んだ。

すぐに「君の名前を呼んでも？」と彼は続けて問いかけてきて、きちんと確認するところも大人だなぁと思いながら「いいですよ」と答えたら、手をぎゅっと握られた。

「エミリア、どうか私の仮婚約者になって欲しい。今、この場で、ここに求婚痣を贈る事を許してくれないだろうか？」

見つめられたまま彼に、指先で手の甲をそっと撫でられる感触に気付いて、エミリアは包まれている自分の左手を見下ろした。届く距離にあるなと思って、なんとなく人指し指をちょっと伸ばしてみたら、アルフレッドの袖口から覗く肌に指先が触れた。

するりと片手が滑り下りてきて、やんわりと窘めるように、その指を軽く握り込むようにして撫でられた。ハッと我に返って、こちらを見つめている彼に視線を戻して謝った。

「あ、ごめんなさい」

「構わないよ。不思議そうに見ているから、手を取られ慣れていないのかなと思って」

まさにそうです。

エミリアは、気遣うように優しげな微笑を浮かべてきた彼に、なんて大人な人なんだろうか、と感じて心の中で答えていた。獣人族が『求婚痣』を刻む方法について、遅れて込み上げた小さな不安を、素直に尋ねてみた。

「求婚痣って噛むんですよね？　それって、やっぱり痛いですか……？」

「小さなモノだから痛くはない。舐めれば傷もすぐに塞がるから、あっという間だ」

「そうなんですね。じゃあ、あの、その、えっと………こんな私でも良ければ、どうぞよろしくお願いします」

見合いの訪問時からずっと驚き続きだったせいか、頭がうまく回ってくれなくて、了承を伝える言葉が浮かばないまま、エミリアはどうにか返答を絞り出した。

そう口にした直後で、まるでプロポーズを受ける台詞みたいになってしまっているのでは、と気付いた。自分で言っておきながら途端に恥ずかしくなって、少し頬を染めて「ごめんなさい」と視線を手に落とした。

そんなエミリアを、アルフレッドは数秒ほどじっくり目に留め、それから撫でるように片手を離して、彼女の手の指を握り込んでこう言った。

「――とても嬉しいよ、エミリア。今から君は『私の仮婚約者』だ」

彼が握った指先を引き寄せて、手の甲に唇を落としてきた。

やはり男性にしては仕草の一つ一つが綺麗で、触れた唇は柔らかくて温かかった。まるでキスをするみたいだと思って見つめていたら、そのまま柔な肌をちゅっと僅かに吸われて、エミリアは恥ずかしさと驚きに大きな目を見開いた。

ちょっ、なんでキスしてるの⁉

それを伝える暇もなく、その直後にほんの少しだけチクリときて、肩がはねた。今度は舌先でチロリと舐められて生々しい熱を覚え、手の甲を直前に噛まれたという痛みも吹き飛んだ。

目の前で、アルフレッドが手の甲の一点を執拗に舐めて、啄ばむ光景に目を奪われた。舐めれば傷もすぐ塞がるらしいけれど、味わうようにも思える舐め具合は、彼が獣の性質を持った獣人であるせいなのだろうか。

冷静な様子で舐め続けている彼が、どうしてかとても色っぽく見えて落ち着かない。

思わず視線をそらしてしまったら、舌先がこれまで以上に大胆に手の甲を滑って、続けて吸いつくような感触がした。傷を治してくれようとしているのだろうけれど、耳につくその生々しい水音に羞恥を覚えて、ついエミリアは目を瞑ってしまっていた。

最後に唇をゆっくりと押しつけたアルフレッドが、リップ音を立てて、ようやく手を離してくれた。そこにはコインほどの大きさの、花のような模様にも見える、小さな黒い紋様が浮かんでいた。小さく噛まれたような傷らしき物は、どこにも見られなかった。

「これから、私と君は仮婚約者同士だ。その間は身分も年齢も関係ないから、普段の君のままで話してくれると嬉しい。どうか『アルフレッド』と呼んでくれ」

敬語ではない方が話しやすいので、普段の感じでいいというのなら有り難い。

とはいえ、相手は紳士な伯爵様である。これまでの会話から、大人な紳士だという実感も湧いていたから呼び捨てに出来そうになくて、エミリアは『アルフレッド様』と呼ぶ事にした。

畑にいた両親を呼びに向かい揃ってリビングに招いたところで改めて、仮婚約者として交流

をしてみる事にしたのだと、お見合いの結果について伝えた。どうしてか父は、不思議と驚いた様子は見せず「……まぁ、そうなるか。相手は獣人族だもんなぁ」とよく分からない事を呟いた。

　すると、すぐにアルフレッドが、こちらの言葉を引き継ぐように口を開いて、改めて仮婚約の制度について説明を行い、まるで正式に婚約でもしたかのような丁寧な挨拶まで行った。子爵である父と共に、彼が仮婚約に必要な書類にペンを走らせて印を押す間、母は出迎えた時と同じように、やはりニコニコと見守っていた。

　提出するための書類を抱えたアルフレッドを、エミリアは両親と共に見送りに出た。コーネイン伯爵の紋が刻まれた馬車に乗り込む直前、彼がこちらを振り返ってこう言った。

「明日の午前中に、交流を深める一回目のデートをしよう。そうだな、ピクニックに行こうか」

「え」

　待って、今デートって言った？　というか、ピクニック？

　聞き間違いだろうかと思って尋ねようとしたら、母が隣からにこやかに口を挟んできて、エミリアはそのタイミングを逃してしまった。

「ピクニックというのであれば、うちの娘はサンドイッチが得意ですから、用意させましょうか。伯爵様、娘をどうぞよろしくお願い致します」

「それは、とても楽しみだ。子爵夫人、ありがとうございます」

彼は微笑を浮かべてそう言うと、別れの挨拶を続けて口にし「また明日、同じ時間に」とこちらに告げて、馬車に乗り込んで去っていってしまった。その流れるような一連の行動は、質問する隙もないほどだった。

婚約者候補との交流だから、デートという言い方をしたのだろうか。

エミリアは疑問を覚えつつも、作業が遅れてしまっている両親の畑仕事の手伝いに入った。お見合いがあるので店には行けないかもしれない、と親友達には前もって告げていたし、明日の一回目の交流会とやらが終わってから、二人には仮婚約した事を伝えようと思った。

◆

迎えた翌日、エミリアは家族と朝食をとったあと、サンドイッチ作りに取りかかっていた。本日行われるらしい、仮婚約の一回目の交流会のためである。

お見合いと同日に仮婚約が成立したばかりで、それに続いて、今度は交流会が開催されるというのも、昨日の今日で早いような気はした。しかし、初めての事なので比べようもなく、ひとまずは互いを知るための時間が持たれるようだ、とは認識していた。

昨日、学校から帰ってきた弟のセリムに、三十歳のアルフレッド・コーネインとの仮婚約が決まったと話したら、質問攻めにあった。容姿や話し方といった細かいところまで聞きたがり、それについてどう思って感じたのか、という部分を特に尋ねられた。

『うーん。無表情が基本な人かと思ったら、普通に穏やかに笑う紳士だったわ』

『……姉ちゃん、こういう話題の内容はさ、一文で答えるもんじゃないぜ。やっぱり普通の女の子と、ちょっと感性が違うんじゃねぇの？』

お見合いの第一印象をざっくりとまとめて答えたら、セリムがぴたりと質問攻めをやめた。先程、学校に出かけるのを見送った際に、彼は悩ましげに「帰ってきた時に、交流会の結果を訊くのが怖いなぁ。また一文感想が来そうな気がする」と呟いていた。

予定通りサンドイッチを作り終わり、片付けまで済ませた頃、昨日と同じ訪問時刻にアルフレッドが迎えに来た。両親は農作物の出荷作業で出払っていたので、エミリアは一人で彼を出迎えた。

玄関先に立った彼は、先日同様、貴族紳士らしい隙のない衣装に身を包んでいた。

黒のロングコートは丈が長いタイプのもので、均等のとれた背丈のある身体に合っていて、大きな襟元だけダークブラウンの配色がされていてお洒落だった。派手過ぎないちょっとした飾りが上品にコーディネートされ、袖口には金のボタンがされている。

まずは普段着のスカートをつまんで、子爵家の令嬢として挨拶をした。すると、同じように紳士らしく挨拶を返してきたアルフレッドが、流れるような動きでこちらの手を取ったかと思うと、左手の甲にある求婚痣にキスを落としてきた。

そこに唇の熱を強く感じて、エミリアの肩が小さくはねた。昨夜に湯浴みをして気付いたのだが、治りかけの傷口みたいに敏感になっていた。

「あああああの、アルフレッド様⁉」

そもそもなんで手の甲にキスなんてするの、とびっくりして尋ねてしまった。そうしたら、手を持ち上げたままの彼が、ふっと微笑をこぼして目を柔らかに細めた。

「獣人貴族としての礼儀だ。人族の貴族も同じだと思うけれど」

「え？　あ、そういえば、そうだったような………？」

言われてみれば、そういう光景を何度か実際に見た覚えがあった。思い返せばパーティーに参加しても、いつもあっさり言葉を交わす程度の挨拶しかしてこなかったから、このようなレディー扱いに慣れていなくて、勝手にドキドキしてしまったのだ。

獣人貴族の、しかも伯爵様の婚約者候補に収まっているのが不思議過ぎるくらい、自分は令嬢として意識してやってこなかったようだと悟った。手の甲にほんのちょっとキスをする挨拶だけで驚いてしまうなんて、礼儀に沿って行動しただけのアルフレッドに失礼だろう。

エミリアは、申し訳なく思って謝った。

「いきなり大きな声を上げてしまって、本当にごめんなさい。これまでされた事がなかったから、ちょっとびっくりしてしまったの」

「構わないよ。こちらとしても、確認もせずに驚かせてしまって、すまなかった」

むしろ光栄だ、君のここに触れたのが私だけと知れて……とアルフレッドは口の中で呟いた。

手をするりと解放された一瞬、エミリアは何か聞こえたような気がして視線を向けた。そこには冷静な彼の顔があって、目が合うとじっと見下ろされた。

「今、何か聞こえたような気がしたのだけれど」

「いいや、何も？　三年前から共同経営主として君は仕事をしていると聞いた。先に、そのお店を見せてもらっても構わないだろうか？　まずは君の事が知りたい」

親友達に仮婚約の件を報告するのは、これからである。家の手伝いによって出勤時間が変動するのは珍しくないけれど、あまりにも遅くなったら心配してしまうかもしれないだろうし、この機会に前もって状況を教えつつ、彼を紹介しておくのも名案に思えた。

提案を了承したエミリアは、御者にサンドイッチが入ったバスケットを預けた際、店の場所を伝えた。笑顔が柔らかいその中年男性は、急な寄り道が出来たにもかかわらず、なんだか妙に嬉しそうな顔で「かしこまりました、お任せください」と愛想良く答えていた。

上等過ぎる馬車は、車内も広々として、向かい合う座席も離れていた。そのおかげで、馬車が走り出すと車窓から流れる風景もあって、二人きりという状況の緊張感も薄れさせてくれた。

ガタガタと尻を打たない心地良い振動しかない車内で、エミリアは到着するまでの間に、三人で経営しているのは刺繍とドレス衣装制作の店である事を簡単に説明した。

慣れない高級感と座り心地に気を取られていたから、他の二人も手先が器用で素敵な人達である事を伝えた際、性別や人物詳細について、事前に教えるのをうっかり忘れていた。

店には、いつ来客があってもいいように常勤して見てくれているダニエルがいた。普段は遅れて出勤してくるジョシュアも、カウンター前にあるいつもの丸椅子に座っていて、今日は真珠とリボンの飾り付けがされたドレスに身を包んでいた。

何故か二人は、入店したこちらを見た途端、ピキリと固まって動かなくなってしまった。

エミリアは不思議に思いつつも、昨日来られなかった事を詫びて、お見合いをしてひとまずは仮婚約したのだと報告した。それから、初対面のせいで固まっているのかしらと思い、そのお見合いの相手であり、仮婚約者となった隣のアルフレッドを紹介した。

「…………」

「…………」

しばらく、動きを止めた二人の沈黙状態が続いた。アルフレッドも何も言わず、夜空色の獣目で冷静に見つめ返していた。

ダニエルが、ようやくカウンター内で身じろぎをして、彼から目を離さないまま「エミリア……？」と慎重に呼んだ。

「俺ら、出会い頭一発目で、決闘に持ち込まれるって事はないよな？」

「決闘？　何を言ってるの、ダニエル？」

そんな訳ないじゃない、と答えてエミリアは腰に手をあてる。

思案していたジョシュアが、数秒遅れてカウンターの方へ首を回し「多分、大丈夫だ」と言い、手を小さく振って、防衛の構えは必要ない事を伝えた。ダニエルは「そういや、獣人ってアレだったか……ちょっと不安だが、了解した」と呟いて、場を見守る方向で座り直した。

その様子に小首を傾げたエミリアは、まだアルフレッドがじっとしている様子に気付いた。相手を紹介されるまでは、紳士として律儀に待っているのだろうと解釈して、今度は親友である二人を紹介する事にした。

「アルフレッド様、こちらは一緒にお店をやっている、親友のダニエルとジョシュアよ。ダニエルは音楽家で、開店準備から閉店作業まで、お店のほとんどを見てくれているの。ジョシュアは芸術家で、刺繍を取り入れたドレス制作は、彼を中心でやっているのよ」

手を向けられて一人ずつ紹介され、まずはダニエルが「どうも」と、首をちょっと前に出すように挨拶した。続いて、丸椅子の上で足を組んで座っていたジョシュアが、手に持っていたスケッチブックをそばに置いて、腕を組んで無愛想に獣目を細めてこう言った。

「紹介に預かったジョシュアだ。先に言っておく、彼女とダニエルは『僕の親友』だ」

危害を加えたら容赦しないぞ、とどこか牽制（けんせい）しているみたいだった。愛らしいリス科の小さな獣耳の毛も珍しく少々逆立っていて、エミリアは、つい人見知りの小動物を思い浮かべてしまった。

彼らを眺めていたアルフレッドが、少し考えるように視線をそらし「――なるほど、彼女の『親友』ならば礼を欠く訳にはいかないな」と口の中に思案の言葉を落とした。それから、彼らへと顔を戻して、入店して初めて柔らかな表情を浮かべた。

「初めまして。彼女と仮婚約者になった、アルフレッド・コーネインだ」

笑みを向けられたところで、ダニエルがようやく肩から力を抜いた。緊張を解いてすぐ、遅れて思い出した様子で垂れた双眼を小さく見開いて「あ」と掌(てのひら)に拳(こぶし)を落とした。

「コーネインっていや、黒兎の獣人一族か。いやぁまさかエミリアの相手が、兎科でトップの黒兎伯爵だとは思わなかったな。こりゃ驚いた」

「騎士伯爵としても知られているからな」

そう相槌(あいづち)を打って、ジョシュアが足を組みかえた。その際、バサリと大きな音を立てたドレスを、アルフレッドが横目に見やり、視線に気付いた彼が露骨にジロリと睨(にら)み返した。

可愛らしくて似合っているので良い。出会った際に女装姿を褒め、刺繍で綺麗さを増して飾り付けしていいかしら、と頼んでいたエミリアがきょとんとして見守る中、ダニエルが「部屋の温度が下がった気がするな」と、見つめ合う二人の獣人族を前に呟いた。

「僕の格好に何か文句でも？」

「いや？　とても素敵なドレスだ」

「…………、それはどうも」

ジョシュアが仏頂面で答えて、唇を引き結んだ。

大人の余裕で返したアルフレッドは、「先程から少し気になっていたんだが、一つ尋ねたい」と視線の矛先をダニエルに向けた。自身の頬の、彼の片頬に貼られている医療用ガーゼと同じ位置を指して、こう続ける。

「この店は、防犯対策がされていないようだが、その怪我はここで何か物騒な事でも？」

「ん？　ああ、これはウチの店とは全然関係ないぜ、ちょっとドジっただけだ。意外にも古株の風景画家のヤローが強敵で、うっかりミスったっつうか」

安全性を問われているらしいと気付いたダニエルが、医療用ガーゼを上から触って苦笑を浮かべた。言われたアルフレッドは、よく分からないなと僅かに眉を寄せる。

当時の現場を見た訳ではないが、エミリアはその翌日に、二人の親友から話を聞いて知っていた。ジョシュアの掠り傷はいつもながら不思議と早く治ってしまったけれど、ダニエルは大きな青痣の一部が切れて出血もあったので、完治に時間が掛かっていたのだ。

エミリアは、その件について教えるべく、アルフレッドにこう言った。

「先月、音楽家と芸術家の殴り合いがあったの。春の祝日で日中から飲み比べ勝負が始まって、ちょっとした事で喧嘩になったんですって。そうしたら、治安部隊が出動する大騒ぎになったみたいで」

画家も作家も詩人も、黙々と仕事に向かうイメージを持たれているが、同じ職業同士のグループが存在し、更にそれは一つの大きなコミュニティで繋がって団結していた。彼らがよく利用する専用の飲食店や広場もあり、時間があればよく集まって情報交換がされている。

とはいえ、たとえ同じカテゴリーに属する仕事人同士であっても、互いのグループと意見が合わず、衝突するのもしょっちゅうあるようだった。

数時間後、もしくは翌日にはけろっと忘れたみたいにお喋りを楽しんでいるので、そこに関しては仲がいいのか悪いのか、分からないところでもある。顧客になってくれているとある劇団作家も、注文に来るたびジョシュアとダニエルと言い合っていた。

専門家ではないエミリアには、彼らが喧嘩腰に主張して、言い合う内容はよく分からないけれど、店を訪れていたその男達が「また来るぜ」と、最後は笑顔で帰っていくのを見送るたび「やっぱり仲がいいのかしら？」とも思っていた。

治安部隊が出動させられたと聞いたところで、アルフレッドが思い至った顔をして、しばし記憶を辿るように宙を見やった。

「そういえば、軍人顔負けの殴り合いがあったと聞いたな。酔っ払って倒れなかったら、派遣されていた若い班だけで押さえるのは、難しかったかもしれないという話を耳にしたが――あなた方は、何か訓練でも受けた経験があるのか？」

「いんや？　俺らはただの一般市民だし、ほとんどの奴が人族だぜ。ジョシュアみたいに、まれに獣人族もいるけどな」

そう続けて、彼は指だけをジョシュアに向ける。

「あえて言うと、ジョシュアはただの芸術家だし、俺だってどこにでもいる音楽家だ。まぁ王都には、血気盛んな戦闘派の獣人族が多いからな。それで自然とそうなるんじゃね？」

ダニエルは途端に、垂れた瞳を気だるげにして適当に答えた。未成年者を含む治安部隊の班が乱闘に入ってきたのは、なんとなく覚えているものの、取っ組み合いをしていた相手の風景画家とほぼ同時にリバースしたところで、記憶は飛んでしまっている。

エミリアは、いつも元気な親友達の様子を思い返して、くすりと笑った。

「二人共、じっとしていられないみたいなのよ。最近の休日も、楽しく外出していたわ」

彼女の自然な表情を目に留めていたアルフレッドが、その内容を問うように二人へ視線を向けた。ダニエルとジョシュアは、可愛らしく笑うエミリアを前に、互いの顔を見合い、それから特に表情も作らないままこう答えた。

「俺は楽団の臨時収入を得るために、メンバー代表で王都市民武術大会に出て、優勝をぶんどってきただけだ」

「僕はドレス代が欲しくて、闘技場の格闘トーナメントで一位の賞金をゲットしてきただけさ」

今回は、どちらも作詞家と宝石装飾人が強敵だったな、と二人は思い出す様子でしみじみと口にした。

　アルフレッドが武闘派音楽家と武闘派芸術家を目に留めて、どうやら店は安全地帯であるらしい、と口の中で呟く。エミリアは「みんな強いのねぇ」とのんびり微笑んでいたから、隣の彼の納得したような表情にも気付かなかった。

「ダニエルもジョシュアも、元気なのはいいけれど、いつも言っているように大きな怪我だけはしないようにね」

「分かってるって。連中は短気だが、俺も含めて平和主義者だしな」

「僕は、ダニエルと違って俊敏だからね。怪我をする前にぶっ飛ばすから、平気だよ」

　ダニエルの後に続いて、そう答えたジョシュアが「ところで」と尋ねる。

「察するにエミリアは、仮婚約の一回目の交流中なんだろう？　どこへ行くのかは分からないけど、店はダニエルと僕が見ているから、気にせずに行っておいで」

　出会った十二歳の頃には、既に画家として大人達と同じように仕事をしていたせいか、ジョシュアはたびたび、こちらよりも年上のような台詞を口にしたりする事がある。しっかり者で、よく「服を整えろ、髭をそれッ」とダニエルの尻も叩いていた。

　今日は仮婚約者として交流をするため、ピクニックをする予定で迎えられて家を出たのだったと思い出して、エミリアは隣のアルフレッドを見上げた。

「そろそろ行こうか」

目が合った彼が、夜空色の瞳を僅かに和らげてそう言った。

※

再び馬車に乗り込んだエミリアは、しばらく揺られた後、王都の中間区にある大公園で下車した。そこは頂上に大きな木がいくつか植えられた、青々と茂った短い芝生（しばふ）を持った丘がある都立公園で、その周囲に敷かれた長い散歩コースも有名な場所だった。

アルフレッドが御者からバスケットと、前もって預けていた折り畳まれたブランケットを受け取って左腕に掛けた。何か一つでも荷物を持とうと思って声を掛けようとしたら、彼が察知したかのように「こっちだよ」と告げて歩き出してしまった。

エミリアは、彼と並んで丘の下の緑の散歩道を進んだ。ゆったりと歩く一組の男女と、スケッチブックを提げている中年男性の他は、擦れ違う人の姿もなかった。晴れ空を飛ぶ鳥の囀（さえず）りが聞こえてくるぐらい、そこには平日の日中とは思えない長閑（のどか）な時間が流れていた。

散歩道から丘へと入って、足元の柔らかな草を踏み締めながら上った。

少しもしないうちに頂上が近づいてきて、涼しげな日影を作った五本の大きな木が見え始める。

「どうしてピクニックなの？」

そちらから視線を移して、エミリアは自分の歩幅に合わせて歩くアルフレッドに尋ねてみた。貴族の交流会と言うと、まずは茶会のイメージがあったから、ピクニックを提案された時は、びっくりしてしまったのだ。もしや気を遣わせてしまったのではないか、と少し気になっていた。

するど、彼が丘の頂上にある一本の木へと向かいながら、こう言った。

「君が緊張しない場所がいいと思って」

やはり多少の気遣いはあったらしい。それを申し訳ないなと思って謝ろうとしたら、前を見据えたままアルフレッドが言葉を続けた。

「それに種族的な部分もあって、私自身がピクニック好きでもあるんだ。今でも時々、時間を見付けて、寝心地のいい丘に足を運んで横になったりする。ここもその一つだ」

こうして身綺麗にしている彼が、外で平気な顔をして寝転がるイメージはなかったから、そこに関しては少し意外だった。なんだか新しい一面が見えたような気がして、エミリアは新鮮な感覚を覚えて、リラックスした様子の彼の横顔を見つめていた。

いつも休んでいる木なのだと紹介しながら、アルフレッドが到着して早々に、その木陰に手慣れた動きでブランケットを敷いて、サンドイッチが入ったバスケットを置いた。横になってそのまま眠ってしまう事もあるのかしら、と考えていたら、振り返った彼と目が合った。

「気になっているみたいだね。それを話して聞かせてあげるから、おいで、エミリア」

そう言って、アルフレッドがこちらに手を差し出してきた。まるで呼び慣れた大切な人の名前みたいに、自然に口にされて妙にドキドキしてしまい、エミリアは促されるまま彼の手に掌を重ねていた。

普段なら乙女的な事は似合わないと分かって、一人でも座れるからと断っているはずなのに、優しく握り込んで引き寄せる、大きくて体温の高い手に素直に従っていた。エスコートされてブランケットの上に腰を下ろすと、彼が当たり前のように隣に座ってきて、両足を前に伸ばして姿勢を楽にした。

少し高い位置にあるこの丘からは、王都の町並みと、その上に広がる青空がよく見えた。都会の中であるはずなのに、そこには穏やかな空気が満ちていて、地上の光景から目をそらして上空だけを視界に留めてみたら、ここが王都である事を忘れてしまいそうになった。

「私は一人っ子だったが、従兄弟がよく遊びに来ていたから、彼らとは兄弟のように育った。母達に連れられて、皆でピクニックに出かけるのもしょっちゅうで、昼寝をするために寝転がっていると、いつも耳の踏みつけあいになった」

こちらと同じように、目の前の風景に目を留めたアルフレッドが、自分の事を教えるようにそう話し始めた。よく、家族と野原にも出かけて散策もしたのだと言う。

従兄弟の中では彼が一番年下で、いつも先に眠ってしまうたび、耳が長かったせいで彼らに踏まれる事も多かったのだそうだ。ピクニックだと毎回そうなって、一緒に眠った時は寝返りで彼らの背中に埋もれて、耳を引っ張り出すために途中で起きるのも恒例だったらしい。

話を聞いていたエミリアは、どうしてか人間の姿ではなく、兎が森で原っぱの匂いを嗅いで昼寝する光景が頭に浮かんでいた。小さくてふわふわとした黒兎が、他の仔兎達に囲まれて、ぽかぽかと眠っている姿を妄想して、勝手に癒されてしまう。

従兄弟という事は、みんな兎さんなのかしら、と妄想が更にもふもふ度をアップさせた時、ふと、彼が口にしていた『種族的な部分もあって』という言葉が思い出された。

もしかして、種族的というのはつまり、兎的に、という事なのだろうか？

それを踏まえて再び、原っぱの上で心地よさそうにしている黒兎を想像してみたら、彼が丘に寝転がるのが好きであってもなんら違和感はない気がしてきた。やはり彼は、兎の獣人であるらしいと思った。

というのも、長い耳をよく踏まれたというエピソードが、頭にもふもふな兎耳がはえた、庇護欲をかき立てる愛らしい男の子の姿を妄想させていたからだ。話を聞かされている間ずっと想像が止まらず、頭の中は兎耳男児と仔兎でいっぱいになっていた。

どうしよう。彼の種族が小型タイプの兎なのか、大きい方なのか、訊きたくてたまらない。

さすがに失礼なのかもしれない、とは分かっている。何せ、相手は大人な紳士なのだ。

『どうしても小さくてもふもふで、ぎゅっと抱き締めて甘やかしたい黒兎の妄想が止まらないんですけど、どっちなのか教えてくれませんか!?』

――と、そんな事をストレートに尋ねるなんて、駄目に決まっている。

小さな兎は、とても可愛い。ここ数年は、仕事続きで森に見に行けていなかったから、エミリアは煩悩が理性を揺らしてくるのを感じて、欲求を堪えるべく「くッ」と目頭を押さえた。

「…………耳はもふもふですか？」

いや堪えようって思った矢先に何言ってんのっ、私！

この距離なのでしっかり聞かれてしまい、アルフレッドがこちらに顔を向けてきた。エミリアは、もう恥ずかしさと謝罪の気持ちでいっぱいになって慌てた。涙腺も緩みまくって、頭はちょっとしたパニック状態だった。

「違うのよ口が滑ってうっかり、ああああじゃなくてッ、ついポロッと本音が……」

やばい、言い訳しようと思えば思うほど、自分で墓穴を掘っているような気がする。

幼い頃の顔と姿を想像していたエミリアは、じっと見つめてくる彼に兎耳がついている妄想を重ねてしまい、余計に羞恥が増して顔が熱くなった。考えたら駄目よと自制を働かせようとするのに、余計にふわふわの黒兎の想像が止まらなくなっていた。

しばし声も出なくて見つめ返していたら、彼がほんの少し思案するように視線をそらした。ふと、楽しげに微笑んだかと思うと、内緒話をするようにこちらに顔を寄せて、耳元でこう囁いた。

「――私の一族は、兎科の中でも一番小さな種族だ。耳が大きくて、体は小振りで『とてもふわふわ』している」

質問がすっかり見透かされている。

それを察したエミリアは、隠す事は不可能であるらしいと悟って、白状するように「ごめんなさい」と謝った。そうしている間も、自分が妄想していた小さな黒兎で間違っていなかったのが嬉しい、と感じてしまうのは、多分、ちょっと疲れているせいだろう。

「謝る必要はない。興味を持ってくれて嬉しいよ」

少し近い距離でアルフレッドが言って、夜空色の瞳を穏やかに細めた。

怒らないうえフォローしてくるなんて、なんて大人で優しい人なんだろう。エミリアは、これまで出会った事もなかった紳士な男性であると感動した。ブランケットに広がったスカートの一部に、彼の手が置かれているくらい距離が縮まっている事にも気付かなかった。

「私達は仮婚約者同士だ、君が知りたい事はなんでも教えよう。他に訊きたい事は？」

「…………耳は垂れている方？　それとも、ピンと立って伸びている子？」

「普段は下がっている種類だ」

なんって可愛――と、エミリアは口から飛び出しそうになって手で塞いだ。押さえた手の内側に、言葉がこぼれているような気がしたけれど、妄想が溢（あふ）れて気が回らなかった。

目の前にいる男性は、兎という愛らしい姿からは想像出来ないくらいに、凛々しくてハンサムだ。でも意識してよくよく見てみれば、その切れ長の濃い藍（あい）色の瞳には、幼かった頃の愛嬌が残されている気がしないでもないとも思うのだ。

エミリアは、小兎のつぶらな瞳も大好きだったからそう信じた。普段の正常な思考が戻ってこないまま、彼の瞳は小さな黒兎の眼なのね、と勝手に解釈して一方的にスッキリ納得した。

「そうなのね、もふもふのうえ垂れた長い兎耳……。あと十数年早く出会えていれば、黒い兎耳を堪能出来たかもしれないのに」

スカートの上の皺を意味もなく伸ばしながら、残念に思って呟いてしまう。自分の年齢からそれだけ引いてしまうと、かなり幼い女の子になってしまう事を、エミリアは都合良く忘れていた。

アルフレッドは、その仕草によって、折り曲げられた太腿の形を少し浮かせているスカートへと目を向けた。細い指先で布地の皺を伸ばしている、求婚痣が刻まれたエミリアの手の動きをじっと見つめて、視線を腹部まで少し上げる。

「大丈夫だ。子が出来れば、同じ特徴を持って産まれてくる」

どこか含むようないい声で、彼が僅かな微笑と共にそう呟いた。

獣人は、神獣を祖先に持つと言われているくらいに血が強い種族で、人族と結婚しても生粋の獣人の子が生まれる。獣人同士であれば、獣人として強い方の種族で産まれてくるらしい、とはエミリアも話に聞いて知っていた。

彼が誰かと結婚したら、いつか町中で黒い兎耳を持った子供を、見かける事があるのかもしれない。もしくは社交界に出れば会えるだろうか。彼は美しい令嬢と結婚するはずだから、きっと子供も美形で、さぞ愛らしいに違いない。

「次は君の話が聞きたい。エミリア、私に君の事を教えてくれ」

思案していたエミリアは、座り直したアルフレッドに促されて妄想を止め、何か話題はあったかしらと考えた。お見合いした日にいくつか話してしまっていたし、思い付くのは店やその仕事だったので、そちらについて話す事にした。

「女の子の嗜（たしな）みだからと習い始めたら、意外にも面白くて、趣味になったのが始まりだったわ」

刺繍の基本を習得するまでに、時間は掛からなかった。講師を雇ったり教室に通ったりする余裕はなかったから、もっと応用出来る技術を身に付けたくなった時には、町の古本屋で専門書を買っていた。

「一年くらい経った頃かしら。私の刺繍を、欲しいと言ってくれた友達がいたの。ハンカチやスカーフや、ネクタイや髪の飾り留にとやっていったら、そのうちエプロンやスカートにも入れて欲しいって、他の人からも依頼が来るようになって」

友人の、そのまた友人の親に声を掛けられるのも増えた。副業にしてみなさいな、と令嬢友達の一人にアドハイスをされて、そこから自分でも進んで営業を掛けるようになった。

糸の色を変えて、遠くから見た時の印象を考えて作品を仕上げた。メイドが頭にやっている白い飾り留への刺繍を頼まれて納品した後から、友人知人を伝って依頼相談が途切れず来るようになった。

当時は個人でやっていた事だったから、料金も安くて手が出しやすかったせいもあるのかもしれない。それでも、自分の刺繍が欲しいと言ってもらえるのが純粋に嬉しかった。

友人の妹がデビュタントとして舞踏会に参加する事になった際、スカートの後ろの生地を少しアレンジした。刺繍で飾り付けをしてあげたら「ありがとう」と満面の笑顔で感謝されたのに感動して、女の子達を可愛く綺麗にするお手伝いが出来たらいいのに、と強く思ったのだ。

「依頼を受けるのは、ちょっとした副業のつもりだったのに、すっかり好きになってしまったの。ドレス自体も手がけてみたいなと思っていたタイミングで、ダニエルとジョシュアに会って、夢を語ったら自分達もやってみたいと言われて」

店を立ち上げてから一年の間は、慣れない事も多くて目まぐるしかった。一週間以上も客足がない事も珍しくなかったのに、あっという間に二年目になっていて、今では毎日のように相談が続いて、月に数本は大きな仕事も入るようになっていた。

「一年が過ぎた頃から、結婚式用の花嫁衣装の注文と相談も入るようになったわ。大きい物だと時間は掛かるけれど、皆で仕上げたドレスを嬉しそうに着てもらえると、私もすごく嬉しくなるの」

本業ではないけれど、三人だからこそ出来るその仕事を、エミリア達は大切にしていた。三人が同時に経営主として登録されているという珍しい形式は、そういう理由があっての事なのだ。

互いが一つずつ話し終えたところで、一休憩のように持ってきたサンドイッチを食べる事になった。甘い風味があるハーブを刻んで入れた厚みのある玉子焼きと、新鮮なサラダ野菜がたっぷり入った、ヴァレンティ家オリジナルの物である。

食べてすぐ、アルフレッドが「野菜が多くて、実に好みだ」と言った。そういえばハーブも野菜よね、と考えたエミリアは、兎が鼻先を動かせて野菜をしゃくしゃく食べている姿を想像してしまい、なんだかおかしくなってこっそり笑った。

「アルフレッド様は、野菜が好きなの？」

「野菜はよく食べる方だが、どうして君が笑っているのか、という推測はやめておこう」

つい尋ねてしまったら、アルフレッドがクールな横顔でそう答えてきた。手も止めずボリュームたっぷりのサンドイッチを食べ続けていて、騎士だからよく食べるのかしら、とエミリアはその食べっぷりを物珍しく見つめてしまい、その時は十二歳も年上だなんて忘れていた。

残ったら持って帰るつもりで作ったのに、バスケットの中身は、あっという間に空になった。エミリアは、紙袋しか残っていないそれを覗き込んで、それから驚きを通り越した吐息を漏らして蓋（ふた）を閉めた。

「それにしても驚いたわ。全部食べてしまうなんて、思ってなかったもの」

「このくらいなら、軽くいける」

　空を見上げ、アルフレッドが涼しげな表情で言って、指先をペロリと舐めた。ふと、その顔が思い出したようにこちらへと向けられて、落ち着いた夜空色の瞳と目が合った。

「デートらしい事をしようか」

　エミリアは昨日、『交流を深める一回目のデート』と言われていたのだったと思い出した。婚約者候補としての交流会であるはずなのに、そういえばピクニックもデートみたいものに含まれるかもしれないなと思ったら、一つの可能性が浮かんで困惑してしまう。

「えぇと、デートという言い方をされると、まるで『恋人みたいに過ごして交流する』というようにも感じるのだけれど……」

「その通りだ。そうやって接していく事で、仮婚約期間内に、お互いをよりよく知っていける」

　仮婚約期間に行う交流とは、デートみたいなものであるらしい。それについては少し驚いてしまったけれど、一緒にピクニックに来て、お話をしてサンドイッチを食べたのが、彼にとって『恋人らしい事』だとすると、交流の範囲内で出来るような内容なのだろう。

　エミリアは、そう過ごした中での事を思い返して肩から力を抜いた。そもそも、身構える必要もないだろうと分かったのは、彼が十二歳も年上の紳士だったと思い出したからだ。

「うーん、デートらしい事と言われても、私はすぐに思い浮かばないのだけれど………。アルフレッド様は、何か浮かぶものはある？」

「君に膝枕をされたい」

「えっ」

間髪入れず要望されて、エミリアは目を丸くした。

思わずまじまじと見つめ返すものの、アルフレッドは眉一つ動かさずにいて、至極真面目だと言わんばかりの顔だった。続けて問うようにスカートの上に視線を落としてもきて、本気でそれを考えているらしいとも察せて困った。

膝枕なんて、弟のセリムが幼い頃に何度かした程度だ。子供相手であれば気兼ねなく出来るけれど、大人同士だと、どうしても結婚する恋人同士がやるようなイメージが強くて、とてもじゃないが恥ずかしくて簡単には出来そうにない。

それなのに、アルフレッドは全く疑問にも思っていないような落ち着きぶりだった。大人だから膝枕も平気なのだろうかという憶測よりも、ルーツとなっている獣の性質を持つ獣人族にとっては、そこまで恥ずかしくないスキンシップである可能性が浮かんでいた。

先程から、話を聞かされた黒兎の姿が、しつこいくらいチラチラと脳裏を過ぎってくるせいである。

だって小動物が、もふもふとした身を寄せ合うのは、よくある光景だ。

大きな動物だって同じであるし、もしかしたら彼を含めたほとんどの獣人族が、普段からスキンシップも強めであるのかもしれない。

小さな兎が何度も膝の上に乗ってきた経験が思い出されて、そこに兎科の獣人である彼を重ねてみると、その提案も不自然ではないとも思えてきて悩ましい。人族にとっては、結構恥ずかしい恋人同士の行動であると、どうすれば伝えられるだろうか?

すぐには答えられなくて頭を悩ませていると、スカートの方を見ていたアルフレッドが、ふと落ちついた眼差しをこちらに戻してきて、パチリと目が合った。

「君が、私の膝を枕にして寝てくれても構わな――」

「私は疲れていないからどうぞアルフレッド様が横になってください!」

エミリアは、反射的にその提案を遮って一呼吸で言い切っていた。自分がされる方がもっと恥ずかしいに決まっている、と難しい事をあれこれ考える余裕も吹き飛んだ。こんなに美人な大人の男性に膝枕をされたら、眠ってなんていられないし心臓がもたないだろう。

すると、返答を聞き遂げたと言わんばかりに、アルフレッドが一つ頷いて「それでは失礼する」と口にした。躊躇する様子もなく膝の上に頭を乗せてきて、こちらが戸惑いの声を上げる暇もなく、あっさり目まで閉じてしまっていた。

太腿の上に感じる、自分よりも高い体温と重さに一瞬、慣れないくすぐったさを覚えた。思わず身を少しよじってしまったら、彼が顔をこちら向きにして横になり、まるで甘えるように頭を寄せてきて、触れているスカート越しに太腿がくすぐられる感触がした。

気のせいか、すぅっと匂いを嗅がれる気配がして、遅れてふつふつと恥ずかしさが込み上げた。けれど、それは、すぐに寝息のような呼吸音に変わって、彼はぴくりとも動かなくなった。

もしかして、本気でもう寝てしまったのかしら？

木漏れ日が暖かくて、弱々しく吹き抜けていく心地良い穏やかな風の中で、エミリアはそう推測して、ゆっくりと身体の緊張を解いた。自分の足の上で目を閉じている、アルフレッドの寝顔を見下ろす。

ただ目を閉じているだけなのに、なんだか絵になる光景だった。恐らく、擦れ違う女性の目を引いて離さない魅力がある貴族紳士だろう。

見ているとドキドキしてしまうくらい、綺麗な人だわ……。

漆黒の艶やかな髪も、柔らかな風が流れるたび絹のようにさらさらと動いて、つい触りたくなってしまうほどだった。その頭を撫でてみたい気がしてしまうのは、手触りの良い黒兎を想像したせいだろうか？

長らくじっと見つめていると、ふっとアルフレッドが目を開けた。

艶やかで美しい夜空色の瞳と目が合って、エミリアは悪い事をしたわけでもないのにドキドキしてしまった。膝枕という近い距離感のせいか、一方的にじっくり観察していたうえ、髪をこっそり触りたいと考えていたのを、彼に気付かれてしまったのではないかと思って、少し緊張してしまう。

しばらく待っても、アルフレッドはこちらをじっと見上げているばかりで、何も言ってこなかった。形のいい切れ長の獣目は、まるで寝惚(ねぼ)けているみたいに警戒心もなくて、どこか幼さを覚えた。

「アルフレッド様……？」

どうかしたのだろうと思って、そっと声を掛けてみた。

すると、彼が無言のまま両手を伸ばしきて、エミリアは顔を包む熱に思考が止まった。頬を包み込む彼の手に、自分の髪がパサリと落ちる音を聞きながら、気付いた時にはやんわりと引き寄せられて近い距離から見つめ合っていた。

「もう少し近くから、君の顔を見たい」

アルフレッドが、どこか無防備な表情でそう囁いた。眼前いっぱいにある彼の顔に目を留めて、エミリアは遅れて込み上げた熱にぶわりと頬を染めた。

間近にしたその美貌は、大人の男性としての色気が一気に強くなったように感じさせられて、唐突に距離を近づけさせられたその行為だけで頭が沸騰(ふっとう)しそうになった。声も出なくなってしまって動けないでいる中で、彼は飽きもせず長らくこちらの顔を見ていた。

一昨日にアルフレッド・コーネインとお見合いし、昨日は仮婚約者として初めての交流会が行われて一緒に出掛けた。

求婚痣を付けられたり、慣れないエスコートをされたり、恋人みたいに膝枕をして近くから彼の顔を見たり……二日間だけで、立て続けに濃い出来事に見舞われたせいか、昨日帰ってきてからずっと、エミリアは気付くと、彼との事を思い返してしまっていた。

仮婚約者同士がお互いを知るために持つ時間は、ちょっとしたデートみたいな物であるらしい。膝枕をした際、もっと顔が見たいから近づいて、と言った時もアルフレッドはとても落ち着いていた。それなのに、自分だけが言葉も出ないくらい赤面してしまったのだ。

獣人族は獣の性質を持っているから、もふもふの兎を参考にして、大人である彼が甘えるような類のスキンシップを一部持っているらしいとも分かった。

考えてみれば膝枕も、両手で顔を包むような触れ合いも、幼い頃に親がやってくれたような事と同じだ。だから彼にとっても、きっと深い意味はないのだろう。

「ただの婚約者候補だもの。私が勝手にドキドキして、どうするのよ……」

アルフレッドは、大人の紳士である。女性を気遣ったり、自然にエスコートしてしまえるくらい、行動や思想の全てが洗練されている。それに対していちいち叫んだり、動揺したり赤面してしまったりする自分が子供過ぎるのだろう。

十八歳の成人女性であるのに、社交界での経験も浅すぎるせいだろうかとも思っている。エスコートで手をとられるだけでも反応してしまい、びっくりして反応してしまった昨日の自分を思い返すたび、紳士として普通にしたつもりだったアルフレッドに失礼だったかもしれない、と反省していた。

「姉ちゃん、今日はあの獣人の伯爵様との交流はないの？」

朝食が終わって畑に行った両親を見送った後、考えをまとめつつ食器を片付けていたところで、学校の支度を整えた弟のセリムに声を掛けられた。

セリムは、背負うタイプの学校指定鞄に、薄いブルーの制服で身を包んでいた。大きくウェーブのかかったハニーブラウンの髪に、やんちゃさの窺えるパッチリとしたやや吊り上がった目。十四歳の平均身長ではあるけれど、やはりまだ幼さがあって体躯は細い。

弟の方を振り返ったエミリアは、濡れていた手を布巾で拭いながら「私はただの婚約者の候補の一人なの、そう続けてある訳ないじゃない」と呆れたように答えた。

「勉強して事業でがっぽり稼ぐ領主になるんでしょ？　なら、村の人の未来はあんたの手にかかっているんだから、ほら、しっかり学校に行ってきなさい」

「姉ちゃん、外では『がっぽり』なんて言葉は使わない方がいいぜ。それで、今日も刺繍店に行くの?」

「そうよ。ハンカチの注文がまとめて入っている件で、先方から柄のイメージの要望が届いているから、今日はダニエルとジョシュアと一緒にデザインを考えるの」

たびたび店に足を運んだり、祝日のタイミングで一緒に何度か食事もしているので、セリムも彼らとは面識があった。初めて顔を合わせた際、一歳年上のジョシュアに、『ふてくされた感じが小型の雑種犬みたいだ』と第一印象を言われて、ちょっと怒っていた。

勿論ジョシュアは初対面時に『これが君の弟か』とニヤニヤして言っただけで、その口調は親しげで悪気は一切なかった。それはセリム自身も分かっていて、なんだかんだと言い合いながらも、年頃が近い事もあって、町中で彼を見かけると自身から進んで声も掛けていた。

こちらの返答を聞くと、セリムは「ふうん」と相槌を打って鞄を背負い直した。しかし、足の重心を踏み変えただけで出ていく様子がなく、窺うように上目でチラリと見つめ返してきた。

「……あのさ、もし家の手伝いとか、こっちの仕事をしなくても良くなったら、刺繍一本でやっていきたいとか、考えた事ある?」

「うーん、それはないわね。どっちも好きでやっているんだもの」

「でもさ、仕事しなくても良くなったら、本当にしたい事とかあるだろ?」

「今だって、したい事をしているわよ?」

そう答えたエミリアは、当初から学費を稼ぐために増やした副業の一つだと、セリムが勘付いて気にしていた事を思い出した。両親と話し合って、彼には教えないでいたものの、授業料の支払いに余裕が持てるようになってから、たびたび何かとさりげなく訊いてきていた。

セリムは、日中のほとんどの時間を学校に費やしている。

家事や畑仕事を手伝える時間は少なく、帰ってくる頃には畑の方もほぼ片付けの段階で、夜の少ない家の手伝いは、母が気を利かせてあまりさせていなかった。だからリビングにいる時、彼は趣味の本を読んでじっと動かないでいた。

貴族が通う学校だから、自然と令嬢達の普段の様子や、社交についても耳に入ってくるようで、そちらと比べて気にしているところもあるようなのだ。

友人の姉のダンスパーティーや衣装選びの話を聞いたのだと、就寝前に何気なく口にしてきたのも最近だった気がする。着飾ってどこかへ行き、年頃の女性達のようにお喋りを楽しんだりしたくならないか、と尋ねられたので『ちっとも思わないわね』と答えたのを覚えている。

いつからか反抗期のようになってしまったけれど、昔は、よく後ろを付いてきた四歳年下の弟だった。姉想いで微笑ましいですなと、村の人にも耳にタコが出来るくらいに言われた。

「ふふっ、いくつになっても可愛いわねぇ」

エミリアは、まだ自分の肩に届かない身長のセリムを、ぎゅっと抱き締めた。彼が途端に慌てて「歳を考えろよッ」と耳を赤くして言ったが、「姉弟だもの、いいじゃない」と笑って離さなかった。

「というか胸ッ、胸で押し潰(つぶ)されて呼吸が苦しいんだってば姉ちゃん！　無駄にここだけ脂肪がついてるんだから、ぎゅっとしてくるなよッ」

「前々からずっと言っているけど、大きさは平均くらいよ？」

「これが平均なもんかッ、窒息する！」

　ほんの数年前までの、とても小さかった頃の彼を思い出していたエミリアは、セリムが騒ぐのも構わず抱き締めていた。今では、彼が自分よりも力が強くなっているのも知っている。それなのに、いつだって無理やり腕を解こうとしたりはしない事についても考えた。

　苦手なのに木登りに挑戦したり、鶏(にわとり)相手に『お前ら、姉ちゃんと俺(おれ)に対する対応違いすぎねぇ!?』やら『チクショーちょっとくらい言う事聞けよ！』と文句を言いながら世話をしようと格闘し、重い荷物があれば率先して持とうとする。

　少し不器用なところはあるけれど、頑張り屋で優しい弟なのだ。産まれた彼を、初めて抱き上げた時の温(ぬく)もりは忘れられない。誕生日を祝うたびに、エミリアはその成長を噛(か)み締めていた。

「ありがと。大好きよ、セリム」

「…………」

　ふっと、腕の中のセリムが静かになった。彼はむっつりとした表情のまま、すっかり大人になった姉の服を握り締める。

「………姉ちゃんはさ、弟の俺の目から見ても、いつでも結婚出来るくらい可愛いよ」

「あら、それは嬉しいわね」

「もうちょっと女の子らしさを考えた方がいいけど。あと、服装とか髪型とか」

「普段からドレスなんて着ていたら、畑仕事が出来ないじゃない」

「姉ちゃんの場合、畑だけじゃなくて走ったり跳んだりするじゃん？　そういうやんちゃなところがあるから、『猿みたい』なんて言われるんだぜ」

猿みたいねという言い方に関しては、友人達の褒め言葉みたいなものである。彼女達は運動とは無縁の暮らしを送ってきたから、ダンスの習得も一苦労だったらしく、体力があって疲れ知らずで元気なところを羨ましがられた。

セリムがこちらを見上げてきたので、エミリアはそろそろ学校に向けて出発しないと遅れちゃうわねと思って、それについては言わない事にして腕を解いた。そうしたら、彼が「あのさっ」とこちらの服を掴んだまま言った。

「だからこそ、もし着飾っていない普段のままの姉ちゃんが好きだとか、姉ちゃんのそういうところも含めて、全部好きで惚れてるって言う奴が現れたら、俺はそれでいいと思うんだ」

投げられた言葉が唐突過ぎて、エミリアは「どういう意味？」と首を傾げて尋ね返した。しかし、セリムは一方的にスッキリしたように笑うと「じゃ、行ってくる！」と元気良く走って出かけていってしまったのだった。

◆

セリムを見送った後、エミリアはいつも通り、店に向かうため乗合馬車に乗った。

王都に入るまでは三十分も掛からない距離だったが、この日は少し長めに乗車して、王都の中央寄り近くで下車した。久々に手土産(てみやげ)の飴(あめ)玉をセリムに買ってやりたいと思って、治安部隊という組織の建物近くにある、とある菓子屋を目指そうと思ったからだ。

そこは飴玉を多く販売している菓子屋で、値段も手頃だった。一粒ずつ色のついた紙に包装されていて単品買いも出来るので、詰め合わせの選択幅も広がるし、何よりとてもカラフルで美味だという特徴もあって気に入っていた。貴族と庶民の両方に、人気のお店である。

エミリアも、よくそちらで手土産を買っていた。何故(なぜ)なら、滅多に菓子を食べないダニエルとジョシュアも、好んで食べてくれていたからだ。

店で食べる分も考えて、今日は多めに買うつもりでいた。獣人族であるジョシュアは、成長期だからと「歯が痒(かゆ)い」と噛み砕いてしまうけれど、もごもごとしている様子は、愛らしいリスを思わせて可愛いと思う。

「そういえば、ダニエルは丁寧に全部舐(な)めて食べるのよね」

エミリアは、王都中央区の広々とした大道りを進みながら、思い出してそう呟(つぶや)いた。

長らく飴玉を転がす様子を見て、ジョシュアはちょっと呆れていた。口の中で飴玉が小さくなったら、あっさり噛んで食べたらいいだろう、と彼が言っても、ダニエルは『飴玉ってのは、最後まで舐めて楽しむもんだ』という自身のポリシーを貫いている。

三年前まで、彼は飴玉を食べた事がなかったらしい。

その話を本人から聞いて知った時は、エミリアはジョシュアと揃って驚いた。

そんな女子供が食べる物を口にする訳ねぇだろ、とダニエルはふんぞり返って言った。けれど食べてみたら案外美味かったという感じで、エミリアがカウンターの上に置いたそれを、気に入った様子で口に放り込むようになっていた。

もしかしたら煙草をやっていたせいでもあるのかもしれないな、とジョシュアは推測を口にしていた。出会った日には、エミリアの鼻でも分かるくらい、中年音楽家であるダニエルからは強い煙草の匂いがしていたからだ。

喫煙の習慣がある人の中には、食欲が低下して菓子類や食事の量も少なくなる事があるらしい、とはたびたび耳にした事があって知っていた。とはいえ、実際にダニエルが喫煙する姿を見た事はなかったから、これはただのエミリア達の憶測である。

「煙草の件はあまり話してくれないけど、食事が美味しく感じるとは教えてくれたわね」

どうやら彼は、自分達と出会った頃に煙草をやめてしまったようなのだ。健康志向だよとだけ言われていたけれど、煙草ってすぐやめられるものなのかしら、とエミリアは今更のように不思議に思ってしまった。

その時、人の流れが多い大通りの真ん中で、立ち往生している二人組がいる事に気付いた。少し穏やかではない雰囲気が漂っており、周りの通行人が距離を開けている様子を見て、脳裏にもたげたダニエルの禁煙についての疑問を忘れた。

それは華奢な少女と、初老だが姿勢がやたら綺麗な、細身の長身男の組み合わせだった。

少女はどこかの家のご令嬢であるようで、若い令嬢達に人気がある刺繍で彩られて羽で装飾された大きな日除け帽子と、たっぷりのレース生地が使われた黄緑色のワンピースドレスに身を包んでいた。

少女の隣にいるのは、執事服に身を包んだピシリと背筋が伸びた初老の男だった。恐らくは屋敷に仕えている執事だろうと思われる彼は、右手に荷物を持っており、その令嬢にお伺いを立てるような姿勢で立っている。

「やっぱ無理ッ似合わないいんだってば！　足元はすーすーして頼りないし、めちゃくちゃ恥ずかしいんだけど!?」

「大丈夫ですよ、とてもよくお似合いです。それから、今回の旦那様のご要望を聞き入れたのは、お嬢様ですよ。この歳になって『娘と劇場で待ち合わせ☆』というのもアレですが」

「なんか今、今ッ、台詞の中にキラリとした擬音が入ってなかった!?　セバスさんも朝からテンション高いような……。だって伯爵、この前のパーティーから、ずっと元気がなさそうだったんだもん」

「旦那様の場合は、ただの親馬鹿、もとい娘離れが出来ていないだけです」

不意に、強い風が吹き抜けて、少女の日除け帽子がふわりと舞い上がった。その一瞬後に勢いよく飛んでいった帽子を目で追いつつも、遅れて「あっ」と頭に手をやった彼女の髪は短くて、日差しに映えるくすんだ金色をしていた。

帽子は、まるで見えない妖精にでも遊ばれているかのように、ふわふわと宙を舞い、通り沿いに均等に並び立つ木の上に引っかかった。

それを目に留めた少女が、もう一度「あ」と口を開いた瞬間、初老の執事が真っ先に動きを押さえるかのように、彼女の肩を後ろからガシリと掴んだ。

「お嬢様。いいですかルーナ様、いけませんからね。決して、いつものように飛び出して登ったりしませんようにお願い致します」

「だってすぐそこ――」

「いけません」

その時、既に駆け出していたエミリアが、やりとりする二人の横を通過していた。

「私に任せて！　ちゃちゃっと取ってくるわね！」

「へ？」

「は？」

一部始終を目撃していたエミリアは、彼女のもとに帽子を戻してあげようと思い立って即、街路樹として置かれたその木に駆け出していたのだ。

たっぷり量があるハニーブラウンの髪先が、その肩で軽やかにはねる中で、明るい茶色の瞳はキラキラと活気に満ちて横顔も楽しげだった。スカートでの見事な疾走ぶりに気付いて、周りの通行人達が「何事だ!?」と目を向けた時には、帽子を引っかけた木に辿り着いていた。

エミリアは、「よっ」と掛け声を上げて跳躍し、木の幹にガシリとしがみついた。その様子を目に留めた王都の紳士淑女も、唖然となって動きを止める。続いて木の上を目指して猿のように身軽に登り始めると、全員が揃って釘付けになったかのように、瞬きも忘れて注視した。

太い幹に飛び移って腕二本でぶらさがる姿を見て、ご婦人が小さな悲鳴を上げた。エミリアは下からざわめきと悲鳴が上がったような気がしたものの、枝先に引っかかった日除け帽子に集中していたので、まさか自分のせいだとは思っていなかった。

足を大きく振って、くるりと身体を持ち上げるようにして飛んだ。手慣れたように少し上の幹に着地すると、迷う事なく次の太い枝に手を伸ばして、足場になりそうな幹を踏んでさくさくと移動を開始する。

くすんだ金髪の少女が「わぁっ、すごい!」とはしゃぐ隣で、初老の執事が、この現状は夢であると言い聞かせて忘れたい、と呟いてテンションを落とした表情で佇んでいた。

エミリアは、物の数分も掛からずに木の上に到達した。指先を伸ばして、枝先に引っかかっていた日除け帽子を手に取る。

近くで見てみると、素敵な仕上がりの刺繍と装飾である事が分かった。金の刺繍も丁寧にされていて、あの子のくすんだ金髪がイメージされているのかしら、と作った職人の技術とセンスに感心して、しげしげと職人の目で観察してしまう。

「お嬢ちゃん！　危ないから早く下りといで！」

地上から、そう叫ぶ男性の声が聞こえて我に返った。今は、帽子をゆっくり観賞している場合ではなかった。

そう思い出したエミリアは、今度は登った時以上に早く、地上に向かって木を下り始めた。

ここまで来たら大丈夫だろう、という高さの幹に辿り着くと、スカートの前と尻(しり)の部分を軽く押さえて「よいしょっ」と良い掛け声と共に――宙に飛んだ。

先程悲鳴を上げたご婦人が、ふっと意識を失って、同伴していた者達が慌てて支えた。

ふわりと広がったスカートから、長く白い足が見えた時、大半の男達が一斉に視線をそらしていた。その近くにいた中年紳士達が、「若造共ッ、こんな時に恥じらっている場合か！」と言って助けるように駆け出す。

けれど、その一瞬後、エミリアは平気な顔をして地面に着地していた。

呆気(あっけ)に取られて、動きを止める周囲の存在にも気付かないまま、遅れて落ちたスカートの裾(すそ)を片手で整えた。何事もなかったかのように歩き出して、先程の令嬢と初老の執事の元へと向かうと、彼らの前で足を止めた。

　正面から見下ろしてみたその少女は、大きくて丸い美しいエメラルド色の瞳をしていた。顔立ちは小綺麗で、着飾り甲斐のあるとても可愛い女の子だと思いながら、エミリアはその日除け帽子を差し出した。

「はい、どうぞ。次は風に飛ばされないようにね」

「……えぇと、あの、ありがとう」

「うふふ、どう致しまして！」

　もじもじと帽子を受け取る姿が、なんだか小動物みたいで愛らしい。エミリアは、にこにことして目に留めてしまった。

　すると、彼女が帽子を胸元に抱えて、何事か気になっている様子で上目に見つめ返してきた。

「お姉さんは、髪が短いね」

「邪魔だから、この長さにしているのよ」

「スカートなのに、木に登っても平気なの？」

「丈が長いから下着は見えないし、全然オッケーよ」

　胸を張ってそう答えたエミリアを見て、老執事が間髪入れず「全然オッケーではございません」とひっそり指摘した。しかし、どちらも全く聞いていなかった。

　少女がエミリアを見上げて、「そうなんだ」と希望が持てたというような明るい表情を見せた。しかし、ふと悩ましげに視線をそらして、自身の格好を見下ろす。

　まるで自信がないとでも言うような仕草だった。エミリアは不思議に思って、声を掛けた。

「ドレスも素敵だし、似合っていてとても可愛いわよ。片方の耳が見える感じにしてあるのは正解ね、小さくて可愛い顔がよく見えるもの。その髪飾り、もしかして手作りだったりする？」

「え？　あ、うん。セシル——えぇと、弟がメイドさんと一緒に、造花でアレンジしたみたい」

「指先が器用な弟さんなのね。帽子の刺繍も、いいデザインだわ」

「刺繍？」

　不思議そうに呟いた少女が、両手に抱えた日除け帽子に目を落とした。老執事も「珍しいところに注目なさいますね」と言って、目立つ羽飾りをさりげなく際立たせる刺繍部分に目を留めてから、問うようにこちらに視線を戻してきた。

　エミリアとしては、個人的に可愛い女の子は手助けしたくなる性分である。貴族だろうから営業された、というイメージを与えるのは申し訳なくて、相手の名前を訊かないまま、いつも財布に入れてある店の名刺を取り出して二人に手渡した。

「私はヴァレンティ子爵家の長女、エミリアよ。刺繍や、刺繍アレンジがされたドレス制作の仕事をしているの。良かったらどうぞ」

そう告げて、エミリアは最後に笑顔を残してその場を離れた。当初予定していた菓子屋に向かうため、再び人混みに突入して歩き進む。

ふと、この近くには王宮もあったなと思い出されて、なんとなく騎士服姿のアルフレッドの事を脳裏に思い浮かべてしまった。今頃何をしているのかしら、とチラリと考えたら、昨日膝枕をした際に顔を近づけさせられた一件が蘇（よみがえ）った。

彼は、仮婚約者としての交流を深めるために接してくれているだけで、下心もないのだ。それなのに、またしても少し顔が熱くなってしまったのを自覚して、エミリアは反省した。

「勝手に勘違いしてドキドキするなんて、紳士として接してくれている彼に失礼よ」

ピクニックに関しても、彼は『君が緊張しない場所がいいと思って』と気遣ってくれていた。先に刺繍店に立ち寄らせてくれたのも、もしかしたら少しでも緊張を解（ほぐ）そうという意図があったのではないだろうか。

「ほんと、私が婚約者候補になっているのが嘘（うそ）みたいなくらい大人で、素敵な人よねぇ」

エミリアは、改めてアルフレッド・コーネインという獣人貴族を思い返して、しみじみとそう呟いたのだった。

◆

王都中央区で、エミリアが仮婚約者をそう評した時と同時刻。

コーネイン伯爵である、アルフレッド・コーネインは、王族の護衛騎士として両陛下が主催する、王宮のガーデンパーティーの会場となった大庭園にいた。

時々さりげなく視線を動かして、会場内に異変がないか確認する冷静な表情は、男性然として美しく、会場に集まった令嬢達の注目を集めていた。普段からきりっとした真面目な面持ちは、王族護衛騎士の軍服でより凛々しさを増し、経験と年齢を重ねた騎士伯爵としての存在感を放っている。

その夜空色の切れ長の瞳に見つめられてみたいという思いで、自身の方に向いてくれないだろうかと期待して、女性達がチラチラと目を向ける。同じく護衛と警備にあたる軍人達は、会場内の平和な空気に緊張感が緩みそうになるたび、仕事に集中する彼を見て己の気を引き締めていた。

黒兎伯爵と呼ばれているアルフレッドの一族は、兎科で唯一の武闘派であり、その中でもトップクラスに位置する獣人貴族としても知られていた。

彼らの一族は、兎科の中で最小と言われている黒兎種だ。

その小さく愛らしい外見からは、想像がつかないくらいに戦闘能力に長けている兎として有名で、人や他種族には絶対に懐かないという最大の特徴も持っていた。出会い頭に戦闘態勢を取る、耳の垂れたもふもふの小さな凶暴動物としても知られている。

強い獣人の妻にと憧れる獣人貴族の令嬢達は、外見的な美しさや洗練された紳士ぶりも好感度が高く、アルフレッドを夫にと夢見る者も多かった。圧倒的な強さで君臨するのが、肉食獣種の大狼一族であるベアウルフ侯爵家だとすると、草食動物種の中では『肉食系草食動物種』に分類される兎種がいて、その中で一番戦闘に特化しているのがコーネイン一族なのである。

兎種は基本的に、聖獣種に似て「紳士淑女であれ」という、貴族としての意識を強く持っている。黒兎伯爵と呼ばれているコーネイン家は、自分達で紳士淑女と公言し、その言葉通り、規律を守って行動する礼儀正しい一族としても知られていた。

しかし、「紳士」「淑女」というのが口癖でもある彼らは、されど武闘派兎なのである。だから当人達と他獣人族との認識には、少々ずれがあった。その迷惑極まりない特性は、普段はなりを潜めているので、獣人貴族の鑑のような紳士淑女にしか見えないでいる。

現在、ガーデンパーティーの会場にて、王族護衛騎士として警備に参加しているアルフレッドは冷静沈着だった。そんな引き締まった真面目な表情の下で、実は仕事とは全く別の事を考えているとは、そういう訳もあって、会場にいる誰も気付いていなかった。

――エミリア・ヴァレンティを、確実に妻とするには、どうしたらいいいか。

あの夜会以来、彼が一番時間と心を割いて考え続けている事は、ただその一点のみである。

席に移動した王妃のそばを、専属の護衛班に任せて、こちらの会場警備側に移動してからもずっとそうだった。昨日エミリアに膝枕をしてもらった時の、柔らかな太腿の感触と、手で触れてみた頬の肌触りを、今も現在進行形で、しつこいくらい何度も思い返していた。

ちなみに見合い後は、馬車の中にいる間も、書類の手続きをしている時も勤務中も、彼女の笑顔と私服姿を飽きずに回想し、特に手の甲を舐めた事は重点的に振り返っていた。

つまり、下心がないなんて事は、全くなかった。

アルフレッドは、一目見た時から、エミリアを妻にすると決めていた。

彼女に出会ったあの日は、護衛として夜会の会場に入っていた。いつも通り視線を巡らせていたら、一つだけ色が違うような不思議な感覚に目が引き寄せられた。そこにあったのは、数人のグループと何やら楽しげに話している、珍しく髪の短い令嬢の後ろ姿だった。

これまで、自分から女性に話しかけたいと感じた事はなかった。それなのに、そこから聞こえる小さな笑い声に、自然と彼の耳は集中していて、もっと聞きたいと思った時には足が持ち場を離れて、そちらに向かっていたのだ。

彼女は誰だろう。顔を見たい、話してみたい。

そんな想いで、頭の中はいっぱいになっていた。しかし、向かい始めてすぐ、彼女が一緒にいた人達に別れを告げて歩きだしたのだ。

歩幅を考えれば、追いつけるだろうと算段していた。そうしたら、足音に気付いたらしい彼女が、こちらの姿さえ確認しないまま逃げるようなルートを取ってしまい、アルフレッドはこれまでにないショックを覚えた。

怯(おび)えさせたのなら今すぐに誤解を解きたい、という正体不明の焦燥感に駆られた。彼女に無視され、距離を置かれるのを想像したら、どうしてか心臓がぎゅっと痛んで、背筋が冷えて生きた心地がしなかった。

話しかける方法を考えながら、一定の距離を保って後を付いていった。そうしたら、なんと彼女が二階の廊下から飛び出そうとしたのだ。

その光景が目に留まった瞬間、まるで半身が切り裂かれるように血の気が引いて、アルフレッドは反射的に床を蹴(け)って駆け出していた。

危ない、危険だ。彼女が怪我(けが)をしてしまう。

そんな想いが思考を覆い尽くして、我を忘れて無我夢中(むがむちゅう)で走って、廊下の外へ飛び出す彼女に手を伸ばした。宙に身体が浮いた彼女が、弱い月明かりを背景にハニーブラウンの髪を柔らかく揺らして、こちらを振り返り、明るい茶色の瞳が見開かれて目が合った瞬間——

たったコンマ二秒ほどのその情景が目に焼きついて、アルフレッドは呼吸を忘れた。ようやく運命の相手に出会えたような歓喜に心が震えて、一瞬で全身がカッと熱くなった。

なんて、愛らしい。

オスとしての本能を貫いたのは、そんな言葉だった。

自分の昂ぶる発情状態を自覚して、焦ってはいけない、警戒されて怯えさせたらアウトだと興奮を落ち着けた。抱き留めた身体は、しっくりくるように腕の中に収まって、ただそばにいるだけで心地良いという、これまでにない安堵感に心が満たされるのを感じた。

縁や巡り合わせもないまま、歳ばかりが重なる中で、誰かと添い遂げたいという意欲も生まれずにここまで来た。きっと自分は、従兄弟達のように伴侶を得る事もなく、独りきりでずっと暮らして死んでゆくのだろう、獣人族として本来あるべき情や憧れが欠けているに違いない、と冷静に考えて受け止めていたはずだった。

それなのに、まるで温度のない心に初めて温もりが灯ったように、これまで感じた事のない様々な熱い想いが込み上げて溢れた。直前まで結婚なんて考えていなかったのに、彼はもう、腕の中の女性が欲しくてたまらなくなっていた。

彼女との家庭が欲しい。

自分の妻として彼女を迎え、そして夫となって、ずっと共に在りたいと思った。

誰にも盗られたくない一心で、彼女と別れすぐに夜会の会場内へと戻り、郵便事業社のトップを務めている男を捜し出した。これまでの社交と仕事上の付き合いから、夕方ではなく朝一番に手紙を届けるよう交渉を持ちかけて、貿易業で最新式の速い馬車を持っている友人に協力させた。

どんな女性であるのかについては、知人の情報網を駆使してすぐに集める事も出来た。待っている間、そわそわと落ち着かなかった。都合上会う事は出来ないという、断りの初歩的な口実の返事が届いて、激しいショックの直後に、自分の中でプツリと吹っ切れる音がした。

そもそも、諦めるつもりは毛頭なかったからである。

お見合いという形で、ようやく再会を果たして二人きりになれた時、このまま本婚約をして一直線に初夜までいけないだろうか——と冷静な表情の下で理性が崩壊しそうになって、数秒ほど本気で真剣に考えていた。

即子作りに踏み切るのは、紳士にあるまじき事だ。あの時は、理性が戻ってからそう自分を落ち着けた。

——今だって、こんなにも満たされて幸せなんです。

エミリアは、あの時そう語った。

『家族以上に好きだと思える誰かが出来て、その人の事をもっと知りたくてそばにいたいという気持ちが、どんなものか想像した事もなくて』

つい、「私もそうだよ」と答えそうになった。

こうして君のそばにいられるだけで心が満たされて、世界で一番幸せな男なのだと勘違いしてしまいそうになる。彼女は話す間、穏やかな女性の顔をしていて、その心の中に自分も含まれていたら、どんなに幸福だろうかと思った。

『求婚痣って噛むんですよね？　それって、やっぱり痛いですか……？』

『小さなモノだから痛くはない。舐めれば傷もすぐに塞がるから、あっという間だ』

『そうなんですね。じゃあ、あの、その、えっと……………こんな私でも良ければ、どうぞよろしくお願いします』

　妻としてどうかもらってください、と一瞬頭の中で都合良く変換されて、またしても理性が崩壊しそうになった。この求婚を成功させるためにも、必ず勝利を勝ち取ろうと心に誓った。

　再会するまでは、抱き留めた時の感触を思い返して我慢していた。触れられたチャンスを活かすべく、刻んだ求婚痣の傷を癒すという口実で、彼女の柔らかで滑らかな手の甲を舐めて堪能した。

　自分で紳士と言い聞かせて考えておきながら、彼はその判断が紳士にあるまじき本能的な求愛行動だとは、露とも考えていなかった。誰の『匂い』も付けていない彼女に『求婚痣』を刻んだ時、自分の匂いがそこに宿ったのを確認して、更に愛おしさが募った。

　獣人族は、『匂い』で人の判別が出来るほど嗅覚が優れている。求婚痣へのキスという礼儀的作法などないにもかかわらず、今のところ唯一許されている可能な範囲の触れ合いを逃したくなくて、そのキスは挨拶であると彼女に信じさせてもいる。

噛んだ時は、本来の大きくて美しい求婚痣を咲かせたくて歯が疼いた。

けれど、アルフレッドは紳士だ。二十代になったばかりの、盛りのついたガキではない。これ以上はない本命の女性だからこそ、紳士として礼儀正しく、正面から一つずつきちんと手順を踏んでいくと決めていた。

夫婦となりたい大切な女性であるのなら、オス側の都合だけで事を進めてはいけないのだ。たとえば、いきなり力づくで噛んで本婚約の求婚痣を刻むのはマナー違反であり、理性がプツリと切れて、熱に翻弄されるまま相手に触れて困らせるのは、オスとして褒められる事ではない。

その時、聴覚が一際優れている耳に、小さな騒ぎの声が入った。

思考を邪魔されたアルフレッドは、ピクニックへ共に出かけた際の、エミリアの恥ずかしがっていた表情の回想を止めて、ゆっくりと顔を上げた。近くにいた騎士に目配せをすると、命令出来る権限を持っていながら、自ら動き出していた。

その様子を見ていた他の騎士達と、警備にあたっていた衛兵達が、「人を動かさないで自分から行くというのも珍しいな」と小さな声で言葉を交わし、ガーデンパーティーの会場の外に向かう、唯一の黒髪の護衛騎士を見送った。

会場を抜けて回廊を進んだ先には、近衛騎士の小規模の第二鍛錬場がある。

たまたまその時間、非番だった血気盛んな若い獣人族の近衛騎士達が、上官がいないという緊張が緩んだ状況の中で、ちょっとした売り言葉に買い言葉で火がついていた。

肉食獣種の獣人族の軍人の場合は、特に戦闘本能もあって血の気の多い者が圧倒的に多かった。戦いで白黒付けて強さを主張する傾向も強く、上官クラスにも災害級の肉食獣種が君臨していたりと日頃のストレスも溜まっていて、ちょっと気が抜けると『じゃれあい』たくなるのだ。

「よっしゃ、やってやんぜ！」

「かかってこいやぁあああ！」

現在の騒ぎとなった、この通常訓練時のルールも忘れた勝ち抜き戦が始まったのは、十分ほど前の事だ。パーティーなどの開催時間中は、聴覚が良い獣人種族の耳を煩わせる可能性があるため、基本的に鍛錬場の使用を控えるよう指示されていた。

だから、王宮でも名が知られている王族護衛騎士のアルフレッド・コーネインがゆらりと現われた時、二十代前半の若い近衛騎士達は、遅れてそれを思い出し、またいつものように注意を受けるのだろうと思った。

「両陛下主催のパーティーなのに、この人が来るとは思わなかった……」

「マジで怒ると、マシンガントークで『規則とその重要性』を全部説いてくるからな……」

「一番怖かった教師を思い出すわ」

「説教が的を射すぎて、心が折れそうになるよな」

そう何人かが呟いたところで、黒兎伯爵としても知られているアルフレッドが、ピタリと視線の照準を合わせてきた。

その眼差しを目にした瞬間、彼らは揃って素早く口を閉じていた。

本能的な生命の危機を覚えるくらいの、恐ろしい殺気を感じたからだ。まるで肉食獣にロックオンされたような、捕食の直前に似た緊張感に、場の空気がピシリと凍りついた。

近衛騎士達は、これまでにないアルフレッドの様子に動揺した。誰か、もしくは班か部隊単位で怨みでも買ったのか、と急いで推測が開始されてすぐ「ちょっと待てよ」と一人が口にして、近くにいた二人の同僚に目を向けた。

「黒兎伯爵って、確か独身の堅物でも有名だったけど、最近お見合いして仮婚約したって話なかったっけ？」

「あ。そういやウチの隊長が言ってたな、すぐに手紙を出したらしい」

「という事は、親の勧めとかのお見合いじゃない訳で……？」

嫌な可能性が脳裏を過ぎり、三人は揃って沈黙した。

そのやりとりが途切れた時、そこに居合わせた一人の騎士が、その話を聞いていたこの場にいる全員の意見を代表するように、自分だってトドメを刺すような事は言いたくないんだが、と前置きして重々しい様子で口を開いた。

「……つまり、あの人は『本命の女性』を見付けて、自分からお見合いを申し込んだのか……？」

　そうであれば、大変問題である。直前まで騒いでいた若い彼らは、不穏な予感を察してざわめき、「マジかよ」と互いの顔を見合ったりした。

「確か兎の連中って、そういう時期は喧嘩を売るし、買わなかったか……？」

「まさにそれだな。例外なく『勝利を勝ち取りに行く』連中だった」

「自分が一番強いっていう、迷惑極まりない行動に出るタイプの獣人が、兎だよな」

　愛らしい癒し系の無害な種族と見せかけて、その実、兎は草食動物のトップに立つ肉食系草食動物なのである。厄介な事に、彼らは求婚期と同時に発情期に入り、その際にはどの兎科の種族も例外なくマウンティング行動に入った。

　相手がアルフレッド・コーネイン、というのが、また更に大問題だった。

　コーネイン一族は、兎科の中で最小と言われている種族なのだが、かなり凶暴で力もあり、出会い頭にファイティングポーズを取る兎としても知られていた。他種族には絶対に懐かない、というのが最大の特徴で、甘えるのは発情期の求愛行動の一つである。

　黒兎種の、怪力持ちの武闘派一族にして、生粋の戦闘系騎士家系のコーネイン伯爵家。

　それを思い出した近衛騎士達は、ぎこちない動きで、例の護衛騎士に視線を戻した。

　求愛期間に入った兎獣人特有のピリピリした喧嘩早い空気をまとうアルフレッドが、こちらが手に握っている剣に目を留めた。そちらで強さを競うのかと解釈した様子で、ゆらりと剣を抜くのを見て、彼らは気圧（けお）されて一歩後退した。

「――さぁ、かかってこい」

嫌です、出来れば全力でお断りしたい。

黒兎伯爵、アルフレッド・コーネインの殺気立つ獣目には、一匹残らず蹴倒して意中の女性への求愛を成功させる、という本能的な意思が見て取れた。だから近衛騎士達は、今にも死にそうな乾いた笑みで、更にじりじりと後ずさってしまっていた。

兎野郎なんて、ちっとも可愛くない。

普段は班ごとに喧嘩を売ったり、勝負を仕掛けたりしているものの、この時ばかりは全近衛騎士達の意見は合致していた。兎紳士なんて、発情期は喧嘩を売るし買う、実に迷惑極まりない連中だと思った。

◆

婚約者の候補の一人というだけであるので、仮婚約者同士の交流については、週に一回か、それ以上の期間が置かれるものなのだろうと推測していた。

昨日にあったピクニックの事を思い返しながら帰宅すると、ポストに一通の手紙が入っている事に気付いた。一体誰からだろうと宛名（あてな）を確認してみたら、そこには『アルフレッド・コーネイン』という名前があった。

もしやと思って、エミリアはその場で内容を確認してみた。便箋（びんせん）の冒頭部分に記された文章が目に留まった瞬間、ついそれを口にしてしまっていた。

「…………『二回目の交流デート』のお誘い」

どうやら、仮婚約の制度というのは、短い期間で次の交流会が行われるものであるらしい。その手紙には、明日迎えを寄越す旨が丁寧に書かれていて、来てくれるのを楽しみにしているという文面で締められていた。


その翌日、手紙で知らされていた時間ぴったりに、伯爵家の紋様が入った立派な馬車の迎えがあった。エミリアは戸惑いつつも到着した馬車に乗り、そして王都の高級住宅街区に建つ、基調の白亜が美しいコーネイン伯爵邸に降り立った。

二回目の交流会は、アルフレッドの屋敷で茶会が予定されていた。

婚約者の候補の一人というだけであるのに、まさか早々に本邸に招待されるとは思っていなかった。馬車を降りたエミリアは、つい足を止めて、茫然（ぼうぜん）と辺りを見渡してしまう。

コーネイン伯爵邸は、門扉（もんぴ）から表玄関まで距離があり、色とりどりの花壇がアーチを描いて敷地内を彩っていた。敷地の柵（さく）に沿うように木が植えられていて、停車場の中央に置かれた噴水の彫刻も、場の雰囲気を壊さないよう巨大な物は設置されていなかった。

「ようこそいらっしゃいました、ヴァレンティ様。わたくし、執事のバートラーと申します。使用人一同、あなた様の初来訪を歓迎致します」

玄関前で待っていた中年執事が、出迎えるようにやってきて、丁寧に礼を取りながらバートラーと名乗った。とても穏やかな目元をした男性で、まるで歳の離れた姪か甥を見つめるみたいに、親愛の情が滲む眼差しを向けてくる。

「本当は、全使用人で盛大にお出迎えをしたく思っていたのですが、驚かれるといけないと旦那様にお言葉を頂きまして、このたびは、わたくし一人でご案内させて頂きたく思います」

「えっ、全員でお出迎えってそんな……あの、貴賓客でもないですから、どうぞお気になさらないでください」

なんだか大袈裟だなと思って、自分は大した者でもないですから、とエミリアは慌てて配慮の言葉を掛けた。すると、彼が穏やかな獣目を、まるで噛み締めるように細めてこう言った。

「仕えられる日が、ますます楽しみです。ずっと、お待ちしておりました」

「へ……？」

「さ、どうぞこちらへ」

にっこりと微笑んで、バートラーが白い手袋をした手で促して、歩き出した。

案内されたのは、テラス席が設置された場所だった。そこは屋敷の一階部分の開放された広間に面しており、真っ直ぐ広々と芝生が開けていて、王都の中にあるお屋敷だという事を忘れてしまいそうなくらい、緑豊かで穏やかな空気が漂っていた。

そこで出迎えてくれたアルフレッドは、本日も紳士として、隙のない上品な衣装に身を包んでいた。またしてもこちらの手を取って求婚痣にキスをしてきたが、前回驚いてしまった一件を覚えてくれていたのか、そっと触れる程度に加減されていて、そこには彼の配慮を感じた。

とはいえ、手の甲にキスをされるような挨拶には慣れなくて、エミリアは返しの挨拶の言葉が、しどろもどろになってしまった。またしても少し赤面してしまい「ごめんなさい」と謝ったら、彼は気にしていないからと、相変わらず優しげだった。

「外に席を用意してある。おいで、エミリア」

その手を離さないまま、アルフレッドが流れるような仕草でエスコートした。テラス席のテーブルにはカットフルーツと、数種類の丸いクッキーが盛り付けられた皿が置かれていて、バートラーが客人のために手早くナプキンを広げる。

二人分の紅茶を持ってきたメイドの一人が、「サーマルブランドのクッキーですわ」と菓子を紹介してくれた。それは王都でもっとも有名な高級クッキーで、短期間限定で出される味や、新作メニューも多いとして、定期的に足を運んでも飽きないと言われている名店の一つだった。

「旦那様から『お店』の事は伺っておりますので、お帰りの際には、そちらまで馬車でお送りいたします。それまではどうぞ、ごゆっくりお過ごしくださいませ」

バートラーが、メイドを後ろに従えて頭を下げた。彼女達は、好戦的な印象がある獣目ながら、彼と同じく親しみを込めて微笑んで、揃って屋敷の中に戻っていった。

サーマルブランドのクッキーは、貴族だけでなく庶民にも圧倒的な人気がある。

エミリアも、たまに家族に買って帰る事があったから、その美味しさは知っていた。使用人達がいなくなったところで、今週から発売されているらしい新作クッキーを、じっと見つめてしまう。

「今回も柑橘系のアレンジなのね。とても香りがいいわ」

「まだ本店だけしかなかった頃に、ある獣人貴族の公爵が、柑橘系の物を好んで食べていると店側が知って、それから出来るだけ揃えておくようにしたという噂もある。店は今でも、それについては肯定も否定もしていないらしいけれどね」

アルフレッドが、向かいの席からそう言って紅茶を口にする。

こうして、誰かと二人きりで茶会をしたのも初めてだったエミリアは、ひとまずは食べて楽しむ物でもあるという認識のもと、新作のクッキーを味見する事にした。

一口では食べられないから、一度口でサクッと半分にして咀嚼し、それから少し甘くなった唇を少し舐める。香りや味だけでなく、サクサクとした触感もやみつきで、続けてチョコとバターのクッキーにも手を伸ばした。

やっぱりこのお店のクッキーが一番満足感あるわねぇ、と思いながら紅茶で口直しをした。

ほっと一息吐いて紅茶カップをテーブルに置いたところで、ふと、向かい側に腰かけたアルフレッドが、寛いだ様子でこちらを見ている事に気付いた。

気のせいか、食べる様子をしげしげと観察されていたようにも思えて、一枚食べるごとに紅茶で口直しするべきだったかしら、とエミリアは少し気になった。しかし、次に切り出してきた彼の言葉で、その心配も消えた。

「王宮で開催される次の夜会に、君を誘っても構わないだろうか？」

「次の夜会って、今週末の……？」

「君の都合が良ければ、その夜会に仮婚約者として、ペアで出席したいと思っている」

冬の時期を除いた年に二回ある社交シーズン中は、未婚貴族向けにほぼ毎週、何かしらパーティーが開催されている。今の時期もそうで、王宮でも盛大に夜会が開かれていた。

エミリアは、数日後に迫っている週末について考えた。刺繍のお店も、国が定めている休日は大抵閉めており、その休日前の夜には、特にこれといって個人的な用事も入ってはいない。

もしかしたら、夜会にパートナーとして出席するというのが、次の交流デートの内容になるのかもしれない。そう考えて誘いを受ける事を答えたら、途端にアルフレッドの表情が柔らかく笑んだ。

「当日の夜、迎えに行く」

真っ直ぐ向けられた大人びた穏やかな微笑は、嬉しさを伝えてくるような甘い表情にも見えた。うっかり小さなトキメキを覚えてしまい、ついテーブルに視線を逃がす。

　そもそも仕事目的ではなく、誰かの同伴者として参加するのも初めてである。エスコートされる自分を想像したら、そわそわしてしまって、エミリアは気を紛らわすべく濡れ布巾で指先を拭い、テーブルの上に用意されているカットフルーツのいくつかを小皿に取った。

　デザート用のフォークで、一口サイズにカットされたフルーツを口に運んだ。皮ごと食べられる黄緑色の葡萄は、一粒ずつ艶々としていて、噛むとたっぷりの果汁が口の中に広がって、ほど良い酸味と爽やかな風味を感じた。

　こちらをずっと見つめていたアルフレッドが、ようやく視線を外して、つられたようにテーブルにあった葡萄を指でつまんで口にした。思案する様子で唇の端を親指で拭う仕草は、どこか色っぽくて、エミリアは思わず目に留めて観察してしまっていた。

　すると、ややあってアルフレッドが立ち上がり、思案を終えた表情で「少し歩こうか」と誘ってきた。

「実は、君に見せたい物がある。屋敷の裏に、代々コーネイン家でハウス栽培しているマンダリンの果樹園があるんだ。ちょうど、実が食べ頃の時期に入っていてね」

「マンダリン？　初めて聞く果物の名前だわ」

「マンダリンがあるのは、私の屋敷だけだからね。王都と、その近隣地域には存在していないから。さぁ、歩きながら話してあげよう」

そう言って、アルフレッドが「こっちだよ」と促してきたので、エミリアも席を立った。

マンダリンは、珍しい長い葉を持つ木に生る、楕円形をした小さなオレンジ色の果実だ。皮はそのまま食べられるくらいに薄くて脆く、含まれる水分は少なめであるにもかかわらず果肉は蕩けるほどに柔らかいという。

一部の地方で庶民に愛されて食べられている果物で、枝から切り離すと早くに実が傷んでしまう事もあり、だから市場には出回っていないのだと、アルフレッドは歩きながら話してくれた。

「戦乱時代初期の頃に、一族の者が、遠征先の土地で見つけて持ち帰ったらしい。私達コーネイン家の者は、物心付いた頃から、それを食べて育った」

そう説明されながら案内された先にあったのは、一般庶民の家がすっぽりと入ってしまうくらいに大きくて立派なハウス園だった。全面は加工されたガラス造りで、掌二つ分もの長さがある葉を持った果樹が、小振りな森林のように収まっていた。

アルフレッドが「どうぞ」と言って、ハウス園のガラス扉を開けた。促されるままハウス園の中に進むと、足を踏み入れた途端に、そこに満ちる濃厚で優しい甘い匂いに全身が包まれた。

そう言えば、出会った時に彼からしていた香りに似ている、とエミリアは思い出した。台を使えば届きそうな距離には、外からも見えたオレンジ色の果実が細い枝先に付いており、実の長さは親指ほどのサイズで、明るくて鮮やかなオレンジ色が目を引いた。

「卵みたいな小さな形も、とても可愛いわ。すごく綺麗な色をした実なのね」

「宝石の名の一部を取って、マンダリンと名付けられているらしい。今は全てオレンジ色をしているが、この大きさになるまでは、月光に映える美しい蜂蜜色をしている」

頭上を見回しながら、ゆっくり進むエミリアの隣で、アルフレッドがそう教えた。

マンダリンの実が小さい時は、月明かりのある夜にここへ来て寝転がり、まるで光っているようにも見えるそれを眺める楽しみもあるという。幼い頃は、家族揃ってよくそうしたのだと、彼は言った。

「果実が食べ頃だから、こんなにも甘い匂いがするの？」

「実が食べ頃の時期は特に強いけれど、実は葉も甘くてね。だから、この匂いは年中している」

「えっ。甘いって、葉っぱの味が……？」

「深い緑色になる前の物は、砂糖味を薄くしたように甘い。他のサラダ野菜と混ぜて食べる」

葉が大きく成長しきってしまうと、匂いだけが残って、甘味はなくなってしまうらしい。マンダリンの果樹は、果実だけでなく葉も食用として活用されていて、葉を切り落とすと同じ場所から新芽が出るらしく、その成長速度は雑草並みなのだとか。

そんな話を聞きながら、ハウス園の中央まで来ていたエミリアは、木が二本分ないような開けたスペースで足を止めた。足元にある柔らかな芝生を見下ろして、ふと、もしかしたらここが、家族の団欒場所だったのかもしれないと考える。

「ピクニックもそうだったけど、夜のハウス園のお話もとても素敵ね。アルフレッド様の一族は、きっと家族としての時間を、大切に過ごしていたのね」

もふもふの兎耳を持った黒髪の愛らしい男の子と、その家族の姿を想像したら、胸がほっこりと暖かくなって、エミリアはくるりと彼を振り返って笑いかけていた。家庭を持つのは素敵な事なのだと、そんな憧れを覚えてしまうくらい、とても素敵な一族だと感じた。

小さく目を見開いたアルフレッドが、夜空色の瞳を僅かに細めるようにして、穏やかに微笑んできた。嬉しくて破顔するような、なんだか少し幼い印象を覚える笑みだった。

ハウス園に入り込んだ微風に誘われて、エミリアはどこか心惹かれる匂いをまとう、マンダリンへと視線を向けた。香水でもこれ以上にはないというくらいに、上品で甘い香りがする果物について考えていたから、歩み寄ってくる彼に気付かなかった。

「甘くていい匂いだわ。市場で出回らないのが、勿体ないくらいよ」

「知り合いの獣人族の中には、相性の良い者のそばにいる時と近い心地がする、と言う者もいたけれど――」

近くから声が聞こえて、途中で一旦途切れた。

エミリアは、いつの間にかすぐ隣に来ていたアルフレッドを見上げた。どうしてか、彼はひどく落ち着いた様子で、真っ直ぐこちらを見下ろしていた。

「——君の方が、とてもいい匂いがする」

いい声で囁かれた低い呟きが、聴覚に深く染みた。見つめてくる眼差しは、真面目そのもので、社交辞令でそう口にしているのではないと分かった。しかし、その途端エミリアは、獣人族が嗅覚も優れていたと思い出して、ふと、ある事を知られたのではと勘繰ってしまい、顔に熱が集まるのを感じた。

実は昨夜、ピクニックで膝枕をした一件もあったせいか、まるでわざと強調するように記された手紙の『デート』という言葉を意識してしまった。そこで、領地の女の子達に、お肌の艶が良くなって、ほんのりいい匂いがすると評判のあったシーラの花弁を、湯に少しだけ浮かべて入ったのだ。

獣人族は、例外なく嗅覚が良いらしいから、てっきりそれがバレたのだと思った。これまで香水さえしていなかったのに、いかにもデートを意識しましたという行動を、異性に言いあてられるのは恥ずかしい。

「あのっ、確かにお風呂でシーラの花弁は使ったけど、香りが肌についてくれるような高価な物じゃなくって、昔から領地で親しまれている物というか……ッ。えぇと、その、ちょっと湯に入れて試してみただけというか」

どう言い訳したものかと焦っていたエミリアは、そこでふと、シーラというのは正式名ではなく、一部の古い地域でしか親しまれていない地方花にあたるのだった、と遅れて思い出した。

そもそも王都では、ほぼ知られていない物と使い方である。

これ、もしや言い訳の仕方を、間違えてしまったのではないだろうか？

へたをすると、自分から白状してしまった事にならないだろうか、とエミリアは自分の台詞を思い返しながら、羞恥に染まった顔でゆっくり足元を見下ろした。冷静に考えてみると、ちょっとした香水やアイテムを使った、と一言で簡単に済ませば良かったような気がす――

「私のために、花弁を浮かべた湯で身を清めてくれたの？」

柔らかな口調で、ストレートに問われて思考が止まった。

アルフレッドが少し背を屈めて、横顔を覗き込んでくる気配がした。タイミングや台詞からすると、彼のためにやったと受け取られる状況でしかない事を察して、エミリアはますます恥ずかしさが増して、顔が上げられなくなった。

「うっ、その……ホントにちょっと試してみただけなの。実際にやってみたら湯から上がった時に花弁が肌に付いて、でも水で洗い流したらダメだって言うから、何やってるんだろうって思いながら手で一枚ずつ取って……いつもより入浴を終えるのも遅くなってしまったし、多分、もうしないかなぁ、とか考えたりッ」

もう何を言っているのか、自分でも分からなくなってきた。一体どう言い訳しようとしていたのかも不明になって、エミリアはごにょごにょと呟いてしまう。

この歳になって、浴室でもだもだしていた失敗談を暴露しているとか、恥ずかしすぎる。

きっと、彼にも呆れられてしまったに違いないと思ったら、もう視線も上げられなくなってしまい、両手で顔を覆って赤面を隠した。

「うぅっ、一人でお風呂くらい入れるのよ」

またしても、よく分からない言い訳を重ねてしまっていた。自分が子供ではない事は、きちんと伝えておこうという意識が働いたのだが、またしても墓穴を掘ったような気がして、エミリアは恥ずかしすぎてとうとう口をつぐんだ。

その時、顔の横から「エミリア」と、やや強い真剣な声で名前を呼ばれた。

「それなら、その効果が出ているのか、私が触って確かめてみてもいいという事だね？」

…………ん？

待って、なんでそうなるの。

エミリアは、自分が匂いの話だけをしたはずであった事を考えた。もしやシーラの花弁に肌触りが良くなる効果がある事について、どこかでうっかり口にしてしまったのだろうか。

それとも、王都で使用されているそういった花弁は、ほとんどその効果があるから、彼は匂いと肌触りの両方を確かめると口にしたのだろうか……と、そう考えだした矢先、横にいるアルフレッドに求婚痣のある左手を取られて、触れた肌に感じた熱に小さく飛び上がった。

ハッとして目を向けてみると、彼がこちらを熱く見据えたまま、両手でなぞるようにして手を持ち上げた。まるで見せつけるみたいに、目の前で自身の指先にゆっくりと絡める。その仕草はどこか色っぽく、撫でられる指の間に体温が伝わって、心臓が大きな音を立てた。

まさか、本気で確かめるつもりなのだろうか。エミリアは、訳も分からずドキドキしてしまい、目を見開いて見つめ返すしかなかった。

「エミリア」

低い声で、そう囁かれたと思ったら、アルフレッドがこちらを見つめたまま求婚痣に唇をあてた。どこか許可を求めるような男性的な眼差しと、柔らかな唇がそこに触れる熱を感じて、またじわりと体温が上がる。

「今すぐに確かめたい。いいね？」

「でも、どうして――」

「仮婚約では、恋人みたいに過ごして交流するものだと、はじめにも教えた」

「えぇと……………つまりこれも、『恋人らしい事』の一つなの……？」

そういえば、先日そんな事を言われていたのだったと思い出した。恋人同士のような空気が流れているみたいで落ち着かないと感じていたのは、恐らくはそのせいなのだろう。

こちらの表情から納得した様子を察知したのか、アルフレッドが「そうだよ」と囁く声で言いながら、白く華奢な手に頬を擦り寄せてきた。肌触りを確かめるように、上から手を重ねて自身の頬を押しあて、ゆっくりと滑らせる。

なんだか甘えているようにも感じるのは、話を聞かされた時にイメージ付いてしまった、愛らしい小さな黒兎の姿が思い出されるせいだろうか。

こちらの手に頬を擦り寄せる彼が、どこか色っぽい所作で肌触りを確かめているようにも見えて、エミリアは背を向けるように視線をそらした。丘の上で膝枕をした時と同じように、じわじわと顔に熱が集まるのを感じた。

すると顔を伏せてすぐ、不意に後ろからそっと顎を支えられた。

長く逞しい指の熱に、ビクリとした。すぐに動けないでいると、耳の後ろに吐息を覚えて、そこに鼻を寄せたアルフレッドが「エミリア」と名を呟いてきた。

「ああ、やはり甘い『匂い』がするね」

「に、匂い……?」

「蕩けて、食べてしまいたくなるくらい」

それは、マンダリンの実と比較しての台詞なのだろうか。社交辞令にしては表現が少々過度な気もするけれど、紳士である彼が口にすると、キザにも思えるその言葉も心揺さぶる威力があるのは、どうしてだろう?

というか何故そんなところを嗅ぐのっ、ものすごく恥ずかしいんだけど!?

耳元や首筋辺りからする呼吸音を意識して、エミリアは一層恥じらって赤面してしまっていた。取られた手は、指が絡められたまま固定されてしまっていて、そのうえ首と顎に回された手が邪魔して身動きが取れない。

今にも鼻先が触れそうな近さにアルフレッドを感じて、小さく震えた。黒とハニーブラウンの髪が、サラリと音を立てて混じり合う。

アルフレッドは、小さな耳の先まで火照らせるエミリアの、細く白い首筋を指先でそっと撫でた。滑らかで柔らかいそこに触れてしまったら、思わずそのまま唇でも触れてしまいそうになって、直前で紳士として止めて、彼女の肩に掛かる髪をこっそり唇で挟んだ。

なんて愛おしいんだろう、と思う。

過ごす時間が重なるごとに、もっと、と物足りなさだけが増して、触れたくてたまらなくなる。そして同時に、何をされているのか分からない彼女を、こうしてドキドキさせているのが自分というオスである事が、嬉しくてたまらない。

もっと意識して、こちらの事でいっぱいになってしまえばいい。何もかも初めてな彼女の限界を超えないよう、調整しつつも手を抜くつもりはなかった。

とはいえ、今はここまでだ——と、気付かれないうちに解放して身を離した。

指がするりと解かれた事に気付いて、エミリアはようやく振り返る事が出来た。目が合った途端、こちらを見下ろしたアルフレッドが、夜空色の美しい瞳を僅かに細めて申し訳なさそうに微笑した。

「困らせてしまって、すまない。私達獣人族は、嗅覚も優れているから匂いには敏感で、こうして嗅ぐ習慣もある」

その大人びた笑顔は優しげで、エミリアは「獣人族の習慣なら仕方ないわね……」と呟いて、知らず先程の緊張や警戒心を忘れた。

普段からスキンシップも激しそうだとは、ピクニックの時に感じていた。リス科の獣人である親友のジョシュアの話だと、基本的な成長過程や行動については、肉食系も草食系もだいたい同じだというような事を言っていた覚えもある。だから、獣の性質を持っている事を踏まえると、アルフレッドも匂いを嗅ぐ行動習慣があるのだろうと思えた。

あ。そういえば、野兎もよく鼻先を動かせて、匂いを嗅いでいたわね。

その光景を思い出していると、アルフレッドが「さて」と言って、こう切り出した。

「実際に、マンダリンを取って食べてみようか。甘くて美味しいから、きっと君も気に入ると思う」

「いいの？　大切な果物なんでしょう？」

「今しか生っていない実だからこそ、君に食べてもらいたい」

そう告げた彼が、不意にこちらに手を伸ばしてきた。え、と思った時には、エミリアは彼の片腕に抱き上げられていた。

アルフレッドの身長が高いせいで、地面が随分と遠くなったようにも感じて、驚いて反射的に、すぐそこにあった彼の頭を抱えてしまっていた。もうなりふり構っていられなくて、ぎゅっと抱き締めてしまう。

「ちょっ、アルフレッド様これ高いから！　待って待って落ちちゃうッ」

「エミリア、大丈夫だから落ち着いて。あまり愛らしい反応をされると、そのまま屋敷に連れ帰って、本当に食べてしまいたくなる」

半ば頭を抱き締められていたアルフレッドは、「これはこれで予想外だ」と呟きつつ、嬉しそうにして上品に笑った。一層強くなった彼女の『匂い』を嗅いで、自分の『匂い』を移りつけさせるように頭を擦り寄せる。

びっくりして一人で慌てていたエミリアは、彼の台詞の半分以上も聞こえていなかった。ぐらつきもせず安定している事に気付いてようやく、こちらが少し暴れてしまったのに怒りもせず、どこか楽しげに笑っているアルフレッドの美麗な顔を目に留めた。

「どうして笑っているの、アルフレッド様？　じゃなくて、いきなり何するのよッ」

「君の身長では届かないだろうから、こうしてみたんだが。自分で選んで取りたいだろう？」

「あ、なるほど……。確かに、自分で選んで収穫してみたいわ」

なんだか子供扱いされているみたいで恥ずかしかったものの、物心ついた頃から農作業に携わり、実際に近くの農家の果樹園とも馴染みがあったエミリアとしては、自分の手でマンダリンの実を取ってみたい気持ちが勝った。

アルフレッドに片腕で抱き上げられたまま、卵みたいに愛らしい小さな形をした、宝石みたいに鮮やかなオレンジ色の実を改めて眺めた。

少し見回した後で、食べてみたいと直感的に思った色艶のある物に手を伸ばした。初めて触れてみたマンダリンの実は、皮自体も脆くて柔らかい事がよく分かって、ヘタの部分を持って慎重に取らなければならなかった。

その作業の間も、彼がしっかり支えてくれているのを感じていた。すらりとした見た目以上に、逞しい腕と筋肉質な胸板の熱を覚えて、騎士をしているのだという実感も改めて込み上げてきた。

そのおかげで、もしかしたら落ちてしまうかもしれない、という不安もすっかり消えて、少しもしないうちに緊張感もなくなった。地面に下ろされる事なく「食べてみて」と促された時も、疑問を覚えなかった。

エミリアは、収穫したばかりの珍しい果物にかぶりついてみた。一齧(かじ)りしてみると、柔らかな果肉が口の中に蕩けて、とろとろとした甘い果汁が、良い香りと共に口の中に広がった。皮なんてないのではというくらいに、柔らかな食感には驚いた。

「すごく美味しいわっ。果汁も多すぎなくて、食べやすいし、甘いのにしつこさもないのね」

「皮も甘いから、触れるとそこに香りが移る特徴もある」

「あ。ほんとだ、指先からほんのりいい匂いがするッ」

果汁が付着した訳でもなく、甘い味が残る口で舐め取ってもいないのに、手には果物の香りが付いてしまっていた。それは収穫作業をしていた中では初めての経験で、エミリアは片手に持った実を食べ進めながら、つい不思議そうに自分の片方の手を見つめていた。

食べ終わったところで、マンダリンの実に種が入ってなかった事に気付いた。アルフレッドに尋ねてみると、食べられる方には種が生らないのも、マンダリンの特徴なのだという答えが返ってきた。大きく育たないまま、オレンジ色になるのが種なのだという。

「私も、一つ欲しいな」

勧められるまま二個目を食べ始めたところで、アルフレッドがそう言った。

思い返せば、彼は先程のテラス席では葡萄一粒だけで、他には果物もクッキーも口にしていないのだと遅れて思い出した。エミリアは、自分だけ食べている状況に気付いて即、「任せてッ」と請け負っていた。

「しっかり美味しそうな物を収穫するわね！」

「味を気に入って頂けたようで、何よりだ。それに、とても楽しそうだ」

「二個目を取った時に、なんとなくコツが掴めたの。それがちょっと嬉しくて」

緊張感もなくなっていたエミリアは、正直に答えて、普段のままの自然な表情で笑っていた。

ずっとにこやかでいるアルフレッドからは、今の状況をとても楽しんでいる事が伝わってきて、よくは分からないけれど、それもなんだか嬉しく感じて心地良かった。

彼の分のマンダリンの実を選んで、ヘタの部分を指でつまんで枝先からそっと切り離した。収穫に満足して視線を戻すと、目が合ったアルフレッドが、形のいい唇をそっと開いた。

「君の手で、食べさせて」

彼は自分を持ち上げている状況なのだから、手の自由が利かないだろうし、そうするのが自然だろう。弟が幼かった頃は世話を焼いていたから、エミリアはそこについて疑問を覚える事もなく、笑顔で了承して、その口にマンダリンの実を持っていった。

アルフレッドが、口許(もと)に寄せられた実を、くしゃりと一噛みした。

クールな表情で咀嚼し「美味い」と呟く様子は、なんだか色っぽくて、エミリアは遅れて今の状況が少し恥ずかしくなった。

週末の夜、エミリアは母に手伝ってもらい、ふんわりとしたレース生地があしらわれたドレスに着替えた。

どうにかすれば髪を結い上げられるけれど、肩が出ているドレス衣装だったので、リボンがついた花飾りの髪留めを左右につけるにとどめた。そして、開いた首回りにワンポイントのお洒落として、小さなブルーの誕生石のネックレスで仕上げた。

「自分の店でアレンジしたドレスとか、まさに宣伝狙いだよなぁ……。この細かい刺繍が手製物とか、誰も気付かないクオリティが、俺としてはちょっと怖い」

「セリム、何をぶつぶつ言ってるの？」

「社交デビューよりも、商売デビューが先だったのが、すげぇなと思って」

夜会に出かける姉を見送るため、玄関が見える階段に腰を下ろして待っていたセリムが、読んでいた本から顔を上げてそう言った。そばにいた父が「パパもそう思う」と、結い上げられていないエミリアの髪を見ながら、弱々しく相槌を打った。

「うふふ、ママにとっては、とっても誇らしい娘よ」

「突然どうしたの、お母さん？」

「あら、もう着いたみたいね」

母がそう言って、すぐに玄関へと向かった。

今夜も、コーネイン伯爵家の紋様が入った馬車は、予定時間ぴったりに屋敷の前に停（と）まった。

迎えに来たアルフレッドは、襟（えり）にブラウンの色が入った夜会用の上品な服に身を包んでいた。

タキシード寄りのジャケットの襟元には、金のバッジがされており、スカーフではなく首回りがすっきりと見えるネクタイをしている。エミリアは、母に続いて玄関から出たところで、しげしげと彼を見上げた。

「出会った時みたいな、騎士服じゃないのね」

「あれも正装にはなるけれど、仕事中の参加だと勘違いされるからね」

アルフレッドは、柔らかな表情で言うと「出会った時よりも、ずっと綺麗（きれい）だ」とこちらの左手を取って、挨拶（あいさつ）のようにそこにある求婚痣（きゅうこんあざ）にキスを落とした。

その様子をそわそわと見ていたセリムが、「俺もうこのピンクの空気無理ッ」と言って、出たばかりだというのに屋敷の中に逃げ込んだ。父が苦笑する隣で、母が「あらあら」と口に手をあてて笑う。

エミリアは彼らに見送られて、アルフレッドと共に馬車に乗り込んだ。

始まったばかりだというのに、豪華絢爛（ごうかけんらん）な王宮の夜会には、既に多くの貴族達が集まっていた。まだ『成長変化』を迎えて大人になっていない、十五歳から十八歳までの獣人族の令息令嬢達は、獣耳や尻尾、皮膚に獣の特徴の一部が出ている。

こういった公式のパーティーに参加する貴族は、人族と獣人族の比率が半々である。大人の参加者の場合、一見するとどちらか分からないのは、成長期のタイミングで彼らの獣耳や尻尾が人化するためだ。

獣人族は、『成長変化』で人族と変わらない姿に落ち着くと、結婚活動が可能になるらしい。それまでは、求婚痣を贈る事は出来ないのだとか。

それに対して人族の場合だと、女性であれば十六歳、男性の場合は十八歳から結婚が出来た。家同士の見合いによる政略結婚が多く、獣人族とは違って、婚約に関しては年齢制限が課されていない。

パートナー同伴で夜会に出席するのは、初めての事だ。エミリアは、馬車を降りて慣れたように腕を出したアルフレッドに手を絡める時も、寄り添うように歩き出してからも少しぎこちなさがあった。自分より高い体温を感じて、なんだか妙に緊張もしてしまう。

会場の正面入り口に立っていた男性使用人が、こちらを見て少し驚いた様子で目を見開いた。セリムと似た天然パーマが印象的で、いつも会場の正面出入り口に立っている彼を覚えていたエミリアは、不思議に思いながら、なんとなく会釈を返した。

「どうぞ、夜会をお楽しみくださいませ～……」

その男性使用人が、こちらの姿を目で追いながら、呆気に取られたような声で言った。けれどその直後、その隣にいた別の男性使用人が、獣目を怒らせて「何やってんだッ」と躊躇なく頭を叩き、彼は「いてっ」と前屈みになっていた。

高い天井のシャンデリアの照明が、眩しく会場内を照らし出していた。着飾った男女の衣装や装飾品がキラキラと反射して眩しく、多くの参加者達が、始まったばかりの夜会で酒と食事を楽しんでいる。既にゆったりとした王宮音楽の演奏に合わせて、踊る人達の姿もあった。

広い会場内を見渡したエミリアは、いつもなら注目する事もないのに、若く美しい令嬢達の首や腕、手の甲にある小さな求婚痣を目に留めた。

近くを通りすぎた男女の手の甲に、それぞれ紋様の違う二つの求婚痣が見えて、彼らもまた、獣人族の誰かと仮婚約をしているのだと分かった。もしかして、この会場のどこかに、アルフレッドの他の仮婚約者も来ていたりするのだろうか？

エミリアは、前を真っ直ぐ見据えて歩く、アルフレッドの横顔を盗み見た。

相手の女性を想像すると、大人の美女か、もしくは彼と同じ獣人族の令嬢であるというイメージが浮かんだ。きっと、どちらも自分より美人なのだろうなぁと考えたら、つい、想像に近い女性が近くにいたりしないだろうかと、辺りに視線を巡らせていた。

不意に、腕に絡めている手に大きな掌が重ねられて、包み込んでくる体温を覚えた。

「エミリア、踊ろう」

立ち止まったアルフレッドが、こちらを見下ろしてそう言った。夜空色の獣目が穏やかに笑んでいて、人の多い会場内でありながら、とても落ち着いてリラックスしている様子が伝わってきた。

パーティー会場で踊ったのは、父を相手に数える程度である。今更のようにそれを思い出したエミリアは、父にやってしまったように、彼の足を踏んでしまわないか心配になった。

「私、あまり踊れないのだけれど……。それでもいい？」

「こちらがリードすれば踊れるから、君は安心して身を任せて」

またしても求婚痣がある方の手を取られて、少し触れる程度の口付けをそこに落とされた。そのままエスコートされて、気付いたらエミリアは、紳士淑女達が踊る輪の中へと一緒に進んでいた。

向かい合ってすぐ、軽く引き寄せるように腰に腕が回された。片方の手を取ったところで、アルフレッドが、ゆったりと流れる演奏音に合わせてステップを踏み出した。

はじめは緊張していたのに、しばらくすると、ドレスのスカートがひらり、ゆらりと左右に振れる感覚が楽しくなってきた。そういえば社交デビューを果たした際、父と踊った時にスカートが揺れるのが楽しいから「踊って」と、続けて数回ほどお願いしていたのだった、とエミリアは当時を振り返った。

思い返せば、初めてドレス制作に取りかかった時、それを意識して作ろうと話し合ったのも父との一件があったからだった。ジョシュアも『ドレスはそういうところもあって好きなんだ』と言っていて、共感ポイントが重なって、まるで女の子同士みたいに話が盛り上がった覚えがある。ダニエルも『なんとなくは分かる気がするな』と、賛成していた。

ゆったりとステップを踏みながら、気付くと慣れたように踊る男女が多くいる会場の中央まで来ていた。

左右どこを見ても、周りには踊り慣れた人達しかいなかった。ここで足を踏んでしまったら、アルフレッドに迷惑を掛けてしまうという考えがよぎって、背筋が冷えて思わず手が強張（こわば）った。

その直後、腰をぐっと引き寄せられて、エミリアは我に返った。視線を戻すと、少し背を屈めてこちらの顔を覗（のぞ）き込んでいるアルフレッドがいた。

「緊張せずとも大丈夫だ。私だけを見て」

「でも……。その、足を踏んでしまったら、ごめんなさい」

先に謝っておこうと思い、上目にチラリと見てそう口にした。すると、彼はどこか楽しそうに、余裕たっぷりの微笑を浮かべてきた。

「可愛（かわい）い事を言うね。君に踏まれるのなら構わないよ」

「もう、冗談だと思っているでしょう」

「私はいつでも本気だよ。ああ、どうか視線をそらさないで。恥ずかしがらせてしまったのなら、すまない」

だから私だけを見て。エミリア、私の特別な人――

穏やかな表情で、まるでどこかで聴いた恋の唄のような言葉を、アルフレッドが口にした。

普段なら恥ずかしくて聞けないような台詞であるのに、彼の良い声が耳に染みて、この人に任せておけば大丈夫なんだと、不思議と不安がなくなるのを感じた。

ダンスを踊る際の、男性の社交辞令なのかもしれない。それでも『特別な人』だなんていう台詞すら嘘っぽく聞こえないのは、彼がそういう言葉を自然と発言してしまえるくらいに、素敵な大人の紳士であるせいなのだろうか。

そう思いながらも、エミリアは言われた通り、アルフレッドだけを見ていた。

アドバイスされたおかげか、足がもつれる事もなく踊れた。まるで自分のダンスがうまくなったと錯覚してしまいそうになるくらい、ステップを踏む足が軽く感じる。

リズムに合わせて揺れるドレスが、少し回った際にふわりと舞うたび、動いて熱を持ち始めた身体に感じる風も心地良かった。一曲目が終わって、二曲目に変わっても楽しく踊れてしまって、いつの間にか三曲目に突入していた。

三曲目が始まってすぐ、ふと、エミリアは周りの人達が、チラチラとこちらを見ている事に気付いた。ダンスが上手な男性がリードすると、女性もうまく踊れているように見えるとは聞いた事があったから、多分、それで見ているのかもしれない。

改めて周囲の様子を見ていると、大半の女性達の目が、アルフレッドを追い駆けている事に

気付いた。どこか熱く見つめていて、自分というよりは、彼に注目しているのだろうと察せた。

そういえば、彼はどこにいても、何をしていても絵になる美しい男性だった。

エミリアは、遅れてそれを思い出した。何もかも普通寄りの容姿で、特にこれといって目立つ要素もない自分が、彼と踊っている方が不思議なのだろう。短い髪とはいえ、パートナーにと誘われた礼儀として、結い上げてくれれば良かっただろうか？

その時、アルフレッドがこちらへと顔を寄せて、耳元で形のいい唇を小さく動かせた。

「みんな、君を見ているね」

耳元で囁かれる吐息が耳朶に触れて、どこか甘く聞こえてた。

この人は、踊っている相手が平凡な容姿の娘でもまるで魅力的な女性のようにリードしてしまえる男性であるらしい。エミリアは恥ずかしくなって、社交辞令だと思っても慣れなくて、つい彼の胸元に視線を逃がしながら「みんな貴方を見ているのよ」と、口の中でもごもごと呟いていた。

演奏曲がまたしても変わり、四曲目に突入した。

先程よりも、チラチラと周りから寄越される視線が増えた。気付くと周りの顔ぶれは変わっていて、踊り始めた時にいた人達の姿は一人もおらず、全員が新しく踊り始めた男女であるようだった。

ふと、この会場に来ているかもしれない、彼の他の仮婚約者達の事が脳裏を過ぎった。

今回は、自分が夜会の同伴者にと誘われたけれど、同等に交流を持つと言うのなら、他の仮婚約者の女性達とも、同じように踊るのではないだろうか？　パートナーとしてこちらと踊った後で、彼女達を迎えに行ってダンスをするのかもしれない。

入れ替わり立ち替わり踊る光景は、どの夜会やパーティーでも珍しくない。特に夜会の場合であれば、参加者の大半はダンスが目的で来ているようなものだから、それは普通にある事だった。

それなのにエミリアは、アルフレッドが他の誰かと踊っているところを想像して、出来ればその光景は見たくないな……と思ってしまった。彼が社交辞令で口にした『特別な人』という言葉が頭に浮かんで、同じように言われる女性を思って、どうしてか先程までの楽しい気持ちが沈んでいくのを感じた。

彼は伯爵という身分の人なので、挨拶回りだってあるはずだろう。

それなら、ずっと一緒にいる訳にもいかないから、いつも通り参加している女性達の流行や好みをチェックしつつ、ドレスのデザインを見に行ってもいいのかもしれない。

エミリアは、もやもやとした想いから目をそらすように考えて、四曲目のダンスが終わったタイミングで彼を呼び止めた。少し足を休めがてら、参加している知り合いに挨拶をしてきたいのだけれど、と少しの間の別行動を提案してみた。

すると、アルフレッドがにこやかに了承して、踊り始めてからずっと離してくれなかった手を解いてくれた。

「演奏団が休憩に入る頃に、ドリンクバーのところで待ち合わせしよう」

そう提案されて、エミリアは会場の壁に掛かっている大時計を確認した。

つまりは、四十分の自由時間であるらしい。そう理解したところで「分かったわ」と答えて、一旦その場で彼と別れた。

◆

四曲も続けて踊ったのは初めてで、身体が火照って足もふわふわとしていた。

エミリアは、飲酒しない参加者向け用にドリンクを配っている給仕の男性を見つけて、グラスを一つもらって喉を潤した。家を出る際にしっかり夕飯を食べたはずなのに、先程までのダンスのせいか小腹が空くのを感じた。

「うーん、喉の渇きが潤ったと思ったら、今度は食欲を覚えてきたわね……」

意識したら、ますます口が寂しくなって、これまでは興味がなくて目を向けていなかった、正面入口近くにある料理コーナーに足を運んでみる事にした。

そこには三十代くらいのコック服を着た男性が二人いて、自分達が手掛けたものであるからという真剣な様子で、少なくなった料理を下げて新しい物と替えていた。近づいてみると、彼らがこちらに気付いてすぐ「えっ」と二度見してきて、我が目を疑う様子でまじまじと見つめてきた。

顔見知りではないし、家を出る前に今日の衣装もしっかりチェックしてきたから、もしかしたら『まだ作業中なのにお客様が来てしまった』と気にしているのかもしれない。そう解釈したエミリアは、気になさらないでください、と伝えるように小さく会釈を返した。

白いテーブルクロスがされた長いテーブルの上には、形を崩してしまうのが勿体ないくらい美しい盛りつけがされた、色取り取りの料理が並んでいた。

タレと油分でてらてらと光る肉料理、ジャムが巻きつけられた一口サイズのパンや、ワインに合うハムとチーズのつまみまで用意されている。サラダも、茹でられて綺麗な色をした人参が、花の形に切り抜かれて可愛らしい感じに仕上がっていた。

その隣は、デザート専用のテーブルになっているようだった。どんなメニューがあるのかしら、と目を向けてすぐ、中央に置かれている六段重ねの特大ケーキが目に留まって、エミリアはびっくりしてしまった。

「王宮の料理って、なんだかすごいのねぇ……。というか、瓜野菜が白鳥の形に切られているのも初めて見たわ」

目の前の料理テーブルへと目を戻して、デザインにもかなり凝っているんだなと思った。何かしらのコンテストにでも出すつもりなのだろうか、と勘違いしてしまうくらいに、各料理の盛りつけ飾りの完成度が、凄まじい芸術作品に仕上がっている気がした。

エミリアは、一通り二つのテーブルの上を見渡してみたところで、ひとまずは腹を満たそうと、いくつかの料理を小皿に盛って食べてみた。

こってりしている物から、さっぱりした味付けまで満足する美味しさだった。次からは、参加する際は夕飯を少し減らして、こっちで食べてみてもいいのかもしれないとも思えた。

とはいえ、コックがちょっと気になるんだけど……。

当初は気にしないように意識していたものの、とうとう無視出来なくなって、こちらを凝視している二人のコックの方を見てしまった。

彼らは、何故か感極まった様子で、胸の前で祈るように手を組んで泣いていた。近くを見回してみても、他には料理を食べている人はおらず、もしかしたら自分の食べ方が悪かったのだろうか、とエミリアは気になってしまった。

「あの、お料理、とても美味しいです」

バッチリ目が合ってしまっていたので、その状態で黙ったままでいるのも悪い気がして、そう声を掛けてみた。

すると、コック達が「びょ!?」と妙な声を上げて、顔だけでなく全身を使って、過剰なくらい大きな反応を見せて飛び上がった。一瞬、二人の頭に乗っているコック帽が、見事に揃って浮いた気がする。

「オススメのメニューはどれですか？」

コック自身が、給仕のように料理の入れ替え作業をするのも珍しい気がしたものの、何かしらこだわりがあるのかもしれない。

もう少しだけなら胃に入りそうだったので、ついでに尋ねてみた。

そうしたら、二人のコックは目の前に並ぶご飯メニューではなく、同時にビシリと隣のテーブルを指して「あのケーキです！」と言った。何故あえて食事メニューではないのか、エミリアは少し気になった。

とはいえ、六段重ねの大きなケーキというのは、確かにこれまで見た事がない物だ。それでオススメしたのかもしれないと考え直して礼を告げて、続いてお勧めされたそのケーキを試食してみた。

「あ。一番下のケーキは生クリームじゃなくて、クリームチーズなのね」

凝ってるわねぇ、と思いながら、柔らかな舌触りのケーキを堪能していた。

ぶるぶると震えていた二人のコックが、唐突に弾かれたようにして「料理長おおおおお！」と叫んで走り出した。

エミリアはびっくりして、呆気に取られてその後ろ姿を見送ってしまった。だから、自分の後ろにある会場の正面入口から、こちらを見守っていた人間がいたとは気付かなかった。

会場の正面入口に立っていた天然パーマの男性使用人は、こっそりハンカチを取り出して「良かったな、お前ら」と泣いた。

まさか、あのハニーブラウンの短い髪の令嬢が、期間も空けずにまた来てくれたうえ、試作段階の六段重ねのケーキを食べてくれるとは予想外だった。前回までの五段重ねの超特大ケーキも大作だったが、今回はそれを凌ぐ超大作である。

彼はたびたび厨房まで行って応援していたから、レシピ作りもかなり大変で、失敗も沢山していた事をよく知っていた。うっかり感動している彼に、その隣に立っていた同僚が獣目を見開いて、幽霊でも見るような顔を向けた。

「なんで泣いてんの気持ち悪い」

躊躇も遠慮もせず、男は一呼吸でストレートに言い放った。

容赦のない感想をされた天然パーマの男性使用人は、全く気にした様子も見せずに、丁寧にハンカチで目尻の涙を拭い「俺は感動しているんだ」と、しみじみとした口調で答えた。

「何せ新人時代からずっと、あいつらの事は見てきたからな」

「お前の場合ただのつまみ食いだろ。しっかりしろよ三十一歳。仕事サボんなよ殺すぞマジで」

「この前崩れた試作の六段重ねのケーキは、一番下がチョコだったたから、溶けたのが失敗の原因でさ。あれも大変美味かった」

　すると、それを聞いた同僚である男の周りの空気が、一気に五度下がった。

　会場外の廊下で警備にあたっていた衛兵達が、獣人族独特のピリピリとした空気を察知してチラリと目を向ける。

　人族の天然パーマの男性使用人の横で、獣人族のその同僚が「おい」と絶対零度の獣目で声を掛けた。その右手がバキリと鳴らされ、いかにも尋ねるだけという雰囲気ではないのにもかかわらず、ハンカチを片手に持った天然パーマの彼は、警戒心なく「なに？」と尋ね返す。

「一応訊いておいてやる。――いつの話だ？」

「三日前の午後四時だよ」

「一番予定が立て込んでいた日じゃねぇか！　しかもクソ忙しい時間帯に何やってんだ！」

「いてっ」

　てめぇの頭の中は一体どうなってんだよ、サボんなって毎回俺は言ってるだろうが散々よッ、と彼は天然パーマの男に絞め技を掛け、今度こそトドメを刺すつもりで大技に移行する。

　衛兵達は「別の係員を呼んでこい！」と応援を頼んだうえで、彼らの騒ぎを止めるべく飛びかかった。


　味見する程度だったのに、ケーキを少し口にしたら満腹になってしまった。

再び会場内を歩きだしたエミリアは、会場の正面入り口側の方向から、何か聞こえたような気がして「ん？」と足を止めた。

振り返ってみると、見知った顔がこちらに向かって「エミリアじゃない！」と、嬉しそうに言って歩み寄る姿があった。彼女に名前を呼ばれていただけらしいと思い、手を上げて応え、にっこりと笑って声を掛けた。

「久しぶりね、ミラ。元気だった？」

「ほんとに久しぶりね、だってこの前会ったのって、二ヶ月も前よ？　あなた全然パーティーに出席しないんですもの」

ミラはそう言って、気の強さが窺えるつり目の瞳に、親愛を浮かべて笑み返してきた。

彼女は同じ十八歳の人族で、現在は一児の母でもある男爵夫人だった。結い上げた髪は濃いキャラメル色で、こめかみ部分にウェーブを描く癖毛を少し覗かせている。未婚時代にドレスに刺繍を入れて欲しいという注文を受けた事をきっかけに交流を持つようになり、一緒にお茶も飲んだりする仲だった。

「そういえば、誰かの仮婚約者になったって聞いたわよ。その『求婚痣』がそうなんでしょう？」

指でそこを差されて、エミリアは途端にくすぐったいような気持ちが込み上げた。多分、彼に口を付けられた事を思い出してしまったのかもしれない。左手の甲にさりげなく右手を重ねて、彼女の視界から隠しながらこう答えた。

「ただの婚約者候補よ」

「そうかしら。あなたみたいな素敵な女性、私が男だったら放っておかないわよ。髪だって綺麗な色だし、なんといっても可愛らしい顔立ちをしているじゃない？　着飾ったらとても綺麗なんだから、積極的にアピールして結婚に向けて活動をしていくべきよ」

「うーん、あまり興味はないのよねぇ」

そう答えたエミリアは、結婚前の彼女は複数の求婚痣を持っていたのだった、と思い出した。

あの頃は、自分には縁のない世界の話だと思っていたから、まじまじと見る事もなかったけれど、結局は獣人貴族ではなく、幼馴染の年上の男性と結婚して男爵夫人となったのである。

十五歳で社交デビューして、少しもしないうちに複数の獣人男性から見合いを申し込まれたというのは、結婚のために美を磨いていたミラの自慢話の一つだった。モテるのは女の魅力の一つなのだから、返事を待たせている異性の一人や二人は作っておくべき、と口にする肉食系女子だ。

「ほら、あそこにいる彼はどう？　横顔も中々野生的で、グッとこない？」

ミラがそう言って、向こうにいた一人の男性を指差した。エミリアは苦笑して「遠慮しておくわ」とやんわりと断り、話をそらすようにこう続けた。

「ところで、一人で歩き回って大丈夫なの？　旦那様は？」

「お仕事の話をしているから、抜けてきたの。あ、そうだ。一緒にダンスをしに行かない？待っている間は、暇で退屈してしまいそうなの」

そう言って続けて提案されたのは、ミラが今でもパーティーの楽しみの一つにしている、二十代までの若者が集まるダンスの輪だった。女性は時計周り、男性は反時計回りに動いて、一曲の間にダンスの相手を変え三人ずつ、フリースタイルで踊って楽しむものだ。

デビューしたての子達には、パーティーに慣れやすくなるし、社交が広がるとして勧められる事も多い。しかし、エミリアは、そういった賑（にぎ）やかな集団ダンスにも飛び込んだ経験はなかった。

「ミラは知っていると思うけど、私、ダンスはちょっと……」

「大丈夫よ、リズムに乗って自由に踊るだけだから、形式なんてこだわらなくていいし。相手の足を踏んじゃっても、『ごめんね』って笑って誤魔化せば、オーケーよ。夜会だと常連組が多いから、踊り慣れた男性が圧倒的に多いし、任せておけば楽しくやれるわ」

「全然知らない人と踊って、ミラは平気なの？」

「だって、踊るだけでも交流が持てて楽しいもの」

ミラがこちらを見て、笑顔でハッキリと告げた。

「私はね、ダンスが好きというより、人と交流が取れるのが嬉しいのよ。貴族の茶会って、腹の探り合いも多いけど、踊っている間はそんな面倒な事なんて考えなくていいもの。気兼ねなく笑って話して、趣味の違う人と意外にも話が合ったり、気が合ったりして、そうやって新しく友達が出来るなんて、素敵だと思わない？」

新しく交流、という言葉を聞いて、アルフレッドの事が頭に浮かんだ。お見合いの際、お互いを知りたいから交流を持つのだ、という獣人族としての彼の考えが胸に染みたのだったと思い出して、エミリアは知らず胸元にあるネックレスに触れていた。

確かに、実際に接してみないと、分からない事もあるだろうと思えた。たとえば、クールで話しかけづらい印象もあった彼は、なんでもない事にもよく笑う優しい人だった。

アルフレッドは、とても魅力的な大人の男性だ。きっと、彼を夫として望む女性は大勢いるだろうから、相手側からの見合い話だってあるのだろう。

そんな彼にお見合いを求められるなんて、想像してもいなかった事が実際に起こったのだ。だから、もしかしたら弟のセリムが口にしていたように、そのままの自分を好きだと言ってくれる人と出会って、いつかは結婚する可能性だってあるのかもしれない。

うまくは分からないけれど、アルフレッドから家族の話を聞かされた時、夫と子供がいる家庭を持てたら素敵だろうな、と感じさせられたのは本当だった。まずは交流を取ろうと、こうして仮婚約を受け入れたおかげで、少しだけ自分の視野も広がった気がする。

「……そうね。ちょっとだけ、踊ってみようかしら」

一歩を踏み出してみたら、また新しい何かに気付けたりする事もあるのかもしれない。アルフレッドとの待ち合わせの時間までは余裕があるし、少しだけ挑戦してフリーダンスを体験してみるのも、良い機会であるように思えた。

初めてダンスにやや前向きな姿勢を見て取ったミラが、嬉しそうに笑顔を綻ばせた。

「エミリアと一緒にダンスの輪に飛び込めるなんて、夢みたいだわ！　女の子同士も踊っていいものだから、まずは私と踊りましょ」

ミラは言い終わらないうちに手を取ると、結婚前の頃の少女のようなうきうきとした足取りで、エミリアをそこから連れ出した。

※

エミリアと一旦別れたアルフレッドは、自身を落ち着けるため、まずはワインで喉を潤した。

本当は周りを牽制する意味で、三曲にとどめるつもりだったのに、あまりにも彼女が愛らしい反応をするものだから、つい手放せず四曲続けて踊ってしまった事を考えた。

慣れるまでは、アプローチの方法や言葉を選ばなければならないとは意識していた。

恥ずかしがる姿も大変愛らしいが、何もかも初めての事であるらしい彼女を、怯えさせたり困らせたりしてしまうのはいけない。そう反省を込めて改めて考えたところで、アルフレッドは、エミリアの華奢な肩が晒されたドレス姿を思い返した。

踊る際に抱き寄せた細く柔らかい身体と、見下ろした際の形のいい胸の谷間を回想するその表情は、仕事時と変わらずクールである。オスとして理性が揺らされたな、と冷静に考えているとは思えないくらいに落ち着いていた。

アルフレッドはグラスに入っていたワインを飲んだ後、コーネイン伯爵として少し挨拶に回った。それでも時間が余ったので、暇潰しがてら何かつまもうと考えて足を進めた。

会場の片端に置かれた料理コーナーに足を運んだところで、一年ほど前に知り合ってから話すようになっていた、とある人族と獣人族の二人の組み合わせがいる事に気付いた。

一人は軍服仕様のローブに身を包んだ屈強な大男で、軍部総帥である獣人族のアーサー・ベアウルフ侯爵だ。そして、その横にいるもう一人は、彼の『親友』であり、一見すると二十代の青年にも思える童顔と容姿をした、人族の貴族のクライシス・バウンゼン伯爵だった。

バウンゼン伯爵は、くすんだ金髪にエメラルドの瞳をしている。最近社交界に出るようになった同じ髪と目を持つ息子がいて、先週は彼と顔のよく似た娘の社交デビューだったのだが、婚約者と踊っているのを見て大泣きしていた男である。

どうやら、今日は子供達の方は来ていないようだ。アルフレッドは近くを確認した後、小皿を取っていくつかの料理を入れると、話している二人に歩み寄って声を掛けた。

「今日は、どちらも単身か？」

すると、六段重ねという驚異的な大きさをしたケーキの前で、切り分けたケーキを皿に盛って呑気にぱくぱく食べていたバウンゼン伯爵が、「あ、コーネイン伯爵だ」と子供みたいな口調で言って振り返った。よくぞ聞いてくれた、と言わんばかりにガッツポーズをして答える。

「僕はエリザベスが『女性の会』に出かけていないと聞いたから、今度こそはケーキを食べようと思って！」

エリザベスというのは、ベアウルフ侯爵の妻である。獣人貴族界では『最強の女性』であると知られているくらいに気の強い女性なのだが、彼らは三人共、十代の頃から付き合いがあるらしく、夫以外ではバウンゼン伯爵だけが、エリザベス・ベアウルフを平気で名前呼びしていた。

その横で、山盛りの肉料理を口に運んでいたベアウルフ侯爵が、見る者の多くが威圧感を覚える仏頂面を向けて「おい、クライシス」とバウンゼン伯爵を呼んだ。

「夜会をなんだと思っているんだ？　ケーキ食べ放題コーナーじゃないんだぞ」

「だってアーサーも、ご飯食べるって言っていたじゃない」

「お前が押しかけてきたせいで、夕飯を食べ損ねたんだ」

窘めるようにぴしゃりと言ってのけた後、ベアウルフ侯爵は視線を動かして「そういう訳なんだ、コーネイン伯爵」と大きな肩をちょっと竦めて答えた。アルフレッドは、なるほどと相槌を打って、小皿に取った分だけ腹に収めるべく料理を口に運び出した。

歴代最強の軍部総帥と言われ、その存在感だけで畏怖させるほど獣人として血が強いベアウルフ侯爵がいるせいか、こちらのテーブルに寄ってくる者は他にいなかった。

獣人族は、血の強さを本能的に察知出来る能力を持っている。そのため、男達は『狼総帥』と呼ばれているベアウルフ侯爵に、尊敬するような目をこっそりと寄越し、既婚者であると知りながらも、チラチラと目を向けてくる女性も少なくはなかった。

周りから視線を集めていると気付いてもいないのか、食べ終えた二人が、夜会の社交の輪に参加する様子もなく、その場で立ち話を始めた。

アルフレッドは、口直しにワインを少し飲みながら、その様子をしばし眺めていた。空になったグラスをテーブルに置いた時、バウンゼン伯爵が、王宮の名物である巨大迷路園に挑戦しつつ散歩するのはどうだろう、とベアウルフ侯爵に提案するのを聞いた。

迷路園は夜にライトアップされており、光に映える美しい青い花で彩られている事もあって、恋人や夫婦に人気の観賞スポットだった。

とはいえ、男二人でそれをやって楽しいのだろうか、とアルフレッドは覚えた疑問について考えた。ベアウルフ侯爵が、頭が痛いとでも言うように目頭を押さえたのを見て、オス二人でする事に違和感を覚えたのは自分だけではないらしい、と察した。

すると、バウンゼン伯爵がこちらを振り返った。

「コーネイン伯爵も、一緒にどう？」

まさかの三人案が来た。これは、予想外である。

アルフレッドは、冷静な表情のまま彼を見つめ返し、たびたびこの人族の貴族がどういう感性のもとで生きているのか、分からなくなる時がある事を考えた。いい歳をした三人のオスで、ライトアップされた夜の迷路園に足を運ぶ、という想像はシュールである。

二人は結婚経験者であるし、参考がてら結婚話でも尋ねてみようかと当初は思っていたのだが、この調子だと、今の話をそらすのが先のようだ。

そう思案してすぐ、先週の夜会であったバウンゼン伯爵の大泣きと、その原因となったらしい、エミリアと同じく珍しい短髪をした彼の血縁者だろう娘を思い出した。遠目から後ろ姿をチラリと見ただけだが、確か『ルーナ』と愛称で呼ばれていたのは覚えている。

「それで、孫はいつ出来る予定だ？」

「僕のルーナはまだ婚約中の身であって、結婚はしてないよ⁉」

三人での散歩案を説き始めていたバウンゼン伯爵が、途端に呑気さも頭から吹き飛んだ表情で叫んだ。

アルフレッドは真顔で「冗談だ」と答えた。とはいえ、自分も今は求婚中の身だ。考えてしまう事がない訳ではなく、顎に手を添えて思案気に視線をそらしていた。

「――十六歳で結婚すれば、二十歳までには最低でも三人は子供が出来るな」

普段は独り言なんてしない性質だったが、エミリアとの事を考えていた彼は、参考にした事をぼそりと呟いてしまっていた。

出来るだけ沢山の子供が欲しいと思う。しかし、しばらくはオスとして、妻を一人占めしたいという夫婦だけの時間も堪能したい気持ちもあるので、その辺は悩ましいところでもあった。

果たして、我慢出来るのかどうか。

その呟きまでバッチリ聞き届けたバウンゼン伯爵が、黙っていれば仕事の事でも考えているのかと思ってしまうような、涼しげなアルフレッドの美麗な横顔を見て「ええええぇぇぇぇ！」と叫んだ。

「この兎紳士信じられないッ、兎の皮を被った狼だよ！　このっケダモノぉおおおおお！」

「……まぁ、兎は子沢山だからな。馬より性質が悪いところが一部あるのは、否定しない」

あと喧嘩もよく売ってくる、とベアウルフ侯爵は悩ましげに続けた。

「そのせいとはいえ、ウチの愚息も、よくもまぁ無駄に派手な騒ぎを起こしおって。痛くもない爪を立てられたくらいでプツリと切れるとは、情けない」

「あれ？　アーサーも結婚する前に、僕が一緒に行ったエリザベスの件で、あっさりプツリと切れて聖堂ぶっこわ――」

瞬間、ベアウルフ侯爵が素早い動きで、続く台詞を遮るように彼の口にシュークリームを投げ入れていた。それを見事に口で受け止めたバウンゼン伯爵が、もごもごしながら「ほっぺに怪我した後、聖堂の屋根が吹き飛んだのは覚えてるよ」と器用に言う。

カットフルーツのデザートの大皿を替えに来た若いコック達が、その一部始終を見て目を丸くした。考え事をしていたアルフレッドは、その様子については見ていなかった。

わっと賑やかな若々しい声が聞こえてきて、ようやく耽っていた思案を止めて顔を上げ、そちらへと目を向けた。

どうやら、未婚の若い貴族達の集団ダンスの辺りが、いつもより盛り上がっているらしい。新たな交友が生まれたり、恋のきっかけとなったりするのも珍しくなく、相性が合う者が多く集まるとたびたび見られる光景だった。

もし男女としての好意があれば、獣人族だとその場で仮婚約の約束として『求婚痣』を贈ったり、人族であれば見合い話へと繋がる事も少なからずある。そういった出会いの場でもあるから、その空気を察すると演奏家達も祝福を送ってやるべく、若い彼らの明るく楽しいダンスに合わせて曲調を変えたりする。今流れている曲が、まさにそうだった。

大きな輪のようになって、次々にペアを変えて自由に踊る若い令嬢令息の姿が、人波の向こうにチラチラと見えていた。アルフレッドと同じように、そこに目を留めたバウンゼン伯爵が、シュークリームを呑み込んで「いつ見ても楽しそうだよねぇ」と微笑んだ。

「懐かしいなぁ。僕も昔は、よく妻と輪に加わって一緒に踊っていたっけ」

そう言ったバウンゼン伯爵が、ふにゃりとした様子で笑った。その顔は、どう頑張っても二十代くらいにしか見えなかった。ほんの少し頬を染めて、恥ずかしそうに照れる表情も違和感がない。

これが四十代の中年男で、十代の頃を語っているとは、まるで思えないな。

アルフレッドは冷静な思考で、自分が知る四十代の父親世代の男達を思い浮かべた。そうやって比較していると、ベアウルフ侯爵が思い出した様子で、げんなりとした表情を浮かべてこう呟いた。

「そういえば仮婚約した頃、お前に引っ張り回されて、放り込まれたのを思い出したな……何故かエリザベスが暴走したんだっけか。大乱闘に発展して、蛇公爵まで参戦した時が特に最悪だった………奴がドSだと、初めて知った一件だった」

同じ時代を過ごした双方には、大きな温度差があるらしいとも察した。

その時、視界の端にハニーブラウンが映り込んで、アルフレッドは反射的に目を走らせて、人混みの向こうに獣目を凝らしていた。入れ替わり立ち替わり、パートナーを変えて踊る若者達のダンスの輪の中に、先程まで一緒にいたエミリアの姿があった。

若者同士の交流は、悪くない。

社交性を養い、人間関係を広めるためにも好ましい事だ。

けれど、集まっている十代から二十代前半の、オスとしての魅力も未熟な青年達の数人が、踊る彼女をチラチラと見ている様子に心穏やかでいられなかった。それは、異性としての魅力を覚えている男の目だったからである。

今、彼女と踊っている青年の眼差しも同じだった。その獣目は、次に踊る予定の相手を確認する事さえなく、好ましそうにエミリアだけを追いかけていた。

　その光景を目に留めたアルフレッドは、知らず拳を握り締めていた。

　あまり社交の経験がないとは聞いていたから、まだ十八歳である彼女が、自分から同年代の輪に加わるのは良い事だとは分かっていた。大人として、紳士として、年上の立場できちんとそう考えようとした。

　でも、駄目だった。曲調が明るくて早いものであるにもかかわらず、リードする青年が不意にペースを落として、ゆったりとしたステップに変えた事に気付いた瞬間、激しい感情に揺さぶられて理性的な思考は止まってしまい、アルフレッドはピリピリと殺気立って兎科の獣人として優れている聴覚を研ぎ澄ませていた。

　十二歳も年上の自分よりも、彼女と年齢が近いその青年が、エミリアの左手の求婚痣を指すのが見えた。そして、予想通りのお伺いを立てる声が聞こえてきた。

「ねぇ、まだ一人目だったら、僕にも望みはある？」

　向こうでそう発された言葉を拾った瞬間、アルフレッドは人混みをかき分けるようにしてそちらに向かっていた。

　後ろから、どうしたのと呼び止める童顔伯爵の声も、聞こえていなかった。

※

一つの大きな輪のようになって踊り集まっていた令嬢令息は、一番上も二十代前半と若かった。そこに飛び込む形となったエミリアは、とても楽しそうなミラと踊ってすぐにダンスの相手が変わっていた。

はじめは人族の少年だった。身長は弟のセリムほどしかなくて、戸惑っていると「大丈夫だよ」と言って両手を取られたかと思ったら、姉弟でじゃれるみたいに、ひたすらぐるぐると回らされた。

続いては、少しふっくらとした人族の青年で、運動が苦手なんだと恥ずかしそうに言って、先程の少年と同じように両手を取ってきた。ほとんど立ち位置も変わらないまま、けれど足でリズムを踏むのがとても上手で、それに合わせて動いているうちに、エミリアも楽しくなってきた。

実際に踊ってみたら、本当に形式というのは存在していないようだった。互いに名乗ったりする事もなく、両手を取った状態や、片方の手を腰に回したり、そして自由にステップを踏んで時には引き寄せて回ったりと、まるで領地の村であるお祭りみたいに堅苦しくなかった。

一曲の間に三人が入れ替わるので、続けて踊っていると、何度か同じ顔ぶれの男性とパートナーになるのも珍しくなくなった。その頃になると、相手の顔とダンスの特徴を覚えてしまっていて、人族や獣人族に関係なく「またどうぞよろしく」とスムーズに踊りに入る事が出来て、すっかり緊張感も取れていた。

またしても同じ青年がダンスの相手になって、人懐っこい深い緑色の瞳で「よろしく」と笑いかけられて、エミリアも「どうぞよろしく」と笑って答えた。彼の瞳は、見慣れた獣目だったから、獣人族であるらしいとは認識していた。

初めて踊った時から、なんだかずっと楽しそうにしていた印象的な青年だった。

茶色のちょっと癖のある元気な髪や、笑った時に少し前に出た獣歯の感じや、全体的な雰囲気が、まるで尻尾を振っている犬みたいな印象があった。もしかしたら犬科の獣人なのかしら、とエミリアはこっそり微笑ましく思っていた。

「僕はベン・ハウスキー。十九歳だ。君の名前を訊いてもいい？」

「私はエミリア・ヴァレンティ。十八歳よ」

簡単に名乗られたので、エミリアもつられて答え返した。

ベンと名乗った青年が、楽しげな音楽のリズムを無視するように、唐突にスローステップに変えた。ゆったりとした動きになってすぐ、腰に回していた手を解いて、形ばかりに左右へステップを踏んだまま、愛想のいい顔でこちらを見下ろしてくる。

どうしたのかしら、と見つめていたエミリアは、握られていた手を少しだけ引き寄せられて、求婚痣を指されてきょとんとした。

「ねぇ、まだ一人目だったら、僕にも望みはある？」

「え？」

思わず疑問の声を返すと、ベンが足を止めて「それ」と言いながら、もう一度手の甲に咲く仮婚約の求婚痣を指して言葉を続けた。

「他の誰かに二番目を越されるよりも先に、僕の『求婚痣』をここに贈ってもいいかな」

「……………あの、求婚痣って事は、つまり仮婚約の申し込み？」

「うん。そうだよ？」

今度はベンの方がきょとんとして、なんの疑問も覚えていない表情で「噛んでもいい？」となんでもない事のように訊いてきた。いつの間にか握られていた手は、いつでも準備オーケーとばかりに指まで握り込まれていて、エミリアは焦りを覚えると同時に戸惑った。

え、待って待って。こういうのって、普通にある事なの？

取られている自分の手と彼の間で視線を往復させて、思わず友人のミラの姿を捜した。しかし、彼女は夫のもとに戻ってしまったのか、どこにも姿がなかった。

すると、ベンがおかしそうに笑った。

「もしかして、社交の場にはあまり出ない？」

「えぇと、そうね。たまに少し顔を出して、すぐに帰る程度かしら」

「パーティー会場だと、約束を交わして、後日にお見合いの席を設ける場合と、先に仮婚約の承諾をもらって求婚痣を贈って、後日に正式な仮婚約の書類を取り交わす場合があるんだよ」

流れている演奏曲が変わり、またダンスのパートナーを変えるタイミングが来た。

そう教えたベンが、ダンスの輪から数歩離れるように移動して「あそこの身長が高い彼と、その三つ隣の彼を見て」と言った。

「あの二人も、恐らく君に仮婚約を申し込んでくると思うよ」

「まさか」

「異性として気になっているのは確かだよ。僕はすごく『鼻が利く』種族だから分かるんだ。まぁどちらも種族的に、少し臆病そうなところがあるから、今夜すぐに動くかは分からないけどね」

示された二人の青年達を改めて観察してみるけれど、こちらに気があるようには思えなかった。踊っている時だって、他の少年や青年達と違って、ほとんど目も合わなかったのだ。

有り得ない話だと思った。だって私は髪も短くて、特にこれといった魅力もないのに……？

そうぐるぐると考えていたエミリアは、握られていた手をベンに引かれた。視線を戻してみると、やっぱり人懐っこい犬みたいな印象のある彼が「僕も彼らも、君とは相性が良いみたいなんだ」と、明るい調子のまま言ってきた。

「君が、一番目の人をほぼ本命として決めているだとか、人族の誰かと既に約束を交わしているのなら、無理にとは言わないよ。そうであれば、一人の友人として仲良くしてくれると嬉しいな」

「え？　婚約者候補じゃなくて、友達として……？」

「うん、友達。こんなにも相性が良くて居心地がいいんだ。君が僕の『運命の人』ではないとしても、きっと仲良くなれるよ」

獣人は相性が良い相手が分かり、その中から将来の妻や夫となる候補を上げる。どうやら、その相性というのは、友人関係においても適用される物であるらしい。

獣人族が感じ取れるという『相性』については分からないけれど、ベンがこちらとの相性が良いと感じているように、自分も同じところがあるのかもしれない。仮婚約を申し込まれた状況であっても、不思議と驚いた以上の嫌な気持ちは覚えていなかったからだ。

それは、ジョシュアやダニエルに初対面を果たした際に覚えた感覚と、少し印象が近いかもしれない。出会ってすぐ「それなら、一緒にご飯を食べに行きましょう」と自分から誘っていて、微塵（みじん）の警戒もないまま彼らと食堂に向かっていた。

思い返せば、初めてアルフレッドに出会った時もそうだった。

突然抱き留められてびっくりしたのに、不思議と悲鳴の一つだって上げようという考えは浮かばなかった。目が合った瞬間に思ったのは「とても綺麗な瞳だわ」という感想だった。

そう思い出しながら考えたエミリアは、取られたままの手の甲へと視線を落として、お見合いの際に彼から贈られていた求婚痣へと目を留めた。自分の鼓動を確かめるように、胸元のネックレスを知らず指先でなぞる。

目の前のベンに対しては、ダニエルやジョシュアと同じように、そばにいても不安もない心地良さを覚えている。でも、それは緊張を感じないというだけで、仮婚約者になったアルフレッドとは、何かが違う気もするのだ。

手の甲に刻まれた紋様は、まるで花弁で形作られた一つの絵みたいだった。小さいのに、黒くハッキリとした流れるような美しい線を描いていて、まるで主張するかのように手の甲の中央を陣取っている。

なんとなくだけれど、そこに別の求婚痣を新たに刻まれる事が、想像出来なかった。どうしてか、他の求婚痣を付けてしまいたくないとも感じた。

いつも風呂(ふろ)に入っている時や寝る前に、つい不思議と眺めてしまっているせいだろうか。手の甲に求婚痣が刻まれた日に、一体なんの柄なのだろうかと疑問を覚えて見つめ、一晩経(た)ち、二晩経って、いつからか『このままの形がきっと綺麗なのだわ』と思うようになっていた。

「あの、ごめんなさい。私――」

返事をしようとしたエミリアは、後ろから大きな腕に抱きすくめられて、言葉が途切れた。続いて大きな逞(たくま)しい手が伸びてきて、ベンに握られていた手も掴(つか)んであっという間に彼から引き離した。

その一瞬後、片腕一つで、踵(かかと)が少し浮いてしまうくらいしっかりと抱えられてしまっていた。

エミリアは、何が起こったのか分からず「え」と疑問の声を漏らしてしまう。

「すまないが、彼女とは私がもう『約束』している」

耳のすぐ後ろから、アルフレッドの低い声が聞こえた。自分はどうやら、彼に確保されてしまっている状況であるらしい。けれど、どうして突然、このように片腕で抱き締められているのだろうか？

エミリアは、理解が追いつけないまま茫然(ぼうぜん)としていた。触れた場所から伝わってくる高い体温と、彼の声を聞いた瞬間からトクトクトクと、忙(せわ)しなく鼓動を始めた自分の胸の音を聞いているしかなかった。

アルフレッドを見たベンが、きょとんとした顔で「黒髪に濃い藍(あい)色の瞳……あ、その家紋の胸飾りは黒兎(くろうさぎ)伯爵ですか」と愛想良く言った。

「そういえば、花のような特徴的な紋様は、コーネイン家特有のものでしたね。近衛(このえ)騎士隊にいる友人から、お噂(うわさ)はかねがね聞いています。なるほど、彼女があなたの『お相手』でしたか」

ベンは察したように爽(さわ)やかに告げると、どこか安心した様子で、こちらに微笑みかけてきた。

「仮婚約したいだなんて言って、困らせてしまってごめんね。君の迎えが来たようで良かった、気を付けてお帰り」

エミリアは答えようとしたけれど、アルフレッドがもう片方の腕まで腹に回してきて、そのまま持ち上げられてしまい、完全に足が床から離れて口を開くタイミングを逃した。

びっくりして言葉が出てこないでいると、いつも礼儀正しい彼が、ベンに挨拶をする事もなく踵を返して歩きだした。戸惑う間にもぐんぐんと進んでしまい、気付いたら会場横の開かれた出入り口から、薄暗い廊下へと出てしまっていた。

先週の夜会で、初めて会った時と同じように、廊下は月明かりにひっそりと照らし出されているだけで、他に人の気配はなかった。会場側から漏れてくる賑やかな声が、鈍く響いているばかりだ。

廊下を少し進んだアルフレッドが、不意に進行方向を変えた。

外が眺められる塀に沿って、一定の間隔で並び建つ太い柱の一つに向かう。こちらの姿を廊下側から隠すように、後ろから抱えられたままそこに身を寄せられたエミリアは、目の前に迫った柱に驚いた。

ぶつかる直前、彼の足がぴたりと止まった。疑問の声を上げる暇もなく、後ろから伸びてきた大きな手が顎を持ち上げてきて、自分では動かせない力で固定された。

エミリアは、夜風で冷まされた素肌に、触れられた熱を強く覚えてビクリとした。こちらを片腕で抱き上げているアルフレッドが、後ろから唇が触れそうな距離まで耳元に顔を寄せてくる。

「こうなるんだったら、前もって伝えておいても良かったな。私は、君の他に仮婚約者を取るつもりはないよ」

低く囁かれた予想もしていなかった言葉を聞いて、一瞬思考が止まりかけた。

エミリアは、数秒を掛けてようやく、彼の仮婚約者は自分だけであるらしいと理解した。他にも沢山の候補者がいるのだろうと思っていたから、戸惑いを覚えて「どうして」と疑問の言葉を口にした途端、顎を支えている指先が、ゆっくりと首筋を撫でてきた。

呼気が震えそうになって、咄嗟に口をつぐんだ。その指が止まって、ぐいっと顔を向かされた瞬間、至近距離からこちらを覗き込む夜空色の獣目とぶつかった。

「私が好きなのは、君だけだからね」

真面目な強い眼差しに射抜かれて、エミリアは瞬きを忘れていた。真っ直ぐ告げられた言葉が信じられなくて、大きな目を丸くして、アルフレッドを見つめ返す。

「私が結婚したいのは、君だけだよ。エミリア」

こちらに確認するように、彼がもう一度そう言った。

その告白の内容を頭の中で反芻してようやく、エミリアは異性として好意を寄せられているのだと自覚して、体温が急激に上がっていくのを感じた。こちらをじっと見据えているアルフレッドの視線に、より羞恥が煽られて動揺も増した。

「私は君と結婚したい。『イエス』と答えてくれたのなら、すぐにでも本婚約する」

「あの、私、いきなりそう言われても、すぐにはよく分からな——」

「知っている。だから、君の中で答えが決まったのなら教えて」

そのために互いを知るための時間を設けた、と彼が呟いた。

抱き締め直すように、彼の腕が少し動いて、肌触りのいいドレスがしゅるりと音を立てた。

アルフレッドが微塵にも目をそらしてくれないせいで、エミリアの顔は既に、茹で上がったように真っ赤になっていた。

「どうか私を選んで、エミリア」

彼が乞うようにそう告げた。その口調はとても柔らかで、顎から滑り下りた手が胸の上に回されて、両腕で優しくぎゅっと抱き締められた。

その時、廊下を歩く二人分の足音が聞こえて、エミリアはビクリとした。この状況を見られたらどうしよう、という恥ずかしさから思わず俯いてしまうと、彼が擦り寄せるように身体を更に密着させて、廊下側から隠すように深く抱き締めてきた。

彼の吐息が耳に触れてくる中、男女の囁き声がピタリと止まった。数秒ほど間を置くと、歩みが再開されて、今度は話し声もなく足音が近づいてくる。

「もう一つ、付けておこうか」

その足音がすぐ後ろを通過する直前、アルフレッドが囁くような声で言った。

囁き声だって聞こえてしまう距離ではないだろうか、と心配に思いながらも、エミリアは内緒話をするように「何を付けるの？」と訝しげに囁き返した。彼の方に視線を向けようとしたところで、首筋にキスをされて「ぁっ」と少し大きめの声を上げてしまっていた。

　後ろから、首に軽く歯を立てられた。続けて甘噛みされて、彼がしようとしているのは『求婚痣』を付ける事なのだと気付いた。アルフレッドが、ここに付けてもいいかい、と問うように、ある箇所をピンポイントでチロリと舐めて、歯を滑らせてくる。

「そこは駄目ッ」

「見えてしまうから？　――なら、ここにしようか？」

「んんっ………ぁ、そこも、や」

　唇が首筋を上がり、その感覚にぞわりとした痺れが走り抜けて、身体が勝手にビクビクと震えた。足音はまだ完全に遠ざかっていないから、エミリアは声を抑えるのに必死だった。

「大丈夫だよ、エミリア。どうせ聞こえていない。彼らは自分達の事で『夢中』だから」

　ただ歩くだけで、何に夢中になるというのだろう。

　首の後ろの髪をかき分けられて、そこに続けてキスを落とされたエミリアは、遠くなって行く足音が、途中で一人分になった事に気付かなかった。「君にはまだ早いからね」と独り言のように呟いた彼が、もう一度同じ箇所を舐めてくる熱に震えてしまう。

「ここなら、髪を下ろしていれば見えない」

　そう教えるように告げられてすぐ、晒された白い首の後ろに、アルフレッドが再び唇を寄せる気配がした。その直後、手に付けられた時よりもチクリときて、エミリアは抱き締められた腕の中で「ぁッ」と肩をはね上げていた。

痛みが背中を走り抜ける直前、傷口を癒すようにちゅくりと吸われて、噛まれた感触を忘れた。代わりに腰まで伝わってくる、ぞわぞわとした痺れるような感覚に、じわりと涙腺が緩んでしまう。

最初の求婚痣と同様に、舐めて治すと言わんばかりに口で愛撫された。丹念に舐められる様に小さく震えていると、肩を抱いている手の指先が、宥めるように撫でてきて「エミリア」と艶のある声で名を呼ばれた。

「舐めれば、傷も綺麗に塞がる」

そう言いながら、アルフレッドが、吸いつくようなキスを続けて落としてきた。

肌の上に彼の吐息が強めに触れて、エミリアは「ふ、ぅっ」と抑えていた声を漏らしてしまった。与えられる刺激に無意識に身体に力が入ると、胸に閉じ込める彼の腕の力も強くなって、ますます身動きが出来なくなっていた。

しばらくして、ようやく唇が首の後ろから離れていき、治りかけの傷のように敏感になったそこに、夜風が触れてひんやりとした。

疲労感を覚えてぐったりと身を預けたエミリアを、アルフレッドは出会った時のようにして、優しく両腕で抱き上げた。

「もう一つ付けたいとねだってしまって、すまなかった」

私の仮婚約者であると、その証を刻みたくなった。

そう続けられた独白は、先程と打って変わって口調の柔らかな囁き声だった。エミリアは、あの獣人青年ベンに求愛されたのを見て、彼が強く嫉妬したのだと察した途端にぶわりと赤面してしまっていた。

つまり彼は、それくらい私の事が好きであるらしい。

一番目の求婚痣も、本気で結婚したいと思っての求愛であり、それは他の誰の婚約者候補にもさせたくないほどなのだ。そう実感したら、どうして二個目の求婚痣を付けたの、なんでこんな恥ずかしい事をしたのッ――とは言えなくなった。

エミリアの思考は、既に人生で初めてされたプロポーズのせいもあって、すっかり沸騰してしまっていた。噛まれる直前にあったやりとりを思い返すと、色気たっぷりの余裕綽々な大人な彼が鮮明に思い起こされて、もう恥ずかしくて死にそうだった。

だから、赤くなって冷める気配がない顔を手で覆い、自分との結婚を強く希望している男性から隠すしかなかった。

◆

二個目の求婚痣を付けられた後、エミリアは馬車で家まで送り届けられた。

踊り疲れていたのは確かで、汗を流してベッドに潜り込んだら一歩も動きたくなくなった。けれど、癖のように手の甲の求婚痣を見てしまい、夜会での出来事を思い出してすぐには眠れなくなってしまった。

だって、まだ出会って一週間くらいなのだ。恋愛経験はゼロで、憧れを抱いた事もないのに、結婚したいくらいに彼が好きかどうかなんて、分かるはずもない。

ぐるぐる悩んでいる間に眠りに落ちていて、気付いたら朝になっていた。

エミリアは、全然睡眠を取れた気がしないまま起床した。自分で見る事が出来ない首の後ろには、ほんの少し傷跡のような違和感が残っており、ギリギリまでなかなか自分の部屋を出られなかった。家族に気付かれないかどうか、そわそわして落ち着かなかったからだ。

「これ、見えないわよね？　大丈夫よね……？」

昨夜、アルフレッドは『ここなら見えない』と言っていた。だからエミリアは、何度も櫛を通して鏡の前でチェックした後、その言葉を信じて朝の日課の作業に取りかかった。

今日は休日であるので、畑も水やりなどの小さな世話の他は、全ての作業が休みだった。刺繍店も営業日ではないのだが、エミリアは後ろ髪を気にしながら、いつもより一時間早く「店に行ってくるわね」と告げて逃げるように外出した。

刺繍は、もともと彼女の趣味でもある。作業環境が整った店でやったり、親友達とそこで集まって食事に出かける事も珍しい光景ではなかったから、リビングでゆったり過ごす家族は、疑問も覚えず「いってらっしゃい」と言って笑顔で見送った。

エミリアは王都で馬車を降りてすぐ、もやもやとする頭の中をどうにかしたくて走った。

結婚したいくらいに『好き』という感情は、一体どんなモノなんだろうとずっと考えていたものの、いつもみたいに身体を動かしても何も掴めなかった。昨夜を思い返して、またしても恥ずかしさが蘇（よみがえ）って頭がいっぱいいっぱいになってしまい、もう全力疾走で道を駆けた。

そのまま店に駆け込んだら、カウンターにいたダニエルが、驚いたように頬杖（ほおづえ）を解いて「どうした？」と尋ねてきた。休日であっても、自身がそこに居座っている時は看板を掛けずに店を開けていたのだ。

ようやく先日に傷が完治した彼の片頬からは、医療用ガーゼが消えていた。休日の午前の早い時間だというのに、そこには本職の画家としての、仕事用のスケッチブックを広げているジョシュアの姿もあった。今日は、黄色の生地をあしらったドレスに身を包んでいた。

「ダニエルッ」

「お、おぅ!?」

「二階の部屋で少し眠らせて！」

入店したエミリアは、若干怒ったような涙目で、開口一番（かいこういちばん）にそれを主張した。

ダニエルは「は……？」と、しばし呆気に取られた表情をした。ジョシュアも目を丸くして、珍しく言葉が出ない様子で見守る。

「…………まぁ、別にいいけどよ。お前がいつも使ってるブランケットは、二番目のタンスの引き出しにあるぜ」

何があったのか、すぐに理由を尋ねず、ダニエルは頬をかきつつそう答えた。

今はダニエルがメインで使っている店の二階は、昔からずっと三人の休憩所でもあった。馴染(なじ)みのある三人がけ用のふわふわとしたソファに横になったら、自然と瞼(まぶた)が重くなって、エミリアは夢も見ないくらい深く眠っていた。

目が覚めたのは、それから二時間が経った後だった。いつの間にか、頭の下にはジョシュアのクッションが置かれていて、普段ダニエルが使っている大きなブランケットが上から掛けられており、二人が一旦様子を見に来たらしいと分かった。

頭の中を占める悩みは変わらないものの、たっぷり休めたおかげで、身体の調子は元に戻りつつあるようだと感じた。

エミリアは一階に下りて、まずはなんとか笑って二人に礼を告げた。それから、もやもやとした心が少しでも晴れないだろうかと思って、明日取りかかる刺繍の注文デザインを確認してみる事に決めて、そのノートを棚から探し出して手に取った。

丸椅子(いす)に腰かけてスケッチブックに下描(したが)きを行っていたジョシュアが、一旦手を止めて、棚の前で立ったままのろのろとノートのページをめくり出したエミリアを見た。

「随分疲れているみたいだが、大丈夫か？」

「えぇと、ちょっと眠れなかったというか…………」

　エミリアは思い返して、ぎこちなく視線をそらしながら答えた。

　昨夜の告白について、またしてもぐるぐると考え出した自分に気付き、手に持っていたノートを閉じた。他にする事も思いつかなくて、集中して見る事も出来そうにもないそれを胸に抱えて、カウンター前に置かれている自分用の丸椅子に腰を下ろした。

　思わず深く溜息(ためいき)をこぼす彼女を見て、ダニエルが革表紙もボロボロになった手書きの譜面ノートを閉じた。ジョシュアも横顔を目に留めたまま、問うように片方の眉(まゆ)を少し上げる。そのちょっとした表情の変化に対して、彼の小さな獣耳だけは、感情の動きに素直に反応して大きく揺れていた。

　二人の尋ねるような視線を覚えて、エミリアは手元を見つめたまま考えた。入店時から心配を掛けてしまっただろうし、普段から互いの事はなんでも話してきた親友達に相談したいとも感じて、目を落としたまま「実は……」と切り出した。

「昨日、アルフレッド様と夜会に行ったの」

「ああ、この前話していたやつか」

察したとばかりに言いながら、ジョシュアがスケッチブックを近くの棚に置く。

ダニエルは、ピンと来た様子で「なるほどな、ようやく年頃らしい悩みでも出来たのか」と口にした。カウンターの上で手を組んで顎を乗せると、膝に置いたノートを見下ろしているエミリアにこう続けた。

「見事に青春まっただ中って感じだなぁ。なんだ、とうとう愛の告白でもされたのか？　なぁんてな――」

「本婚約したいんですって」

「マジかよ。まさか、ストレートに当たるとは思わなかったぜ」

つらつらと考えながら、あっさり答えたエミリアに対して、ダニエルはすぐに次の言葉が出てこなかった。出会った時は十五歳の少女だったとはいえ、今はもうすっかり十八歳の女性であるから、結婚の申し込みをされるのも、なんら不思議ではないのか……と呟く。

ジョシュアが、愛想のない顔を顰めて「見合いも、はじめからエミリアが本命だったたって事だろうな」と宙を見やって思案気に言った。ダニエルは彼を見て、それからエミリアへと視線を戻して、くすんだ赤毛の縛っていない下部分をガリガリとかいた。

「あ～っと、本婚約って事は、つまりはその伯爵様に、結婚を求められたって訳だよな？」

「うん……。でも、どうしたらいいのか分からないの」

だって、仮婚約者になって、まだ一週間よ？

エミリアは、その言葉をぽつりと口にして、チラリと問う眼差しを向けた。視線を受け止めたダニエルは、「俺は結婚経験もないしなぁ」と困ってしまい、ふと、彼女を見染めた相手と同じ獣人族の、今日もまた見事にゴージャスなドレス姿をしたジョシュアを見やる。

「うっかり頭から抜けてたけどさ、お前も獣人族だし、いつかは獣人まっしぐらって感じの恋をするんだよな？」

そもそも恋する気あんの、とダニエルは思わずスカート部分に目を向けて、本題からそれて尋ねてしまった。

すると、ジョシュアがニヤリとして「さてね」と彼に答えた。

「僕だって『成長変化』を迎えて、いつかは獣人族として恋をするんだろうさ。その運命の相手が女であれ男であれ、ね」

「そういや、獣人族からよく聞く台詞で、そういうのがあったな。確か『運命の相手』との恋を夢見る奴が多いんだっけか？　たまに同性婚もあるよな」

「人族と獣人族では、法律が少々違う」

二人の話を聞いていたエミリアは、ジョシュアに「それも、やっぱり相性が関係しているの？」と尋ねてみた。彼がこちらを見て「そうだ」と頷く。

「大人の獣人に言わせると、恋愛に関しては『必ず分かるもの』であるらしい。僕は成長変化もまだの未成年だから、その辺はなんとも言えないけどな。何せ、僕が感じる相性というのは、

『仲良くなれそうだな』とか、そういうものだ。これまで恋らしい何かを覚えた経験はない」

　大人の獣人族は、相手に抱く想いが恋愛であるのかどうか、自分でハッキリと分かるのだと言う。そうだとしたのなら、結婚したいというアルフレッドの気持ちは、本物なのだろう。

　とはいえ、それに対して自分がどう想っているのか分からないから困っているエミリアは、悩ましげに眉を寄せた。黙り込んで考え出す彼女を見て、ジョシュアは続けて言う。

「難しい事は考えずに、素直に感じたままの気持ちでいけばいいんじゃないか?」

「感じたまま……?　でも結婚って、一生に一度のものでしょう?」

「だから、そういう括りだったり、深刻に考えてしまうような周りの事情の何もかもを、まずは取っ払うんだよ。余計な心配事とか雑念も全部なくなったら、そこに残るのは、エミリア自身の純粋な心一つだけだろう?　そうすると『本当の自分の気持ち』も、見えてくるものなんじゃないか?」

　ジョシュアがそう言って、美しい顔に不敵な笑みを浮かべて見せた。

　その自信たっぷりの態度と表情を見ていると、不思議とそんなものであるのかとも思わされて、エミリアは知らず眉間に作った皺を消して、肩から力を抜いていた。様子を見守っていたダニエルが、「お～、まともなアドバイスだな。さすが芸術家」と適当な称賛の言葉を贈る。

「…………素直に感じるままって、そういうものなのかしら?」

「そういうものだろ。作品を生み出すために、ややこしい全部を頭から除いて無にするプロの

芸術家でも、それにはある程度の心構えと時間が要るんだ。つまり、今すぐに出せるような答えでもないって事だよ、エミリア」

　だから似合わない眉間の皺なんて作るなよ、そうジョシュアは続けて、自身のそこをぐりぐりと解す仕草をした。ドレス姿なのに、やはり男らしい手付きだったので、エミリアはつい笑ってしまった。すると彼が、ふっと不敵な笑みをこぼした。

「そうやって笑っていればいいよ。僕の大事な『親友』」

「ありがとう、ジョシュア。大好きよ」

「当然さ」

　まるで姉弟にも見える身長差をした二人から、ひとまずは一件落着らしいと空気で察したダニエルは、「よしっ」と気合いを入れて立ち上がった。

「そうと決まれば、ちょっくら近くで、早めの昼食でもするか。ここは年長者の俺が奢ってやろう」

「太っ腹だな。なら遠慮なく、ご厚意に甘える事にしよう」

「お前は少しくらい遠慮しろ。小せぇ癖に、俺よりバカスカ食うとか、ありえなくね？」

「僕の食欲は、獣人族の平均だぞ」

「絶対に違うだろ。この前の大食いコンテストで賞金をかっ攫っていったのは、バッチリ見ていたからな」

そう指摘されたジョシュアが、立ち上がりざま美麗な顔を露骨に顰めて「ちッ」と舌打ちした。ダニエルは、外出用の薄地のコートに袖（そで）を通しながら、「……そういうところがなければ、女にモテると思うんだけどなぁ」と、自身と同じく交際経験のない彼について呟いた。

手に持っていたノートを棚に戻したエミリアは、髪が敏感になった一カ所をくすぐる感触で、首の後ろに新しく刻まれた求婚痣の存在を思い出した。

自分では見えないその位置には、恐らく手の甲に刻まれている紋様と同じ物があるのだろう。そう想像したところで、ふと小さな疑問を覚えて、アルフレッドと同じ獣人族である彼に尋ねてみた。

「ねぇジョシュア、一つ訊いてもいい？　同じ人が、同じ相手に求婚痣を複数付ける事って、あったりする？」

扉に手を掛けていたジョシュアが、こちらを振り返って「ないない」と、間髪入れず顔の前で手を振った。

「基本的に一つだけだ、本能でそうなっているとは教わった。まぁ僕はまだ成人していないから『噛みたい』となった事はないし、経験にもとづいた話ではないからな、一般論の一つだと思ってくれ。人によっては、まれにする人もいるとは聞いたが――」

ジョシュアはそこで、しばし記憶を辿（たど）るように黙り込んだ。それから思い出した様子で視線を戻して、こう言葉を続けた。

「同じ人が、同じ相手に求婚痣を刻むのが、基本的に一回なのは、求愛で噛むのは一度だけでいいと本能で分かっているからだ。だから二つ目を刻むなんて滅多にはない事で、仮婚約中に同じ人が二個目として付けた求婚痣は『本命の人』という意味もあるらしい」

それを聞いた途端、何故か昨夜に『もう一つ付けておこうか』と告げたアルフレッドの声が耳元に蘇った。はじめ、彼はわざと見えるような位置に噛みつこうとしていたのだ、と思い出して、胸がトクトクと高鳴って体温が上がってしまった。

この女性は、自分の本命の人だから手を出すな。

二個目の求婚痣を付けた理由として浮かんだのは、そんな感情的な言葉だった。大人で冷静な彼からは、あまり想像も付かないような台詞であるのに、不思議と昨夜の一時の彼ならば、そんな牽制も有り得るような気もしてきて、エミリアは興味本位(きょうみほんい)でそれを想像してみた。

そうしたら、びっくりするくらい違和感がなかった。そういった台詞を口にするアルフレッドを思い浮かべてみると、却(かえ)って大人の色気と、男性的な強さが増した姿が想像されて、ドキリとした。少し命令するみたいな口調も、どうしてか素敵だと感じてしまうくらいに似合い、それを自分がされている風景を想像したら、じわじわと体温が上がった。

ふと過激な一面なんてありはしないだろう紳士の、そんな妄想にドキドキしてしまった自分に気付いて、エミリアは余計に恥ずかしくなった。昨夜の事がより鮮明に思い出されて声が出なくなってしまい、赤くなった顔を隠すように俯いてしまう。

その様子を見つめていたダニエルとジョシュアは、その質問や赤面のタイミングから事を察し、黒兎伯爵の意外な一面を知って「えぇぇ……」とこぼした。

※

三人で食堂に行って、休日を楽しむようにして目的もなく散策した。

それから店に戻ってきた後、それぞれが譜面を書いたり、絵画の下描きをやったり、刺繍のデザインを起こしたりと好きに時間を過ごした。刺繍に集中している間が一番落ち着けるエミリアは、ふと考える時間が出来て、夜会の前にアルフレッドに招待された、初めての茶会の事を思い返した。

出迎えてくれた優しい執事に案内された事。親切なメイドが説明してくれた美味しかったサーマル・ブランドのクッキーや、食べてと彼に言われて口にしたマンダリンが、脳裏を過ぎった。みんな暖かくて、そして素敵で、お礼をしたいなという気持ちが込み上げた。

伯爵であるアルフレッドに相応しいような、高価な贈り物は出来ないけれど、彼のためにデザインをした、世界に一つだけの刺繍ならどうだろうか、と考えてみた。

気に入ってくれるかは分からない。それでも、自分なりにお礼がしたいと思い立ったら、サイズの参考として新品のハンカチ生地を引っ張り出して前に置き、エミリアは時間も忘れるほど丹精込めて一生懸命にデザインを描き出し始めていた。

その間、緊張感だとか恥ずかしかった事だとか、不思議とそういったごちゃごちゃとした事も忘れていた。ただ、アルフレッドらしい刺繍のハンカチを作ってあげたいという、職人魂のような真剣さで作品作りに取りかかっていた。

その様子を見て、ダニエルとジョシュアは首を傾げた。しかしすぐにこっそりと苦笑を浮かべ合って、いつも通りだなと安心して、自分達の作業に戻ったのだった。


「じゃあ、また明日ね」

西日が傾き始めたばかりの、まだ夕刻にもなっていない明るい午後の時間、ダニエルとジョシュアはいつも通りエミリアを帰した。デザインを起こした紙と無地のハンカチを抱えた彼女が、通りの向こうに見える停車場で乗合馬車に乗り込むのを確認してから、二人は店内に戻った。

ダニエルにとって、店は自宅のようなものであったので、自分がいる時は休日もよく開けていた。看板は出していないが、夜にいつも掛けている『閉店中』の立て札がないのを見ると、たまに通りすがりの知人や顧客が、相談がてら顔を出してくれる事があるのだ。

「つか、仮婚約早々こっちの様子見に来た時点で、相手の本気度が窺えたんだよなぁ。しかも出会った翌日に見合いの申し込みとか、行動力も半端ねぇわ」

長身であるため、丸椅子だと脚が窮屈になってしまうダニエルの所定位置は、唯一彼の脚の長さに合わせて作ってあるカウンター内の固定椅子だった。そこに腰かけてすぐ、癖で胸ポケットに伸ばしかけた手に途中で気付き、エミリアが置いてくれていたクッキーを取って口に放り込んだ。

ジョシュアは、カウンター前にある丸椅子に座ると、スケッチブックを開きながら彼の呟きに答えた。

「コーネイン一族は黒兎種。兎科の中で最小、それでいて戦闘はピカイチな種族だ。兎科で唯一の武闘派兎とも知られていて、『大栗鼠』の僕より、気性は荒い」

「伯爵様は、どっちかっつうと、凶暴なイメージはないんだけどなぁ。お前の場合は、はじめっから懐かない小動物なイメージ——いてっ」

「おいコラ、誰が小さいガキだ？　あ？」

僕の身長はこれから伸びるんだよ、と獣耳を逆立てて睨みつけてくるジョシュアを見て、ダニエルは「誰も身長の事は言ってねぇんだが……」と、鈍く痛む額をさすった。ひとまずは、投げつけられた消しゴムを拾い上げる。

「僕としてはな、凸凹コンビの凹の方、もしくはチビの方と言われるのが、大変遺憾だ」

「いやそれ事実——って痛ぇ！　おまっ、商売道具のスケッチブックまで投げるか普通⁉」

額にスケッチブックの角があたったダニエルは、けれどふと、床に落ちて開いたスケッチブックのページを目に留めたところで、見覚えのある人物画だと気付いて動きを止めた。

そこには、曲げた腕の辺りまで伸びた髪先を自由に遊ばせた、一人の少女の姿が描かれていた。にっこりと笑う顔はあどけなくて、大きな目や頬の輪郭にも幼さが残る。

さすがは芸術家が描いただけあり、それは出会った頃の十五歳のエミリアそのものだった。倒れていたこちらを、しゃがみ込んだ姿勢で覗き込んでくる様子が描かれていて、初めて声を掛けてきた時の風景を、そのまま切り取ったみたいに鮮明だった。


――大丈夫？　お腹が空いているの？　チョコなら一枚持っているから、まずはコレを二等分して食べて。


そう言って、にっこり笑いかけられたのが初コンタクトだった。

平民のようなワンピース姿だったけれど、ふわふわの髪は綺麗で艶があり、白い肌からもほんのり甘い香りがして、革が使われた靴も上等だった。もしや、いいところの娘さんなのだろうかと推測しながら、ダニエルは差し出されたそのチョコを受け取っていた。

少し待っていてと言われた直後、呼び止める暇もなく彼女が駆け出した。走りっぷりは見事なもので「やっぱり普通の家の子か？」と首を傾げ、二人で倒れ込んだままチョコを食べていると、引き続きスカートも気にしない様子で、向こうから走って戻ってくるのが見えた。

戻ってきた少女の髪が、鎖骨辺りまでバッサリ切られているのを目に留めて、最後のチョコが口に入ったまま「ごふっ」「げほっ」と咽た。

一体、この短い間に何があったんだと驚愕していたら、『ご飯を食べに行きましょう』と誘われた。食べたらきっと元気になるから、と満面の笑顔で楽しそうに言われて、ダニエルはジョシュアと揃って唖然とした。

色合いと質のいいハニーブラウンの髪は、金髪の次にとても高く売れる。お互いの名前も知らない状態だというのに、この少女は食事をご馳走するために、せっかくの綺麗な髪をお金にかえてきたのだと分かった。

いつも髪は、鎖骨辺りまでの長さであるらしい。

あの頃は時間がなくて、偶然切る暇がなかっただけなのだと、本人が笑って話していた。

髪は伸ばさないいんじゃないかしらね、と彼女を知る領民達も口にしていた。いつも元気いっぱいに走り回っていて、同じ年頃の女の子達の長髪を羨ましむ事もないのだと言う。あるいは恋をしてどこかに嫁いだのならば、もしかしたら……と、そう言っていた者もあった。

「懐かしいな。そういや、お前しょっちゅう描いているもんな。おっ、俺の絵もあるじゃん。ははは、今の顔と全然変わらねぇなぁ」

「記憶力はいい方なんだ。帰ってからでも肖像画を起こせる」

「それってさ、一種の才能なんじゃねぇかと思うんだが。俺は絵に関しては素人だけどさ、見たまんまを全部頭の中で再現出来るとか、今バカ売れしてる有名な画家よりもすごくね?」

ダニエルが、言いながらスケッチブックを差し出す。

それを受け取ったジョシュアは「さあな」と、興味もなさそうに言った。

「自慢するような事でもないだろ。そんな普通の事くらいで仕事が回ってくるなんてないだろうし、年齢で選んでくる奴が圧倒的に多いから、コツコツと実績を積んでいくしかない。そもそも僕の記憶力がどうのと言うのなら、お前の即席で曲を起こせるやつも、一種の才能になると思うが?」

「ははは、感じたままに譜面に起こして、気の向くままにピアノで演奏しているだけだし、才能じゃないって。のんびりやっているせいで稼げないんだと、音楽家仲間にもよく言われる。でも高い金払って聴くよりも、たとえば夜にみんなが気軽に酒が飲める場所で、ロマンチックな音楽を奏でて場を盛り上げてやる方が、楽しみがあるってもんだろ?」

まぁ、そう言うといつも怒られるんだけどな、とダニエルは無精髭(ひげ)を撫でて愉快そうに笑った。ジョシュアはスケッチブックを届けた彼が、ついでのようにエミリアの丸椅子に腰を落とす様子を目で追い、ぼそりと呟いた。

「…………僕は、そういうのもいいと思うんだけどな。嫌いじゃない」

無精髭くらいはそれ、と音楽家仲間からよく言われているダニエルは、「やっぱ低いなぁ」と座り心地を確認して聞こえていなかった。作ったのは自分であるので、この椅子がエミリアとジョシュア専用に低く設計されている事は、よく知っていた。

節約のため、店の内装も戸棚も、ほとんど三人で用意したり作ったりした物だった。エミリアが記念にと日付けや名前を小さく彫ったり、一周年の際にはもっと身長が伸びているはずだ、とジョシュアが身長を計って印を付けた棚もある。

だから店内中の至るところに、これまで過ごした三年という思い出が刻みつけられていて、全部が昨日の事のように鮮明に思い出されるのだ。それをなんとなく見回したダニエルは、つい脱線してしまった話を元に戻して、ジョシュアを見やった。

「で、黒兎伯爵の件だが。獣人は『親友』に関しては、敵とかライバル認定しないって認識で大丈夫なんだよな？　うっかり決闘を吹っかけられたら、洒落にならん相手だぜ。エミリアも好感触っぽいしな、どっちが怪我しても泣いちまいそうだ」

「危害を加えられる事はないから安心しろ。僕ら獣人にとって、『親友』というのは特別な存在で――まぁ、家族みたいに大切な友人ってところだ」

ジョシュアは短い説明だけで、獣人にとっての『親友』という枠組みについての詳細を語るのを避けるように話を変えた。

「僕としては、王都警備部隊とか治安部隊には、エミリアが安心して店に通えるよう頑張ってもらいたいんだがな。王都の中心地の方が、圧倒的に部隊の巡回も多いのに、日々騒がしい事が勃発（ぼっぱつ）しているだろ。先月も、戦闘部族ナーガスの盗賊団の騒ぎがあった」

「そういや、そんな事もあったな。王都の中央付近で白昼堂々と犯行が行われて、狼隊長っつうのが参戦して色々とぶっ壊れたんだっけか。空を飛んでる馬車を見たって話なら、酒の席で聞いた」

「王都の中央より、こっち側の方が治安面も弱いんだ。早く帰すエミリアへの言い訳も、そろそろ底を尽きてきているしな。軍人には、ホント頑張ってもらいた――」

その時、扉が荒々しい開閉音を上げ、ジョシュアの声が遮られた。

物騒な刃幅を持った武器を構えた覆面の男達が、騒がしい足音と共に一気に踏み込んできて、開口一番に「金を出せ！」と怒鳴りつけてきた。そちらに目を向けたダニエルが、煩いなという表情を浮かべて、その要求内容に「ほぉ？」と怪訝そうに片眉を引き上げて見せる。

ジョシュアは顰め面のまま、呆れたように片手を振って「ほらな」と愚痴った。

「この時間から、こういうのがちょくちょくあるから鬱陶しいんだ。安心してエミリアを置いておけない」

「そりゃ同感だな。三人で泊まった日の深夜に、金じゃなくて『女を出せ』と来られた時は、さすがにマジで殺してやろうかと思ったわ」

あの時、エミリアが爆睡して起きなかったのは幸いだった。共に過ごすようになってから、やはり彼女は危機察知能力が低いのではないだろうか、と推測されて心配してはいるのだが……、まぁ自分達がそばにいる間は、大丈夫だろうとも思っている。

引き続き、脅し文句を並べて怒鳴りつけてくる覆面の男達をよそに、そうジョシュアとダニエルは話していた。微塵も動揺のない二人を見て、悲鳴を上げるなり警戒するなりといった反応さえない事に疑問を覚えたのか、強盗団も戸惑いの空気を漂わせ始める。

ダニエルが膝を叩いて、「さてと」と立ち上がった。ジョシュアもほぼ同時に席を立ち、二人は戦闘準備を整えるように、指の関節をゴキリと鳴らしながら、男達の方へ向かって堂々と歩き出した。

じりじりと後ずさりし出した覆面男の数を目算し、ダニエルはそっけなく口を開いた。

「店内を壊されちゃたまらねぇからな。ひとまずは――」

「すみやかに退出頂いて、金輪際同じ事をしないよう叩き潰す」

ジョシュアが言葉を引き継いで、芸術家とは思えない物騒な台詞を吐いた。表情も態度も少年である彼が、キラキラなうえひらひらなドレス姿で迫ってくるのを見て、男達がゴクリと唾を飲んで、ゆっくりと後退を続けて店の扉から外に出る。

勝手に出てくれた彼らに続いて、二人も店の外に降り立った。

「ついでに財布の有り金も頂いておくか。俺、ちょうど酒代が欲しかったところなんだわ」

「なら僕にも奢れ。この前、所持金が足りなくて、オレガノ食堂の超大盛り定食を食べ損ねた」

そう言ったかと思うと、武闘派の音楽家と芸術家であるダニエルとジョシュアは、慣れたよ

うにそれぞれファイティングポーズを取って、

「「さぁ来やがれチンピラ野郎」」

と、口を揃えて強盗団に向き合った。

エミリアは結局二晩経ってても、首の後ろに付けられた『求婚痣』の事を黙っていた。求婚痣を付ける際には小さく噛むので、そこに唇を付けられたと想像すると、なんだか恥ずかしさも二割増しで、家族には打ち明けられなかったのだ。

アルフレッドへのお返しの刺繍入りハンカチは、昨日ようやく仕上がった。馬車が迎えに来るたびに見えていたから、自然と目に焼き付いて形を覚えてしまったコーネイン伯爵家の家紋を盛り込んで、そしてハンカチの縁近くには愛らしい仔兎を添えた。

つい仕事の流れの癖で、制作者である自分の下の名前までそこに入れてしまって、遅れて「あ、しまった」と気付いた。けれど、どうせならと開き直って『アルフレッド』という名前も入れて、大胆にも『二名の名前入りの記念ハンカチです』という感じで完成させたのだった。

今日もいつも通りの時間に起床して、ここ最近は日課となっているように、出来るだけ首の後ろが見えてしまわないよう気を付けて過ごすべく、丹念に櫛で髪を梳いた。何度か鏡の前でふわふわとする髪先を確認してから、朝食前の日課をこなすため行動を開始した。

最後の作業は、相変わらずセリムにだけは懐かないでいる、ヴァレンティ家の丸々とした鶏達の世話だった。呼んだら戻ってくるし、言う事もきちんと聞いてくれる賢い子達なのに、どうして弟には宿敵のように戦いを挑んでいくのか、今でも謎である。

ヴァレンティ家の鶏は、一般的によく飼育されている種類のものだ。けれど珍しく人懐っこくて、エミリアが座っていると身を寄せて腰を下ろしたりした。よその家に比べて毛艶も良くてふかふかだったから、まるで上質な羽毛の暖かさに包まれている気分になった。

「セリムとも、仲良くしなくちゃ駄目よ？」

一羽を捕まえて言い聞かせてみたら、不貞腐れたようにぷいっと顔をそむけられてしまった。

「嫌いなの？」と問いかけてみると、その鶏は首を横に振ってきたので「じゃあ苦手なのかしら？」と確認したら同じように否定してきた。

どうして仲良くなれず、毎日のように攻防が続いているのか本当に不思議だ。そう思いながら地面に下ろしてやると、他の鶏達と同じように、スカート越しにすりすりと身を寄せてきた。

移動するから危ないので少し離れて、と告げると、すんなりと距離を空けてくれる。本当にウチの子達は賢くてとてもお利口だと、エミリアは毎度ながら感心して作業を再開した。

『エミリアは、動物に好かれやすいのよ』

幼い頃から、母はよくそう言っていた。

『きっと、あなたのそばは、それほどまでに居心地いいのね』

そう口にした彼女に対して、父は最近になってこんな憶測を口にしていた。もしかしたら、セリムがエミリアを追い出すと思って、意地悪をしているのではないか、と。

『それほどまでに、エミリアが好きなのかもしれないなぁ……』

女性は嫁ぐと出ていってしまうのを、この鶏達は理解しているのではないだろうか。だから、いなくなってしまったら誰にも世話が出来ないぞ、と訴えるための強硬手段に出ている可能性はないか、と父は言うのだ。

鶏の世話を終えて玄関に向かって歩き出したところで、エミリアは数日前の休日に店から帰ってきた時、そんな父がどこか寂しそうだった様子を思い出した。

あの時、父は玄関先に腰を下ろしていた。

どうしたのと尋ねたら、抱き締めてもいいかいと言われた。いいわよと答えて「ただいま」といつも通り声を掛けたら、いつも以上に噛み締めるような口調で、「おかえり、僕の可愛いエミリア」と言われたのだ。

ちょっとだけ様子が変だった父は、夕食を食べる頃には、いつも通り元気になっていた。母が「次の仮婚約のデートはいつかしら、手紙が来るのが待ち遠しいわねぇ」と言った際には、何故か「くッ」と目頭を押さえて小さく震えていたけれど。

そう思い返していたエミリアは、玄関先に立っている当の父の姿に気付いて回想を止めた。

彼が手招きしてきたので、なんだろうと思って走り寄ってみたら、一通の手紙を手渡された。

「エミリア、いつの間にバウンゼン伯爵家と知り合ったんだい？」

「バウンゼン伯爵？」

聞き覚えのない名前だ。そう思って手紙の送り主名を確認してみると、まるで幼い子供が書いたような拙い字で『カティルーナ・バウンゼン』という、これまた初めて見る名前が記されていた。

「人族の、歴史ある貴族の名家の一つだよ。僕達がまだ若い頃、現当主のバウンゼン伯爵の下には、双子みたいにそっくりな妹さんもいてね」

そんな父の話を聞きながら、エミリアは封を切って手紙の内容を確認してみた。便箋の冒頭には、木に引っ掛かった帽子を取ってくれたお礼と、もらった名刺に記載されていた住所のうち、直通だと書かれていた屋敷の住所の方に手紙を送った旨が書かれていた。

どうやら、先日に王都で出会った愛らしい顔をした短髪のあの少女は、バウンゼン伯爵家のご令嬢であったらしい。名乗るタイミングを逃してしまってすみません、という謝罪の後に、『カティです』と簡単に改めて自己紹介もされていた。

手紙を読んで驚いたのは、その身元ではなく年齢だった。てっきり十三歳かそこいらだと思っていた彼女は、今年で結婚可能年齢の十六歳を迎える少女だったのだ。

しかも婚約中の身でもあるようで、近々結婚する予定があり、秋にある誕生日以降に日取りを調整中なのだと言う。その件もあって、もしドレス用の刺繍デザインがあるのなら見てみたい、と手紙には書かれていた。

ウェディングドレス用に、参考にしたいのかもしれない。そう推測したエミリアが、今度は真剣に手紙を読み返す様子を見て、父が横から文面を覗き込んだ。

「……木に帽子？　それから名刺と書かれているけれど、これは一体……？」

「この前、風で帽子が飛ばされた女の子がいて、取ってあげたのよ。向こうの名前は訊かないで、その時に名刺だけ渡しておいたの」

「………パパは時々、エミリアの行動力を、男らしいなと感心してしまう事があるよ」

手紙を読んだ父は、「また木に登ったんだね、しかも格好いいって大絶賛されてる……」と複雑そうな表情で呟いた。

エミリアは、隣の父の呟きには気付かなかった。先日に出会った際、彼女がスカート姿を恥ずかしがっていたのは、どうやら普段がズボンであるためであるらしい、と手紙を読んで理解を深めていた。

一生に一度のウェディングドレスだ。注文の可能性の有無は関係なしに、こうして何か少しでも協力出来る事があるのなら、全力で応援したい。

これまで作ったデザインの仕上がりは、ジョシュアが記録としてノートに取って全て残してあるので、その中から祝いに相応しい物を厳選して、参考資料として見せる事を考えた。実際に使用されたドレスがそのまま描かれているから、きっとイメージもしやすいだろう。

「本人が『カティ』と呼んでと書いてあるから、そうしようかしらね」

一通り考えをまとめたエミリアは、名刺を渡されてから興味を覚えてドレス用の刺繍のデザインを見たい、と連絡をくれたその令嬢——カティが手紙の中で、この日のこの時間なら都合がつくと挙げてくれている、待ち合わせ候補の一覧に目を通した。

「エミリア、仕事熱心なのは構わないけれど、まずは先に朝食にしよう」

家に入ろうと父に促されて、エミリアは一旦手紙をしまった。

店に向かう前に手紙を書こう。こちらは特に都合が悪い日はないので、一番早い日時に会いましょう……という返事の内容をつらつらと考えながら、父の後に続いて家に入った。

◆

アルフレッドからの次の仮婚約の交流デートのお誘いの手紙は、カティへ返事を出したその日の午後に届いた。

告白されて二個目の求婚痣を刻まれて、すぐに会えそうにないという気持ちでいたのに、昨日ハンカチを仕上げたら、早く彼に渡せたらいいなという正反対の思いも生まれていた。内心ずっとそわそわと待っていたから、玄関先ですぐに内容を確認してしまった。

予定日は、またしても翌日に設定されていて、初めて二人で出かけた時と同じく、大公園でのピクニックになるようだった。

サンドイッチは次の楽しみに取っておくから、明日は朝食の後に迎えに行く、という文章を読んで、以前「君が緊張しない場所がいいと思って」と彼が口にしていた事が思い出された。続けて作ってもらうのは申し訳ない、という気遣いと配慮を覚えた。

数日前の夜会の帰りは、告白と二つ目の求婚痣を意識してしまって、うまく言葉が返せず顔も上げられなかった。

大人としてこちらの緊張を解そうとしてくれたのか、帰りの馬車内で、アルフレッドは何事もなかったかのように振る舞っていた。自分だけが普段のように接する事が出来なくて、別れ際もうまく言葉が出てこなかった事が、どうしてか気になって胸をチクチクと刺していた。

毎日会っている人ではないせいか、お話し出来ないのが、なんだか寂しい。

だから交流デートでは、いつも通り話したいとも思っていたエミリアは、手紙を片手に持ったまま「よしっ」とやる気を奮い立たせた。

ジョシュアと話したおかげもあって、ここ数日で平常心も戻りつつあったから、過剰に反応してしまわないよう心がければ、普段通り挨拶の言葉を切り出すのも大丈夫そうな気もした。

手紙が届いたその翌日。朝食を終えてゆっくりしていたタイミングで、アルフレッドが迎えに来た。

以前と変わらない様子で挨拶をされて、エミリアも落ち着いてそれに応えられた。けれど、プレゼント計画を実行に移そうと考えたら緊張が込み上げてきて、すぐに「あのッ」と言葉を繋いでいた。

こちらに手を伸ばしかけた彼が、珍しくきょとんとした眼差しをして、小さく首を傾げた。

「どうしたの？」

「えぇと、その……っ、この前の茶会のお礼です！」

前もって用意していた台詞が飛んでしまい、エミリアは後半を勢い任せに敬語で言って、ついリボンでプレゼント包装までしてしまった、その刺繍入りのハンカチを彼の方に押しつけていた。

どうしてか、刺繍だけしかしなかった『お返しの品』が、この場に相応しい物ではなかったのではないかと途端に不安になって、頭の中がぐるぐるとして顔を上げられなくなった。

「その、美味しいクッキーとマンダリンまで頂いたのに、すぐにお返しも出来なくて、ごめんなさい。それにハンカチに刺繍しただけなのも、ちょっと悪かったかなって今更気付いて、なんというか、その、本当にごめんなさ――」

「ああ、どうか顔を上げて、エミリア。とても嬉しいよ」

両手で差し出しているそれを、受け取られる気配が指先から伝わってきたエミリアは、アルフレッドの声が珍しい感じになっているように聞こえて、不思議に思って顔を上げた。

そこには、これまで見た事のない、まるで少年みたいな満面の笑顔を綻ばせている彼がいた。

リボン包装がされたハンカチを、本当に嬉しくたまらないというように片手で胸に抱え持っていて、微笑む形の良い夜空色の獣目は、キラキラと輝いているようにも見えた。

「本当にありがとう。一生の宝物だ」

「喜んでくれて嬉しいけれど……表現が少し大袈裟なような」

驚きを通り越して、呆気に取られてしまっていると、馬車のそばで待っていた御者の中年男性が「旦那様、お預かりします」とそばに来た。言い方は丁寧で恭しいのに、気のせいか、彼と同じように大変嬉しそうにしているようにも見えた。

アルフレッドが、すぐにそちらへと顔を向けて「丁重に頼む」と凛々しい声で指示した。そして、こちらに向き直ったかと思うと、改めて挨拶するように左手を取ってきた。

あっと思った時には、左手の甲にキスを落とされていた。告白された後の顔合わせのせいか、エミリアは普段以上にドキドキしてしまって、まだ慣れない求婚痣への挨拶をされた際に、唇が触れる熱にビクリとしてしまった。

その反応に気付いた彼が、手を取ったままこちらを見つめ返してきた。

「エミリア？　顔が少し赤いけれど、どうかしたのかな」

「うえ⁉　あああのッ、別にどうもしていないわよ⁉」

いつもなら指摘してこない小さな反応だと思っていたから、正面から問われて慌てた。アルフレッドはどこか上機嫌そうで、ふっと吐息を漏らすように笑っている表情を見ていると、まるでわざと口にしているみたいにも思えてしまう。

ちょっと意地悪そうにも見えるその笑みであっても、こちらに向けられる眼差しは穏やかだ。さっきの刺繍入りのハンカチを、それほどまでに喜んでくれたの？　それとも、好きだという想いが宿っているせいで特別優しげに見えるのかしら……？

ついでのように余計な事まで考えてしまい、勝手に恥ずかしさが増した。そもそも、私を選んで、なんて言われて意識しないでいられる人もいないだろう。

先日の緊張がぶり返して、エミリアは乗車したら更に落ち着かなくなった。馬車が大公園に向かって走り出したところで、どうしよう、と風景が流れ始めた車窓に視線を逃がした。

「星空が綺麗だったから、横になってしまったんだ」

向かい側に腰かけていたアルフレッドが、同じように車窓へと目を向けて、唐突に思い出したように語り出した。冷静な様子でそう口にした彼は、こちらが見ても引き続き窓の向こうに目を留めていて、普段通りのリラックスした態度と雰囲気に、しばしエミリアは緊張を忘れた。

話を聞いていると、彼が屋敷にあるマンダリンの果樹のハウス園で、昨夜寝転がって星空を眺めた内容だと分かった。その場面を想像して、思わずくすりと笑ってしまっていた。

「うっかり眠ってしまって、幼い頃から屋敷にいる執事のバートラーに呆れられてしまった。ならお前も横になってみるといいと言って、二人で無言で寝転がっていたら、戻りが遅い事を心配したメイドに『お二人は一体何をなさっているんですか』と冷たく言われた」

エミリアは、初めて屋敷を訪れた際、茶会の席まで案内してくれた優しげな中年執事を思い返した。戸惑いつつも命令だろうかと考えて、彼が真面目にもアルフレッドの隣で横になり、男性二人が無言で星空を眺めているという光景を想像して、少しおかしくなった。

「仲がいいのね」

「長くいる使用人達ばかりだ。執事の方は、真面目な男でね。冗談を投げても、たまに通じないところがある」

知らず身体の強張りもすっかり解けて、エミリアは口許に手をあてて笑った。その姿を目に留めたアルフレッドが、どこか満足げな微笑を浮かべて「そろそろ到着かな」と呟き、車窓の風景を確認して話を終えた。

平日の午前の早い時間、大公園は馬車の停車場を掃除する二人の中年男性がいるだけで、他に人の姿はなかった。

エミリアは先日と同じルートで、ブランケットを持ったアルフレッドと並んで、丘まで続く散歩道を進んだ。丘の上には、相変わらず五本の木があって、風が弱々しく吹き抜けた際に、木の葉と柔らかな芝生が心地良い音を奏でた。

そこが通い慣れた特等席であるのか、アルフレッドが先日と同じ木の下に、ブランケットを敷いた。スカートを押さえて座ると、肩が触れ合う距離に彼が腰かけてきた。

仮婚約者同士の交流は、恋人のように過ごすものであったと思い出して、エミリアはその近い距離感に身じろぎしつつも大人しく座っていた。一つの風が柔らかく通り抜けていった際、彼の方から上品で甘い、マンダリンに似た香りが漂ってきた。

「君の父親は、とてもいい人だ」

不意に、アルフレッドがそう言った。

彼が父と交流を取ったのは、自分や母もいる状態で少し話した程度だと記憶している。だからエミリアは、不思議に思って隣にある美麗な横顔を見上げた。すると、王都の町並みを静かに見据えていた彼の方から、「実は、手紙で少しやりとりを」という答えが返ってきた。

「本当は、一対一できちんと顔を合わせて、話す時間を設けようと思っていた。けれどヴァレンティ子爵が、『お互いに忙しいでしょうから』と手紙を送ってきた。文章の一つ一つから、彼が家族想いで、君の事をとても大切にしている事が伝わってきた」

まさか父が、彼と手紙でやりとりをしていたとは気付かなくて、エミリアは驚いてしまった。そんな様子は微塵(みじん)もなかったし、屋敷で顔を合わせた際も、父はアルフレッドに対してあたりさわりのない挨拶を口にした後は、母にほとんどの会話を任せていたくらいだ。

この仮婚約に対して、父が賛成しているのか反対しているのかも分からない状況だった。

お見合いをしたらどうだろうかと口にしていたし、もしかしたら母と同じように、娘をよろしくとでも書いてあったのだろうか。それとも、唐突なお見合いから始まった仮婚約だったから、乗り気ではないところがあると書かれていたりしたのだろうか？

結婚の部分についての内容が、何故か特に気になった。けれど、自分との結婚を望んでいるアルフレッドに、それを直球で尋ねるのも気が引けて、エミリアは迷った末にこう訊いてみた。

「手紙には、どんな事が書いてあったの……？」

「これまでにあった家族としての風景や思い出、その中で父親として過ごす、ヴァレンティ子爵の想いが綴られていた。先日届いた手紙に、これで最後になりますと前置きされていて、その中で『子供達のやりたいように全て任せてあると、君に伝えて欲しい』と頼まれた」

自分を取り囲む環境や事情といった全てを取り払えば、自身の本心が見えてくるものだ、と言っていたジョシュアのアドバイスを思い出した。父からの伝言は、まるで家の事は気にしないで向き合いなさい、と言っているようにも聞こえた。

何かを予感するみたいに、父が遠い眼差しを田舎の景色に向けていた先日の光景が、ふっと脳裏に浮かんだ。

昨日も店から戻ってきた時に、いつもみたいに「手伝うわ」と言って畑作業に加わったら、父は困ったように微笑んで、そっと目を細めていた。まるで遠く離れてもう会えなくなってしまうような、そんな寂しそうな表情だった。

そんな予定もないのに、どうしてだろう？

今朝、いつものように笑っていた父を思って首を傾げていると、隣から声を掛けられた。

「父親の後ろを、よくついて歩いていたと聞いた。木登りを教えたら上達してしまって、子爵夫人に少し怒られたのだ、と」

アルフレッドが、こちらを見てそう言った。

その目元は微笑ましげに和(やわ)げられていて、エミリアは、父が幼少期の事まで教えたらしいと察し、途端に恥ずかしくなって言い訳のように話した。

「物心付いた頃には、お母さんのお腹(なか)の中にはセリムがいて、だからいつもお父さんと一緒だったの。近くの木の上に鳥の巣があって、それを一緒に見ようかって引き上げてもらったのが、初めての木登りだったのよ」

「君の家の鶏も、自由時間になるといつも木の上に登って座っているらしいね。君がいなくなったと思って騒ぎになった時、母親が鶏の群れと一緒になって、君がそこに座っているのを見つけて、皆とても驚いていた——とも手紙に書かれていた」

お父さん、なんて事を手紙に書いているのよッ。

うちの子の姿がどこにも見えないの、と赤子だったセリムを背負った母が、父や領民と一緒に慌てて捜索した一件だった。ちょっと休憩しようと思って木の上に座っていたら、鶏達もやってきてぽかぽかと心地良くなって、気付いたら一時間ほど行方(ゆくえ)不明扱いされていたのである。

十二歳年上の、大人なアルフレッドから向けられる暖かな眼差しがいたたまれなくて、エミリアは足を引き寄せると、膝頭(ひざがしら)に赤くなった顔を押しつけた。

過去にあったどんな内容まで手紙に書いたのかは不明だが、父が他にも色々と教えたいう想像が浮かんで、もはや言い逃れの言葉は浮かばなくなっていた。

「……………白状すると、ちょっとだけ落ち着きがない子供だったの」

「元気なのは良い事だ、その頃の君を見てみたかった。私も木登りは得意だから、君のいい遊び相手になったかもしれない」

エミリアは、五、六歳の子供と、十八歳くらいの青年が過ごす様を想像してみた。

身体の大きさも物の考え方も違う年代だから、ちょっと無理があるのではないだろうか、と思ってしまう。そもそも、見目麗しい伯爵様である彼が、木登りをするイメージはない。

顔を上げてチラリと目を向けてみたら、柔らかな表情でこちらを見ているアルフレッドがいた。幼女相手の自分と遊んでくれるという言葉が、冗談なのか本気なのか分からなくなった。

「アルフレッド様も、木登りをしていたの……？」

「入隊してからもよくあった。自宅にも、マンダリンの果樹がある」

「あ。そうか」

台を使うよりも、木に登って実を食べる方が手っ取り早い。エミリアも、屋敷の近くにある木は登って実を食べていたから、そう考えると、アルフレッドが木登りが得意であるのも納得出来る気がした。

「アルフレッド様は、手紙にどんな事を書いたの？」

父がどんな内容を書いたのかは、知られた幼少期の恥ずかしい話である程度分かったし、それ以上の恥ずかしいあれやこれやを、彼の口から出されるのも心臓がもたない気がして、今度は彼の方の手紙について尋ねてみる事にした。

立てた膝を伸ばすエミリアの隣で、アルフレッドは記憶を辿るように、落ち着いた視線を風景へと向けた。僅かに吹き抜けていった風が、癖のない彼の漆黒の髪をさらりと揺らす。

「そうだな、尋ねられた事を少々答えた。――君の父親との約束でもあるから、内容は秘密だ」

そう言って、彼がこちらを見て、人差し指を唇の前にあてた。

ふっと笑んだ表情は、大人の男性らしい落ち着いた色気があった。男性なのに美人だという言葉が浮かぶほど綺麗に見えて、エミリアは強く意識してしまう前に、慌てて視線をそらした。

アルフレッドは、ハニーブラウンの髪先に隠れる彼女の首筋を見やった。服からチラリと覗く形のいい鎖骨を見下ろして、華奢な肩から腕、そしてスカートの下で足を引き寄せるように曲げた彼女が、太腿に添えるように置いた手を少し眺める。

「また膝枕をしたい」

その言葉と共に、スカートに置いた手を上から握られて、告白を受けた際の緊張感が蘇った。

どうにか見つめ返してみると、近い距離に、こちらをじっと見下ろしているアルフレッドの夜空色の目があった。冷静だけれど、どこか真剣な様子にも感じる強さを覚えた。

「いいだろうか?」

「………仮婚約者としてする『恋人らしい事』？」

「仮婚約者としての交流だから、私が君にやって、髪を梳くのでも構わな――」

「私がやりますからアルフレッド様が横になってくださいッ」

　エミリアは反射的に挙手して、初めて膝枕を要望された時と同じく、彼の譲歩するような新たな提案を遮って敬語でそう答えていた。自分が膝枕される側になる方が、断然恥ずかしい。しかも髪に触るオプション付きとか、絶対に意識して赤面する自信がある。

　それを想像して、またしてもトクトクと鼓動が速まった胸を落ち着かせるべく、前回のピクニックの事を思い返した。頭を乗せるだけだから大丈夫だろう、と自分に言い聞かせる。

　どうにか冷静を装って、座り込んだ足の上を示して「どうぞ」と声を掛けたら、今回もアルフレッドが平気な様子で頭を乗せてきた。こちら側に顔を向けると目を閉じて、寝心地のいい場所を探るように頬を擦り寄せてくる。

　くすぐったいと感じるそれも、すぐにピタリと止まってくれた。

　てっきり、そのまま眠ってくれるのだろうと思っていたら、片腕が腰に回されてぎゅっと引き寄せられた。エミリアがびっくりして「え!?」と声を上げる間もなく、眠たい子供が枕を抱き寄せるようにして、彼が続けて下腹部に頭を押しつけてきた。

　スカート越しの、太腿に感じるくすぐったさに肩がはねた。咄嗟に背を後ろに逃がしたものの、まるで腹に抱きつくようにされている状況では、どうにもならなかった。

更に頭をぐりぐりと押しつけてようやく彼が動きを止めて、これでいいと言わんばかりに静かになった。片腕で腰を抱かれているせいで、前にした膝枕よりも密着面がぐっと増して、すぐ下にアルフレッドの頭があるせいで、エミリアは落ちつかなくて両手を上げた状態でしばらく動けないでいた。丘の上を風が走り抜けて頭上の木の葉を揺らしていく音を、聞いていた。目を閉じているアルフレッドの表情は、ひどく穏やかでリラックスした様子が見て取れる。

「あ、葉っぱが」

その時、アルフレッドの黒い髪に木の葉が落ちてきて、エミリアは思わず呟いた。葉は横から吹いてきた小さな風に再び飛ばされていった。けれどその代わり、今度は彼の髪が、少し乱れて長い睫毛の上にパサリと掛かった。幼い頃から弟のセリムの面倒を見ていたから、きっと邪魔になるだろうと思って、エミリアは同じようにして、その髪を指先で後ろへ撫で梳くように戻していた。

一見すると絹のような彼の漆黒の髪は、女性の物とは違って一本一本がしっかりとした手触りだった。チラリとアルフレッドの寝顔を確認してみると、警戒心を覚えていないような様子で目を閉じていて、本当に眠ってしまっているようだった。

つい、もう一度、形のいい額に掛かる彼の黒い前髪を、指先でそっとよけるようにして触れていた。なんだか癖になりそうな触り心地だと思った時、眠っているのをいい事に手触りを確かめるなんてと後ろめたさが込み上げて、そっと手を引っ込めた。

「というか、なんだかこの膝枕、やっぱり距離感が近い感じがするのよね………」

恥ずかしさを感じさせる事もなく、膝枕で堂々と身体を休めているアルフレッドに改めて目を遣り、やはり拭えない一つの疑問を口にしてしまう。腰をがっちりと抱いて離さないでいる彼の片腕は、寝ているとは思えないほどびくともしない強さがあった。

ぎゅっとされているせいか、なんだか子供が甘えているものに近いとも感じた。彼の艶やかな黒い髪を見ていたら、話に聞かされていた小さな黒兎の存在が頭に浮かび、エミリアは「あ、なるほど」と納得出来た。

一連の流れを、黒兎という小動物に置き換えてみると、人懐っこい愛らしい兎が甘えている様子がしっくりきた。獣人族がそれぞれ持っているという、ルーツとなった獣の性質ゆえなのかもしれない。

そう思考が一段落して、膝枕に対する緊張感と警戒心が皆無になった瞬間、まるでタイミングをずっと計って待っていたかのように、不意にアルフレッドの目が開いて、こちらを見た。

「私としては、もっと近い距離感が欲しいけれど」

「え……？」

もっと近い距離って？

そう疑問の言葉を問いかけるよりも早く、エミリアの視界は、前触れもなく回っていた。気付くと、流れるようにこちらの手を取って押し倒したアルフレッドが、全部の体重は掛けず身体を重ねた状態で、目と鼻の先からこちらを見下ろしていた。

「このくらいは、どう?」

「〜〜〜〜〜ッ!?」

どうだと問われても、これはこれで先程の膝枕なんて、比べ物にならないくらいに近すぎる。夜会で後ろから抱き締められた時よりも彼を感じてしまって、なんでいきなりどうして、という言葉もエミリアは出てこないでいた。

こちらと目を合わせている彼の掌が、組み敷いた手に重ねられた。そのまま指を握り込まれて、より強い密着感を覚えていると、自分とは違う上品な甘い香りが体温と共に鼻先に掠めた。身体の触れ合っている全部が熱くて、とにかく恥ずかしくて死にそうだった。

アルフレッドは冷静なままの眼差しで、大きく見開かれた明るい茶色の瞳が羞恥で潤んでいる様子と、すっかり火照って色づく頬をじっくり眺めていた。重ねた手を握り直しながら、彼女の反応を見てもう少しだけ体重を掛けた。

「種族的に寂しがり屋だから、温もりが恋しいんだ」

「え、種族的に……? あ。そういえば、アルフレッド様は兎の獣人さんだから――」

「私は他の誰でもない、君だけの温もりが欲しい」

兎は寂しいと死んでしまう、とどこかで聞いた台詞を思い出して口にしようとした矢先、熱烈なプロポーズのように続けられた言葉を聞いて、エミリアは頭の中が沸騰しそうになった。

「本音を言ってしまえば、君と夫婦になりたくてたまらない。――返事は、まだ聞かせてくれないの？」

後半の台詞を、どこか甘えるような柔らかな口調で言った彼が、顔を近づけてきて、押し倒した際に頬に掛かっていた髪をパクリと唇に挟んだ。

エミリアが、今にも触れそうな熱と吐息を覚えて、ビクリとして一瞬だけ目を開けると、まるで動物みたいに、彼が自身の口を使って髪を横へどかす光景があって、色気たっぷりのその一連の仕草を見届けてしまっていた。

こんなに魅力溢れる大人の男性に、妻にと求められているだなんて、信じられない。

多分、髪を口でどかしたのだって、きっと深い意味はないのだろう。両手が塞がっていたから、とかいう理由であっさりとやったのかもしれない。

そう自分に言い聞かせるのに、どんな仕草も似合うくらい素敵過ぎるせいで、彼がとても色っぽく見えてしまってエミリアは耳まで赤くなるほど急激に体温が上昇して頭がくらくらした。

素敵な人だとは思う。自分には、本当に勿体ないくらいの貴族紳士だ。

でも、ドキドキが止まらなくて、落ち着かないのである。恋についてこれまで考える事がなかったせいで、あまりにも自分に免疫がなさすぎるせいだろうか？

誰もが憧れるような男性に、好きだと言われて意識してしまっているせいで、こんなにも心臓がトクトクトクと煩くなるの？　それとも、このドキドキは結婚したいくらいの『好き』によるものなの……？

結婚は一生に一度のものだから、自分の気持ちを間違えてはいけないと慎重になる。それなのに、そのたび思考は沸騰してうまく働いてくれず、心臓が痛いほどドキドキしすぎて、もう何がなんだかよく分からなくなるのだ。

アルフレッドは、緊張の吐息をこぼしたエミリアが、火照った表情のまま顔を横に向ける様子を真っすぐ見つめていた。トクトクと早く脈打つ彼女の心音を、重ねた自身の胸で感じながら握った左手を引き寄せる。

「君の中が、私の事でいっぱいになればいいのに」

私は出会ってから、君の事ばかり考えているよ。

押し倒したままの近い距離で彼が言って、手を口許へ持っていった。その仕草を目で追ったエミリアは、左手の求婚痣に強めに唇を押しあてられて、「ぁっ」と小さな声を上げた。反射的に手を引っ込めようとしたが、取られた手はびくともしなかった。

彼が強い眼差しでこちらを見据えたまま、握り込んだ指先に、順にキスを落とし始めた。まるで何かの儀式のように、最後に手の甲の求婚痣へと戻って再び口許に押しあてると、長らくじっとその状態を維持する。エミリアは、もう赤面したまま瞬きすら忘れてしまっていた。

「二つ目の求婚痣にも、触れて構わないだろうか」

「へ？　触れるって、一体どういう意味――」

「唇で触れさせて欲しい」

「あああああの駄目ッ」

　分からせるように彼がストレートに答えてきて、エミリアは慌ててそう言った。

　どうやら獣人族は、求婚痣にキスをするのが礼儀的な挨拶であるらしいけれど、さすがに首の後ろは無理だと思った。夜会で首にキスをされたのは、求婚痣を付けるためだけだと分かっているのに、思い出すだけで再びドキドキしてしまう。

　アルフレッドが、物憂げに夜空色の獣目を左手へと流し向けて「そうか」と言った。二つ目の求婚痣の代わりのように、もう一度そこに唇を寄せ、形のいい唇を少し開けて求婚痣をパクリと口にし、啄ばむようなキスをしてきた。

　僅かに肌の上を歯が滑って、彼の濡れた口内を感じた。舌で舐め取りながら吸うような感触がした気もする。けれど、それはあっという間の事で、そもそも彼は紳士なので、傷もないのに舐めたりはしないだろうから、随分動きの大きなキスだなとエミリアは思った。

　押し倒されている身体が熱くて、恥ずかしさで頭の中もいっぱいになっているせいで、もうこの状況を考えるだけの余裕もなくなっていた。たとえば結婚を決めてしまったら、そして夫婦となったら、何もかも大きく変わってしまうのだろうか？

　これまで意識を向ける事もなかったから、想像さえ付かないでいる。何より自分自身が、彼をどう思っているのか、どうしたらいいのか分からないでいた。

◆

二回目のピクニックで分かった事は、兎科の獣人族であるアルフレッドは、どうやら小さな兎のような人懐っこい甘え癖を持った寂しがり体質でもあるらしい――という事だった。

あの後、時間が来るまでして欲しいと頼まれて元の膝枕姿勢に戻され、それからずっと片腕でぎゅっとされて過ごした。彼はクールながら、意外とおちゃめな部分もあるようで、先にじゃれるみたいに押し倒されたせいで、膝枕の間もエミリアはドキドキしっぱなしだった。

下腹に頭を擦り寄せた彼の様子は、まるで母のお腹（なか）にセリムがいた時に、自分や父が耳を押し当てて胎児の存在を確認していた姿を彷彿（ほうふつ）とさせた。時々頭を擦り寄せてきたので、、温もりが欲しい寂しがり屋な兎の性質ゆえの甘え行動なのかもしれない。

おかげでその後の二晩ほど思い返しては、恥ずかしさがぶり返していた。

意味深な台詞や、押し倒されている間の熱い眼差しが、何度も脳裏に蘇ってきて、店で刺繍作業をしている時にも静かに悶（もだ）えてしまった。ダニエルとジョシュアからは「悩んでいるなぁ」と、ちょくちょく休憩を挟むよう労（いたわ）れた。

夢にまでアルフレッドを見て飛び起きたりもして、長時間眠れない二晩が続いた。ようやく、ぐっすりと眠れた今日、エミリアは久しぶりに少し寝坊した。

置き時計を見た時「えっ、約一時間も寝過ごしてる！」と仰天して叫んでしまった。

本日は、前もって約束を取っていた大切な予定が入っていた。だから早めに朝の作業を終わらせて、朝食作りまで済ませたいと思っていただけに、予想外の寝坊という事態には慌ててしまい、急いで身支度に取りかかった。

前日の夜から、使命感に燃えてわくわくとしていたから、寝起きにもかかわらず頭は最高潮に冴えていた。実は今日、以前に男性名の愛称で呼んで欲しいという手紙をもらった、あの伯爵令嬢『カティ』との待ち合わせの日だったのだ。

二回目の手紙をもらった際、ドレス用の刺繍デザインは、ウェディング向けだという事もきちんと確認が取れていた。

「ウチで注文を取ってくれるか分からないけど、なんにせよ全力で協力するわよっ。なんて言ったって、挙式待ちの子だものね！」

女の子を綺麗に可愛く着飾らせて幸せにしたい、というのがエミリアの仕事魂の源である。だから協力は惜しまないいつもりだったし、かなりやる気に燃えていた。

その時、外から「ぎょわああああああああ！」と情けない少年の悲鳴が響き渡った。

ちょうど着替え終わったところだったエミリアは、屋敷中を震わせるような大絶叫を聞いて飛び上がった。一体何事だと思って慌てて外に出てみると、鶏小屋の前でうつ伏せに倒れている弟のセリムがいた。

彼の頭や背中や尻の上には、丸々としたヴァレンティ家の鶏達が、ふんぞり返った姿勢で乗っていた。どうやら、寝過ごした自分の代わりに掃除と世話をやろうとして、またしても鶏VS人間で戦いが繰り広げられた結果、セリムが格闘に破れたらしいと分かった。

「どうして仲良く出来ないのかしら……？」

エミリアは、悩ましげに片頬に手をあてて呟いた。鶏に本気で戦いを挑む弟という構図も、改めて考えてみると妙ではあるのだが、昔からその攻防戦が続いているので、ヴァレンティ家ではすっかり馴染んでしまってもいた。

少し遅れて「なんだ何があった⁉」と駆けつけた父と、すぐ後ろからやってきた母に気付いて、エミリアは何も言わないままセリムの惨状を指差した。

「……………また鶏に負けたのか」

「あらあら、まぁまぁ。ウチの子達は、ほんとに強くて賢いわねぇ」

父が悩ましげに見つめる中、母が呑気にそう言って、一羽の鶏を抱き上げる。

短い失神から意識が戻ったセリムが、悔しそうに地面に拳をあてて「俺はぜってぇ、鳥野郎共には屈しないんだ……！」と、己に言い聞かせるように震える声で呻いた。その背中で、丸々ふかふかの鶏達が、きりっとした凛々しい表情をして胸を張った。

予定よりも少し遅れて家を出る事になったエミリアは、時間が押している事もあり、王都で乗合馬車を降りると、店まで一直線に走った。

待ち合わせの場所に向かう前に、昨日ピックアップした参考になりそうなものと刺繍デザインのスケッチブック資料を、店から取って来る必要があったからだ。カティは、職場が王都の中央区にあるらしく、仕事途中に取れる休憩時間を使って会いに来る事になっていた。

エミリアは店がある王都の端から向かうので、ちょうど中間区にある、丘があるあの大公園を待ち合わせ場所にしていた。彼女もここ最近は、たびたび婚約者と足を運んで知った場所であるらしいと、手紙で教えられたからである。

店に駆け込んだ時、玄関扉近くの棚の前にいたダニエルがこちらを振り返った。一旦店に寄ってから出かけると昨日ざっくり伝えてあったので、これから来店する客向けの資料を手で揃(そろ)え整えながら、彼が驚きもなく「よっ」と普通に声を掛けてきた。

「今日は、元気いっぱいって感じだな？　悩みが解決したって訳でもなさそうだが」

「昨日の帰りに言った資料の事なんだけど、実は今日、結婚する予定の子にウェディング向けの刺繍デザインを見せてあげようと思って」

「ほぉ、そりゃいい。めでたい話だな」

なるほど、それで昨日の帰りはうきうきしていた訳か、と呟きながら、ダニエルはカウンターに資料の束を置いた。「そういや」と続けて、棚からスケッチブックを数冊取った彼女を振り返る。

「ジョシュアは、今度出展する絵画の制作関係で、出勤は午後になるらしい」

「分かったわ、じゃっ、また後でね！」

清々(すがすが)しいほどさっぱり言い切り、エミリアは数冊のスケッチブックを抱えると出発するべく、意気揚々(いきようよう)と走り出した。

それを見送ろうとしたダニエルが、ハタと気付いた様子で「おい」と少し大きな声で呼び止めた。扉を開けたところで足を止めて、彼女は「何？」と彼の方を振り返った。

「もしかしたら、ウチの客になるかもしれねぇんだろ？　そうなったら俺らも全力で協力するから、そいつの名前を訊いておこうと思ってな」

「あっ、そうだった。ごめんなさい、名前は『カティ』よ。それにしても楽しみだわっ、なんて言ったたって結婚だもの！　じゃ、カティに会いに行ってくるわね！」

既に意識が『結婚予定の女の子への協力』に向いていたエミリアは、自分が呼ぶようにしていた愛称名の方だけを告げて店を飛び出していた。うっかり前も確認していなかったから、扉の前を通過しようとしていた王都警備部隊の、見周りの男達にぶつかりそうになった。

「うわっ、ごめんなさい！」

エミリアは謝りつつも、待ち合わせの時間に遅れたら大変だと焦って、足は止めずに

「ちょっと急ぐから失礼しますッ」と言った。

すると、男達が怒る様子でもなく、親しげに笑って手を振ってこう言った。

「急ぎなら仕方ないな。気を付けて行きなよ」

「転ばないようにな」

まるで近所の知り合いのように優しく言われて、エミリアは満面の笑みを浮かべて「ありがとう！」と手を振り返して、駆けていった。

※

アルフレッドは、昔から冷静で冷めた子供だった。

獣人族として、いつかは自分の子をという憧れはあり、兎科の種族特有の多くの家族を持つという夢は少なからず抱いていたものの、個人に対して深く興味を持つ事もない青年時代を送った。

二十代を過ごす中で、それは本能的な錯覚で、自分にはない物なのだろうと他人事に考えた。友はいるが、仕事の抜けを作ってまで会いたいとするほどの熱意はなかった。

それでも獣人族だ。本命を捜しあてて求愛へ意識が向いたら、お前だって冷静ではいられないさ――とは、よく言われた。けれどアルフレッドは、その言葉を本気にしなかった。

自分はもう三十歳である、そして紳士だ。

二十代の精神未熟なオスではないと強く自覚していたから、平気だと考えていた。だというのに、そんな自分が、日が経つごとにエミリアに会えない日や、彼女の様子や顔を見られない時間を過ごす事が、きつくなってきているのを感じていた。

今のところ、二日から四日に一回は会う時間を作れていて、仮婚約期間中の交流としては、平均より多い方であるにもかかわらずだ。その日の触れ合いに満足しても、すぐに物足りなくなるのである。

お見合い当初の頃は、エミリアの自然体な様子と笑顔を見て、手に触れるくらいで満足しようと思っていた。それなのに仮婚約の交流が始まったら、もっと会いたくなって、一度抱き締めたらそれが忘れられず温もりを感じたいと渇望した。

彼女の全てが愛(いと)おしい。普段の楽しげな声も、落ち着いたお喋(しゃべ)りも。そして、戸惑いが混じった啼(な)き声は極上だ。もっともっと、と欲は強まる一方である。

甘い香りに似た、彼女の『匂(にお)い』に酔ってしまう。その白い肌に刻まれている求婚痣を見るたび、早く自分だけの『運命の人』になってと焦がれる。朝に目覚めた時、どうして隣にいないのだろうかと違和感を覚えるほど、エミリアのそばは心地良い。

出会ってからずっと、これまでの自分からは、考えられないくらいの熱を持て余していた。急に彼女の存在や温もりが恋しくなる瞬間があって、そわそわと落ち着かなくなったり、どこで何をしているのだろうかと考えて、会えない状況に苛立ちを覚えたりと、忙しない。

けれど同時に、彼女と過ごした時間を想うと、心も穏やかになるのだ。

大人として、紳士として、自分は冷静沈着である。

「………穏やかな心の人が、訓練場を破壊しますか、普通」

訓練場前に涼しげに立っているアルフレッド・コーネインから、一方的な、よく分からない独白を聞かされた第三班所属の護衛騎士、ヒューバードは顔を引き攣らせた。持ち前の凶暴性から起こした事実を、記憶から綺麗に都合良くなかった事にしているのでは、と、つい呟いてしまう。

近衛騎士隊から応援要請を受け、上から指示をもらってヒューバードは駆けつけていた。しかし、訓練場には既にアルフレッド以外立っている人間がおらず、またしても不運なタイミングで騒いだ近衛騎士達が、全員揃ってピクリとも動かず伏している状況だった。

力のある者が比較的多く集まっていたせいで、半ば怪力同士のぶつかり合いになった結果、地面は割れて柱と塀も崩れている。

勿論、相手を投げ飛ばした威力で塀にひび割れを入れ、拳や蹴りだけで柱や塀を崩し、剣で地面を叩き割ったのも。そして、一対全員という圧倒的な人数差で彼らを負かして『躾』をしたのも、黒兎伯爵こと、アルフレッド・コーネインだった。

「勝手になかった事にしないでくださいよ、まったくもう……。王妃様の直接命令と蛇公爵の総督権限で、仮婚約期間中の配慮として『臨時休憩』の許可が下りました」

「申請した覚えはないが、――ならば使わせてもらおう」

見せられた正式な書類の文面に目を通したアルフレッドは、急に出来た長い空き時間を訝しげに思ったものの、ふと浮かんだ案があって疑問をすぐに忘れた。

この時間を使って、仕事中のエミリアがいる店を、チラリと覗いてみよう。そう思い立ち、その足で王宮を出た。

手土産を持っていこうかとも考えたが、彼女がお返し等を気にして悩んでしまうのではないかと推測してやめた。近くに寄る用事があったので立ち寄ってみたんだ、と言って顔を出す方が緊張も少なくて済むだろう。

何せ、大事にしたいのだ。エミリアを困らせる事があってはならないし、彼女にとって誰よりも優しくありたい。

とはいえ、共に参加した夜会の一件で、他のオスの事を考える余裕なんて与えてやらないとも決めていた。何もかも初めての女性であるので、加減を調整しつつも、攻めの手を緩めるつもりはなかった。意識してくれる姿が愛らしすぎて、時々うっかり加減を超えてしまいそうになるのが、少し困り物ではあるが。

アルフレッドは、途中で馬車を拾ってエミリアの店を目指した。しかし、王都の中間区を越えてしばらくしたところで、急きょ少しばかり予定を変更して、途中の道で下車した。

　車内で先日のピクニックの、理想的な距離感を試した一件を思い返していたら、唐突に出来たこの時間に屋敷に連れ込めないだろうかと、またしても『即本婚約から子作りまでの最短ルート』を考えてしまった事を自覚したからだ。

　少し歩いて、まずは紳士である自分を落ち着ける事にした。

　日中とはいえ、中央区から離れるほどに、人通りの活気は通行人の数と共に減少する。普段は人混みの中であるため見かける事も少ないのだが、向こうから歩いてくる王都警備部隊の軍服に身を包んだ二人の男の姿が目に留まった。

　特に興味はなかったので、見周り組だろうと把握した程度で、すぐに視線を外した。

「刺繍店の髪が短いあの子、いつも元気だよな。三年くらい前は、あんなに幼い感じだったのに、もう結婚も考える年頃なんだなぁ」

「当時は、俺らも成長変化したばっかりだったもんな。そう思い返すと、感慨深いぜ」

「『結婚だもの』って言って嬉しそうに走っていったし、もしかしたら、その『カティ』って奴が好きなのかな？」

「店から出てくる時に『会いに行ってくる』って言い残していたし、居ても立ってもいられないって感じだったから、そうなんじゃね？」

　近くまで来ていた王都警備部隊員から、エミリアと思われる女性の話題と『カティ』という男性名を聞いて、アルフレッドは足を止めた。

部隊員の片方が、相棒へ目を向けて「でもさ」と言葉を続ける。

「最近、似たような響きを持った名前を、上の隊の連中辺りとか、どこかで聞いたような気がしないか？　……近頃うちが物騒過ぎて、俺の記憶力が大ダメージを受けているんだ」

「それ分かるぜ。狼(おおかみ)隊長のせいで、また本部が半壊したからな。なんかこう、本能が『全力回避しろ！』って命令してくるような名前があった気はするけど、なんだっけな？」

アルフレッドは、彼らの後半のやりとりは聞こえていなかった。

なかなか午前中にまとまった時間が取れず、ここ三日ほどエミリアに会えていない現状と、今把握している分のスケジュールから推測するに、次の仮婚約のデートも、恐らくもう二日内は無理である事を考えていた。

つまり自分が目を離している隙(すき)に、彼女にアタックする新参者のオスが出たのか。

そう理解した途端、アルフレッドの周りの空気が、一気に五度下がった。あんなにも恥じらって悩んでいた彼女に、結婚を考えさせるくらいの『何か』をしたというのだろうか。もしや初心(うぶ)な彼女に、オスとしてアピールすべく、キスをした可能性はあるのか――

つらつらと勝手に続く思考で、プツリと切れそうになるのを感じ、アルフレッドは大人として一旦冷静になるべく対策を取った。すぐそばの壁に向かうと、ひとまず膨れ上がったエネルギーを発散させるため、おもむろに頭突きをかまして打ち砕いていた。

冷静に立ち直るためのその行為が、獣人特有の迷惑極まりない力技だという自覚はなかった。

ちょうどその脇を通過しかけた二人の王都警備部隊員が、唐突に破壊された塀に気付いて足を止め、「え」と引き攣らせた顔をそちらに向ける。

歩いていた少ない通行人達が、ピタリと動きを止めた一瞬後、後を王都警備部隊に任せるようにそぉっと距離を取り始めた。アルフレッドが振り返った時、そこには二人の王都警備部隊員だけしか残っていなかった。

「――すまない。刺繍店の女性が、なんだって？」

アルフレッドは、額に僅かな赤味を残した真顔で、そう尋ねた。

問う言葉と口調は冷静だったが、絶対零度の響きを持って地面を這っていた。王都警備部隊の男達は、彼がまとう闘気や瞳孔を開かせた獣目を見て動揺し、歩み寄ってくるアルフレッドに目を留めたままこっそり言葉を交わした。

「頭突き一つで塀をぶち抜いたうえ、ほぼダメージがない獣人ってのも少ないよな……？」

「俺も無理なんだけど……」

一体こいつは、どこの肉食獣種なのだろうか。

二人の王都警備部隊員は、そう揃って呟くと、近づいてくる彼に警戒心を覚えてじりじりと退避の姿勢で構えて訊き返した。

「あの、失礼ですが、何故いきなり塀を破壊し――」

「先に質問したのは私だ」

険を含む声で遮られ、若い部隊員の男は、威圧感に圧(お)されて咄嗟に口をつぐんだ。彼らに歩み寄りながら、アルフレッドは「その女性は、私が求婚している『本命』の仮婚約者でね」と落ち着いた口調で話す。

その言葉を聞いた王都警備部隊員は、獣人特有のピリピリとしたこれって、やっぱり迷惑極まりない求婚期だったか、と口にして顔面を引き攣らせる。

「というか、あの子が既に仮婚約中の身だとは驚き……――いえっ、なんでもありません！」

目の前に立ったアルフレッドの冷やかな一睨(ひとにら)みを受けて、続けて私事まで呟いた男は、慌てて言葉を切った。その隣にいた相棒の男が、恐る恐る「あの、失礼ですが……」と様子を窺(うかが)いつつ尋ねた。

「えぇと、詳細を聞かれたら、どうされるおつもりです？」

「立ち塞がるオスを、問答無用(もんどうむよう)で倒していくに決まっているだろう」

アルフレッドは、腰に手をあてて堂々と言い放った。

当然だろうと言わんばかりの態度である。男達は「ひでぇ」「容赦ないマウントかよ」と呟き、もはや驚愕(きょうがく)を通り越して呆気に取られた顔をした。

「塀は後で弁償しよう。私はコーネイン伯爵、アルフレッド・コーネインだ。後で請求するといい」

アルフレッドはそう言うと、腕を組んで思案気によそを見やり「――君達に手間は掛けさせう口にした。

ない。なに、私一人で捜し出せる」と、冷静な表情に対して、かなり穏やかではない獣目でそ

王都警備部隊の二人は、そんなアルフレッドを前に、名前を聞いた時点で「嘘だろ」と頭の中は忙しくなっていた。

「なんてこった。コーネインって、黒兎伯爵じゃねぇか」

「しかも兎って、草食種トップの肉食系草食動物だろ……。相手の男、死ぬんじゃないか？」

本気で相手を叩き伏せる予感しかしない。

何せ求婚期と同時に発情期に入る兎科は、相手のメスには寂しいといって可愛く甘える癖に、恋を勝ち取るために周りのオスをぶっ倒していくという、とりあえず力技に出る嫌な傾向がある。しかも本能的なので、無自覚であるところもまた性質が悪い。

そもそも、兎の連中は大抵が紳士と呼ばれ、自身でもそれを口にして普段から過ごしているのに、それでいてなんで軍人脳の如く、即マウンティングに入るのだろうか。特に黒兎伯爵の一族に関しては、兎科で唯一の戦闘系一族であり、驚異的な怪力の持ち主としても知られている。

「…………なぁ、これってさ、俺らで止めるべき？」

「…………凶暴で怪力な黒兎種だぜ。猪科のお前も、ぶっ飛ばされるのが落ちだぞ」

コーネイン伯爵家は、ずっと昔にあった戦乱時代の遠征にて、大層気に入ったマンダリンとかいう大きな果樹を、素手で地面から引き抜いて屋敷まで持ち帰ったという、とんでもない逸話を持っている一族である。

子が多かった二世代前、コーネイン家の愛らしい容姿をした四人の子供達が、遊びで馬車を持ち上げて疾走していたという話は、今も社交界の一部でホラーとして語られている。

求愛中の獣人族は、本命の求愛相手の事となると、五感を最大限に駆使するし、へたをすると第六感のような直感も働く。つまりは自分達が、彼女の向かう先を知らずとも、彼が勝手に捜し当ててしまうのは時間の問題だろうと思われた。

求婚痣は、噛んだ獣人族の『匂い』があるので、限界まで能力を引き上げれば、嗅覚で広範囲からそれを嗅ぎ分けられる可能性もある。あの女性と一緒にいるというのなら、相手の男も、当然のように発見されてしまう訳で――

求愛相手がそばにいる状態であれば、多分、死にはしない。

これは、もう見なかった事にしよう。

そう決めた二人は、ゆっくりとこちらへ視線を戻したアルフレッド・コーネインの、絶対零度の夜空色の瞳に目を留めて、ゴクリと唾を飲み込んだ。

※

　コーネイン伯爵邸にて、郵便業者からパーティーの招待状を数通受け取ったところで、中年執事バートラーは玄関先から、ふっと頭上に広がる青空に目を留めた。

「今日も、いい天気ですねぇ」

　思わずほっこりとしてそう呟き、草食種の獣人らしい優しげな獣目を、穏やかに細めた。

　このまま結婚せず、独（ひと）りでいるのではないだろうか、と『彼』を知る貴族達はよく口にした。広々とした屋敷には、困らないほどの最低限の数の使用人。そして、客人を自ら招く事もないから、主だけの暮らしが始まってからは、笑い声も賑（にぎ）やかさもなくなった白亜の伯爵邸だ。

　獣人貴族、アルフレッド・コーネイン伯爵。

　愛想がない男という訳でもなかったから、社交的な付き合いのある友人も多かった。けれど器用に社交界をわたりながらも、相手に一歩を踏み込ませない、お堅い紳士としても知られていた。

『今度、交流パーティーがあるんだ。お前もどうだ？』

『興味がない。仕事の用でなければ、私は辞退させて頂こう』

　一人でぼんやりとしていた彼に、友人が気遣って声を掛けた時も、冷静な口調でばっさりと答えていた。お供として付いていった屋敷にて、バートラーはそれを見ていた。

　これまでは、ただ決められた毎日の予定のように、淡々と仕事に出かけていた。プライベートではのんびりとしているところもあって、特にこれといった興味を向けているものもなかったから、うっかり目を離すと、数時間も庭園のベンチでぼんやり座っている事もあった。だから、主人を庭園に捜しに行くのが、執事バートラーやメイドといった使用人の仕事の一つにもなっていた。

兎科の獣人は獣人族の中でも、とても愛情深いとして知られている種族の一つだ。

それなのにアルフレッドは、それがなんであるのかも分からない様子で、婚姻活動にも目を向けず、彼と社交的な付き合いのある友人達は心配していた。きっと寂しいのだろう、と来訪していた際に、従兄弟（いとこ）がぽつりとバートラー達に話してくれた事もあった。

けれど一週間以上前から、唐突に主人アルフレッド・コーネインの目は変わった。そして、彼の周りも急に変わり始めた。

まるで一分一秒を大切に生きているのだ、とでも言うかのように、今の主人は活（い）き活（い）きとした目をしていた。だから今日もアルフレッドが馬車に乗り込む様子を、バートラーは微笑ましく見届けた事を思い返した。

刺繍入りのハンカチをもらった日なんて、まるでお喋りになったみたいに語ってきて、屋敷に長く勤めている少ない全使用人で、その話をずっと聞いてあげたものだ。初めてもらった物だからと、宝物のように大事に、まるでお守りみたいに内側の胸ポケットに入れて持ち歩いていた。

「おや、バートラーさん、どうしたんだい？」

「あ、お疲れ様です、ビッドさん」

馬車を丹念に磨いて綺麗にしていた使用人仲間に声を掛けられて、バートラーはそう答えた。

向かって歩いてくるのは一人の中年男で、伯爵家に勤めて長くなる専属御者であり、使用人でもあるビッドだった。アルフレッドが毎日を活き活きと過ごすようになってから、彼も毎日上機嫌だった。

「聞いてくれよ、バートラーさん。今日、旦那様を王宮まで送った時に噂話を聞いたんだ。なんでも『三十歳になるまで大丈夫だったから、出会いがあったとしても平気だと思ったんだけどなぁ』とか、『相手が現われたのは喜ばしいけど、あそこまで迷惑な獣人特有の求婚力を発揮するとは……』って頭を抱えていて、俺、帰り道に大爆笑しちまったよ」

「ははは、それは喜ばしい事ですね。今度は、一体何をなさったんです？」

「旦那様は、なんでも予備の訓練場まで破壊したらしい」

「さすが旦那様ですね。騎士伯爵として畏れられていた、お父上様とそっくりです」

二人は、揃ってにこやかな笑顔を浮かべ合った。感情が息を吹き返したみたいに、心のままに過ごして『はしゃいでいる』主人の様子を聞くのが、今の一番の楽しみだった。

「それにしても、奥様も大変愛らしいお方だなぁ。俺、一目で気に入っちまってさ――あ、まだ仮婚約者様だった」

「そうですね、とても素直で愛らしいお人です。いつか近いうちに、奥様と呼べるといいですよね。メイドの皆さんも、早くお迎えしたいと毎日僕にせっついてきますし、料理長とコック達も、自信作を届けたいと張り切っていますよ」

早く全員と顔合わせが出来るといいなぁ、とバートラーは続けた。

「次の交流会も、早目に行えるといいですねぇ」

「おぅ。その時は、俺が丁寧に安全にお運びするぜ！」

「羨ましいです。僕も、いつかお供として付いていけると良いのですが」

まだ緊張されてしまうでしょうかねぇ、とバートラーがのんびりと口にした。

そう告げた彼の声を聞いて、開いた玄関の内側を通りすぎようとしていたメイド達が、ふと足を止めて顔を向けた。呑気な執事と、同じく平和そうな笑顔を浮かべている御者兼男性使用人を見て、しばし会話に耳を澄ませた。

「早いうちに屋敷に入れて食事会をしたいと言うけれど、……エミリーはどう思う？」

「うーん、屋敷の中に連れ込んだら、我慢出来なくなるんじゃないかしら」

「まぁ大丈夫じゃない？　ほら、仕事に戻るわよ」

真面目なのに呑気でどこか抜けているところもある執事を放っておく方向で、メイドの一人がそう言って彼女達を促したのだった。

※

治安部隊第四班のリーダー、二十代後半のギリアムは「カティ」という知った名前が聞こえて、散策ついでに腹ごしらえしていた町中で足を止めた。共に短い休憩を取っていた二十代半ばの、別の班を含めた獣人族の部隊員であるジャック達も、気付いてそちらに目を向ける。

そこには道の通行人に声を掛けている、漆黒色の髪をした美しい騎士が一人いた。

一見すると、その美麗なお顔には、完璧（かんぺき）な冷静さが張り付いているが、獣人族としての血で、恐ろしいくらいの殺気と気迫を察知したギリアム達は、目に留めた途端に「おおぅ……」と呻きをこぼしてしまっていた。

正直、見なければ良かったなと思った。

かなり穏やかではない事情でも、持っている男なのだろう。問題に発展するような事柄や、面倒な事に巻き込まれるのはごめんである。

保身のため見て見ぬ振りをしたかったのだが、不運な事に、その騎士とバッチリ目が合ってしまった。視線が絡んだ瞬間、肉食獣にとって食われるような危機感が、足から頭のてっぺんまで駆け抜けて動けなくなってしまった。

顔面と体ごと揃って硬直したギリアム達に気付いて、騎士と話していた通行人の中年女性が、ふっくらとした頬を緩めて「あら、治安部隊さん」と愛想よく言って歩み寄る。

「治安部隊さん、あの騎士様はコーネイン伯爵様というお方らしいのですけれど、用があって『カティ』という人を捜しているみたいなの。ご存知？」

「いや、まぁ、その、知ってはいるけど――」

「まぁっ、ご存知なのね！　それは良かったわ。ぜひ協力してあげてくださいな」

私はお店がありますから失礼します、と言って、スカートの前にエプロンをしたその中年女性は、向こうに残した騎士に会釈だけを返して、そのまま立ち去っていってしまった。

つか、コーネイン伯爵って、獣人貴族の黒兎一族じゃねーか。

ギリアム達は、こちらを見据えて歩を進め出した黒髪の騎士――コーネイン伯爵であるアルフレッドを見て、真顔で戦慄（せんりつ）した。

兎科の獣人はかなり聴覚が鋭いので、こちらの会話も聞かれた事だろう。恐らくは、目が合った瞬間には勘繰られていた可能性もある。なんでこんな事になっているのかは知らないが、あの様子からすると、確実にマウンティングするためカティを捜しているとしか思えない。

つい最近も、大人になったばかりの兎科の野郎のせいで、狼隊長こと王都警備部隊の隊長、レオルド・ベアウルフが切れて大変な事になったばかりだった。だから王都警備部隊と共に巻き込み被害を受けた治安部隊としては、きっとそれであろうとしか考えられなくなっていた。

あの黒兎伯爵が『本命』を見つけて求愛しているらしい、という話を聞いたのは最近だ。

相手と初参加した夜会では、ダンスを続けて四曲も踊ったり抱き上げて連れ出したりと、ぞっこんであると周囲に見せつけていたと、恋愛の話題には目がない獣人族の女性達が、こぞって噂している話題の『兎紳士な伯爵様』である。

恋をするのは悪くない。しかし、兎科の獣人の特徴ではあるとはいえ、恋の時期に突入すると、見境なく周りを巻き込んでマウントを取ろうとするの、マジでやめて欲しいと思う。

「相手は武闘派兎のコーネイン伯爵だぜ、どうするよ？」

「他の兎科と違って、生粋の戦闘系だよな」

「そのうえ怪力一族だ。チビ隊員なんて、ひとたまりもないぞ」

そもそも、またしても『兎』が出たとなったら、カティの婚約者である最強の獣人隊長、レオルド・ベアウルフが絶対に黙ってはいないだろう。兎科のマウンティング行動については突拍子もない物であるし、プツリと切れている状態では、説得や聞き取り調査も難しい。

つまり、今やれる事は一つだ。

俺らは後輩と、この町の平和を守らなければならない。

そう覚悟したギリアムとジャックは、同じ決意を固めた仲間達と顔を見合わせて、戦場に臨む男の顔で頷き合った。

※

まさかここに来て、彼女に好意を寄せるオスが現われるとは思わなかった。

王都警備部隊の男達から、店から出たエミリアの台詞の一部を聞き出したアルフレッドは、どうやら待ち合わせしているらしいと分かり、その前に相手の男を探し出せないかと考えて、急くように足を進めていた。

妻にすべく、お見合いから計画立て、彼女の警戒心を解きつつ意識してもらえるよう、出来るだけ仕事に空きを作って予定を組み、デートの日程を入れて無駄なく進めてきたつもりだった。

手間と時間を掛けて作られた刺繍入りのハンカチを贈られた時は、天に昇る気持ちだった。そのせいで、少しばかり気が抜けてしまっていたのだろうか。

エミリアは無垢で純粋で、恋も愛の憧れも知らない何もかもが初めての、愛しい人だった。

アルフレッドは大人の魅力を持った紳士で、だから自分を意識させている間は、よそに目をいかせない自信も、また少なからず計算していたところもあった。冷静でいられなかった夜会の一件についても、結果的には周りを牽制出来たと思っていた。

だから、これは予想外の事態である。

それを知ってすぐは、頭がカッとなっていたから、考える余裕はあまりなかった。『カティ』というオスの情報を集めようと歩き出して、どうにか冷静さを取り繕って数人に尋ねたところで、ようやく先走っていた感情に、少し理性が追いついた。

自分でも抑えられない激情の後、これまで感じた事のない正体不明の、先が見通せない不安が不意に込み上げた。いつだって冷静で理性的に全てを解決してきたから、考えても分からないと困らされた経験はなく、アルフレッドは戸惑った。

少なからず自分が、元気がなくて落ち込んでいるというのは、どうにか理解する事が出来た。恋敵を倒してしまいたいという気持ちを意識していないと、大人としてあってはならないくらいの不安感で、足が止まってしまいそうになる。

エミリアは十八歳。自分は三十歳で、年齢が十二歳も離れているというハンデがある。こうしている間にも、どこかのオスが彼女にアタックしているのだろうかと想像したら、耐えがたい痛みを胸に覚えた。だって、もし彼女を失う事になったらどうする？

こんな感情は初めてだ。紳士としては、いけない事なのだろうと分かっているのに、彼女に言い寄るオスを蹴散らしてでも、夫という席を勝ち取りたいと思ってしまう。

他の誰かの妻として、自分の手の届かないところに連れていかれてしまったら……と想像したら、絶望感に襲われた。

戦って勝つのだという意識で、頭の中がいっぱいになった。経営する店に戻る途中だった中年女性に尋ねた時には、アルフレッドはそれしか考えられなくなってしまっていた。

心がざわざわとして落ち着かない。ずっと警告を鳴らすようにして、鼓動が耳元で煩く音を立てて、焦燥に駆られる。たとえ十二歳も年齢が離れていようと、自分には彼女しかいない。どうか、自分を好きになって欲しい。

仮婚約者として過ごす中で、新しい事を知るたび、新しい表情を見るたび、何度も彼女に恋をした。もう身を引くなんて考えられないくらいに、エミリアの全てが愛おしくてたまらなくなっていた。夫婦になって、彼女と家族になって、二人だけの家庭を作りたい。

「君達は『カティ』を知っているようだが」

アルフレッドは、そこにいた治安部隊の六人の男に尋ねた。先程、その名前を出した時に足を止めたという事には気付いていたから、何か知っているだろう確信はあった。

すると、そのうちの二人が恐る恐るといった様子で、彼らを代表するように会釈して「治安部隊第四班のリーダー、ギリアムです」、「第六班のジャックです」と述べた。それから、逆立った濃い橙(だいだい)色の癖毛をした二十代の後半くらいの男、ギリアムが言葉を続けた。

「えぇと、『カティ』はうちの部隊員なんですが……」

「なるほど、軍人なのか」

「……失礼ですが、その、見つけてどうするおつもりです？」

思案気に呟いたアルフレッドは、問われてすぐ、本能的に間髪入れず「どちらが強いのか、一対一で確認する」と真面目な表情で即答していた。

それを聞いたギリアムが、改めて事実を確認出来たという顔で絶句する。隣にいたジャックが、頼みますからと訴えるように、ストレートにこう口にした。

「マウンティング行動はやめてください」

そんな行動をした覚えはない、自分は紳士である。

おかしな事を言う若者だと、アルフレッドは訝ってすぅっと目を細めた。その様子を見て、治安部隊員達のテンションは地に沈んだ。ジャックの後ろにいた二十代前半の二人が、堪え切れず顔を押さえて呻く。

「兎野郎って、もうホント嫌だ……」

「異性に強さを示す種族だったらまだしも、自分で自分の強さに納得するためのマウンティングほど、迷惑なのってねぇよな……」

とはいえ、諦めてしまったら駄目だ、何せ後輩の危機である——とジャックが同じ班のメンバーである二人にそう言い聞かせた。

ここは真摯に正面から頼もう、と一人が声を上げて仲間達を見渡した。そして彼らは揃って頷くと、アルフレッドの方に向かって姿勢を正し、メンバーを代表してギリアムがこう言った。

「王都の平和のためにも、ここは身を引いてください」

「身を引けだと？　悪いが、私は負ける訳にはいかない」

彼らが一体何を言っているのか分からないが、こんな時に冗談みたいな台詞をよく口にした物だと、アルフレッドは若造を冷やかに睨みつけてそう答えた。こちらは結婚がかかっているのだ、と彼は至極真面目だった。

対する治安部隊の男達も、とても真剣な表情をしていた。ギリアムは、どうにか軍人らしく胸を張って、上官に告げるようにして真摯に頼むように言葉を続ける。

「カティは、用があって急きょ休憩を取っているんです。行き先までは、教えられません」

騎士と治安部隊がピリピリとした空気で向かい合っている姿は、人の流れがある町中の通りでかなり目立っていた。

そのせいで通行人が道を開けている様子を、文系食堂と呼ばれている店の木箱に腰を下ろした矢先だった中年男が、目に留めて「どうしたんだい？」と酒瓶を片手に声を掛けた。

アルフレッドは、冷静ながらも闘気を隠せない夜空色の獣目を、そちらに流し向けた。ギリアム達も揃って視線を寄越したところで、中肉中背の頬を赤らめた着崩したシャツ姿のその男が、吟味するように酔った目を凝らして「うーん？」と首を傾げ、こう言った。

「何で揉めてんのかは分かんねぇけどさ、ここは平和に行こうや、騎士様方。男なら、手っ取り早く勝ったら言う事を聞くってやつでいいんじゃね？」

中年男は、適当な調子で解決策を口にして酒瓶を呷った。ギリアム達が「余計な事をッ」と言うよりも早く、その男は思い立った様子で「そうだ」と膝を叩いて、名案だと言わんばかりに続けた。

「ちょうど演奏家と作曲家、どっちが強いのか、殴り合いの喧嘩で決めようって事になって皆で酒代を賭けているところなんだ。武器はなし、素手の殴り合いだったらなんでも有りで、途中参加もオーケーだぜ」

「なんて危険度マックスな荒っぽい賭け事をしているんですか、乱闘に発展したらどうしてくれる」

ギリアムは思わず、間髪入れず突っ込んでいた。というか、と言ってジャックが言葉を引き継ぐ。

「先月の祝日にも、芸術家とかが乱闘騒ぎを起こしていたよな？　あんたら、八割以上は人族で構成されているのに、なんで揃いも揃って武闘派なんだよ!?」

「リーダー、先日の兎のガキもそうですけど、武闘派続きで不運が起こっている気がしませんか？」

「チビ隊員もそうだよ。あいつ、じっとしてらんねぇんだもん。それが誤解生んで、狼隊長が共同演習場と管理局を、先日もぶっ壊しかけたじゃん」

今も全然ちっとも落ち着かないなぁ……と、治安部隊員達は口の中に呟きを落とした。

中年男が座る木箱の横にある、手書きの『文系食堂』という置き看板の脇に設けられた店の出入り口から、細身の青年や中年といった、年齢幅の広い男達がぞろぞろと出始めた。

店から出てきたサスペンダーをしている締まりのない身体をした、無精髭に日差しを知らない青白い肌をした三十代後半の仲間に気付いて、中年男が酒瓶を持った手を上げて呼び止め、軍人の参加について陽気な調子で意見を求める。

　そんな中、しばし考え込んでいたアルフレッドは、短い思案を終えて「なるほど」と相槌を打っていた。一体誰の言葉に対する回答なんだろうか、とギリアム達が訝しげに目を向けたところで、彼は中年男の方を見つめ返して、確信したと言わんばかりにこう告げた。

「つまり、それで誰が一番強いか決める訳だな？」

　問われた中年男は、理解していない呑気な顔を、ゆっくりと傾げた。彼に説明を受けていた色白の男性客が、「トーナメント制じゃないぞ、騎士様」と不思議そうに口にする。

　通りと店側でされるやりとりを見ていたギリアム達は、アルフレッドの真剣な横顔を前に「ちげぇよッ」と頭を抱えた。頭髪をガリガリとかきむしったり、地面に足を踏みつけたりする治安部隊員もいる中で、ジャックが「我慢ならんッ」と説得を諦められない様子で指摘する。

「紳士で温厚派もしくは頭脳派の種族をうたっている癖に、なんでこういう時に限って揃いも揃って筋肉で物を考えるんですか⁉」

「いいだろう。私は紳士だ。参加するから、全員でかかってこい」

「俺の話、聞いてました？　というか『かかってこい』のところで、なんでこっちを見るんですか。俺らも参加する事が既に決定されている感じが、ひしひしと伝わってきます。既に一対一じゃないところがおかしいと気付いて欲しいです」

　ジャックは、決死の覚悟といった表情でそう伝えた。自分の用件だけを伝えて、アルフレッドは他を聞いていなかった。

日中から既に酔っぱらっている男達が、「いいぞ、軍人さんもどーんと飛び込み参加してくれ！」と勝手に盛り上がり始めた。通行人が邪魔そうに避けて開けた通りに、外見や服装からすると、荒っぽくは見えない一般市民の文芸派の男達が大勢集まる。

治安部隊は、その様子を見て遠い目をした。自分達を見据え続けているアルレッドに視線を戻すと、諦め気味の真面目な顔でこう言った。

「思考と台詞が既に物騒過ぎます」

「自分で紳士という奴ほど信用ならないって、母ちゃんが言ってました」

「ボコボコにされる未来しか見えません……」

その時、円陣を組むように集まって騒ぐ男達の中で、一番顔を赤くした大きな鷲鼻の太った中年男が「俺はッ演奏家の連中には負けねぇ！」と意気揚々と叫び、瓶の酒を豪快に飲み干した。そして上がったテンションのまま、選手宣誓の如く勢いよく天に向かって空の酒瓶を放り投げた。

これが通行人にあたってしまったら大変だ。治安部隊のギリアム達がハッとした様子で目を向け、いつでも飛び出せるようアルフレッドも、神経を研ぎ澄ませつつ冷静に目で追う。騒いでいた男達の一部も、近くにいる奴らでどうにかするかと口にして、宙を飛んでいく酒瓶の行方に注目した。

大きく放物線を描いた酒瓶は、吸い寄せられるように通りの反対側まで飛んだ。そこにあったのは、桃色の可愛らしい看板と、たっぷりの花飾りがされた一軒のドーナツ屋で、タイミング悪く店内から出てきた大男の持つ紙袋に直撃して、ぐしゃりと音を立てた。

巡回のため歩いてきた王都警備部隊の班が、それを見て「ひょぇ!?」と獣目を見開いて飛び上がった。治安部隊のギリアムとジャック達も、その大男が誰か分かって目を剥いた。

ファンシーな桃色の菓子袋を、大きな手にちんまりと持っていたのは、二メートル近くはあろうかという長身の大柄な男だった。その男は、王都警備部隊の軍服に身を包み、丈の長い軍服のジャケットを肩に掛けていて、衣装には隊長格を示す飾りとバッジもしていた。

店内を出たところで足を止めた彼が、途端に金緑の凶暴な獣目を向けて「あ?」と威嚇音を上げた。端正な顔立ちは、一睨みで懐かない野獣そのものになって凶悪さが増す。

「俺は時間がない。暇を見つけて最高の気分で買いに来たというのに、それを邪魔するクソ野郎共は、お前らか」

先程まで騒いでいた男達の方を睨みつけて、そう口にした彼は――王都警備部隊が誇る最強隊長であり、狼隊長と呼ばれている二十代のレオルド・ベアウルフだった。

「なんで可愛らしい店から出てきてんだよこの人ッ」

「というか、毎度なんてタイミングが悪い男なんだ……！」

居合わせた治安部隊員達と王都警備部隊員達は、顔面を引き攣らせて口々に言った。

　ふと、ギリアムが思い至った顔をして、ジャック達を振り返って声を掛ける。

「そうか、アレだッ。チビ隊員にあげているドーナツ！」

「そういや、家に送るって毎度迎えがてら、甘い贈り物をしているよな」

「まさか、これまでの甘味シリーズを、全部自分の足で直買いしていたとは……、愛の深さがド級に重いわ」

　レオルドの一睨みだけで空気がピシリと張りつめ、通りにいた人々は、一時的に動きを止めていた。しかし数秒の間を置いた後、そろりそろりとドーナツ店から離れ始める。

　ただ一人、アルフレッドだけが全く気圧（けお）される様子もなく、父親であるベアウルフ侯爵の面影がどことなくある彼を見つめていた。そして、ふと呟く。

「ベアウルフ侯爵の息子か」

　年齢的に言えば年下である、という普段の紳士的な思考は微塵にも浮かんでこないままそう呟いた。エミリアを、カティという名前の軍人に盗（と）られるかもしれないと冷静でなかったせいで、それを阻止し、自分が彼女にとって一番相応しいオスであることを証明する方法を本能が優先していた。

　アルフレッドは、思案気に夜空色の獣目を横に流し向けた。ほんの少し考えたところで「なるほど」と察した様子で頷くと、人の流れがなくなって見通しのよくなった、通りの向こうにいるレオルドを真っ直ぐ見据えた。

「ここで一番強いと言われているのなら、相手にとって不足はない」

それを近くで耳にしたギリアム達が、勢いよくアルフレッドを振り返り「まさかのマウンティング対象ッ」、「求婚期特有の苛立ちと本能で、既に目的を見失っている気がする」と口にした。けれど、指摘された当人は全く聞いていなかった。

真っ直ぐ闘気を向けられたレオルドは、町中では見慣れない王宮騎士の軍服に身を包んだアルフレッドの方に鼻先を動かせて、眉間だけでなく鼻頭にまで皺を刻んだ。

「なんだ、また兎野郎かよ。なんか用でもあるのか？」

「手合わせを願いたい」

素手であると申し出るように、アルフレッドが手ぶりを交えて即答するのを見て、途端にレオルドのこめかみにピキリと青筋が立った。彼は駄目になってしまったドーナツを片手に、忌々しげに視線を落として独り言のように愚痴った。

「一角獣のところの暴れ娘の件が終わったと思ったら、相変わらず邪魔が入ってくるうえ、今度は兎野郎が来て休日デートが駄目になった。ルーナが急に前向きになって、最高の気分でいたってのに、ここに来てまたしても兎かよ……ッ」

これまでと日頃の行いが悪いせいよと母上は口にしていたが、そんな事あってたまるか、とレオルドは込み上げる怒りに、小さく震えてそう続けて呟いた。

アルフレッドは、個人的に話した事もない狼侯爵のところの嫡男、レオルドが若々しい様子で苦悩する様をじっと観察した。一見すると顔立ちはそうでもないが、こうしていると、バウンゼン伯爵に困らされていた父親に似ている。

つまり似た者同士の父と子だな、とそんな事を思いながらレオルドに告げた。

「私はコーネイン伯爵、アルフレッド・コーネイン。私は負ける訳にはいかない。何者であろうと、戦って勝つ」

静かに身構える彼を見たレオルドが、戦闘本能で獣目を殺気立たせて「俺は今、すごく機嫌が悪い」と唸るような顔で獣歯を覗かせた。

「どっかで聞いたような名前だが、今はどうでもいい。俺だって負ける訳にはいかない。立ち向かってくる野郎は、全部叩きのめしてやる」

そう答えたレオルドが、菓子袋と肩に掛けていた丈の長い軍服のジャケットを落とした瞬間、双方は勢いよく足場を踏み砕いて、前方に突き進んでいた。

強いオスとして主張する両者の種族的な戦闘本能から、一発目の攻撃は、どちらも同時に右拳を放って互いに左手で受け止めていた。怪力同士のぶつかり合いのせいで、それだけで風圧が起こって店先の看板が倒れ、近くにいた男達の数名が「うひゃあっ」と悲鳴を上げてひっくり返る。

その直後に戦闘が開始された。激しい体術戦に突入しても、アルフレッドは冷静な表情を張りつかせて、瞳孔が開いた獣目でロックオンしていた。対するレオルドは野獣のように睨みつけ、獰猛な狼のように低い唸り声を上げて威嚇し、凶暴に風音を上げて取っ組み合う。

ほぼ同時に、一旦距離を置くようにして、双方がバックステップで飛び退いた。

着地したアルフレッドが、標的を見据えたまま、本能のままに路肩に停まっていた馬車に手を掛けた。彼が装甲を握り砕きながら持ち上げるのを見て、近くで酒瓶を持っていた男が「嘘だろ!?」と目を剥き、手に持っていた荷物を放り捨てて逃げ出した。

レオルドもまた、対抗するように、時計が設置された太い支柱を抱え、力任せに地面から引き抜いて構えていた。

「その怪力で思い出したぜ。けったいな戦闘派兎で有名な、黒兎伯爵か」

「私は紳士にして騎士だ、そんな物騒な呼び名が付いた覚えはない」

言葉を交わした直後、二人が放った馬車と支柱が、中央で激しくぶつかって粉砕した。爆風と共に破片が飛び散る中、アルフレッドとレオルドが素手での攻防を再開し、何度も砕かれた地面のせいで砂埃が舞い始めた。

人々が悲鳴を上げて逃げ惑って避難する傍ら、レオルドの部下である王都警備部隊員達と、治安部隊のギリアム達は、決死に説得しようと駆け寄りながら声を上げていた。

「隊長やめてください！　どうかお鎮まりをッ」

「狼隊長も黒兎伯爵もッ、まずは落ち着きましょう！」

「マジでここ一帯が破壊され尽くされてしまいますから！」

その時、腕に『第三課十二班』という腕章を付けた、王都警備部隊の一人の男が駆けてきた。彼は騒ぎを見て「何これ!?」と目を丸くしたものの、現場にいた同僚達に視線を寄越されて緊急事態を悟ると、眼差しを強くしてこう叫んだ。

「隊長ッ、大事なご報告があります！」

「今は取り込み中だ、後にしろ」

型は流れるように無駄なく綺麗でありながら、凶暴な威力を持つアルフレッドの蹴りを避けつつ、レオルドは目も向けず答える。

治安部隊のジャックが「阿呆（あほう）かッ、それだけで狼隊長が止まる訳ねぇだろ！」と警告を上げたが、駆けつけたその王都警備部隊の男は「いいえ、俺に任せてくださいッ」と使命感溢れる横顔で答えて、上司に報告の言葉を続けた。

「先程、婚約者様から伝言を頂きました！」

その一声が上がった瞬間、レオルドがピタリと拳を止めた。

恋愛は最優先で邪魔してはならない、とアルフレッドも大人の紳士として本能的に手と足の動きを止めていた。二人がようやく顔を向けて耳を傾ける様子を見て、伝言をもらっていたその部下は、敬礼の姿勢を取って一字一句を伝えた。

「『今日のお昼休みの事、お仕事が終わったら少しお話したいんだけど、そのまま夕飯も一緒に食べていかない？　そう、レオルドに伝えてもらってもいい？』だそうです！」

アルフレッドは、殺気を解いて対戦相手を見やった。まるで伝言を頼んだ際の『婚約者』の様子でも想像したのか、片手で顔を押さえたレオルドが「『お仕事』『お話』……」と反芻して静かに悶えている姿が目に留まった。

非常に若々しい姿だと感じた。そして、どこか羨ましく、こうも思ってしまった。

そうか、彼は意中の女性と結婚出来るのか。

その姿を静かに眺めていたアルフレッドは、そこでふと我に返り、自分がこんな事をしている場合ではなかったと思い出した。エミリアに接近して、結婚を前向きに考えさせ始めているらしい『カティという軍人』を探し出さなければならないのだ。

あれから、どのくらいの時間が過ぎた？

もしかしたら、もう既に待ち合わせ場所で合流しているかもしれない。

こうしている間にも、彼女にオスとしての魅力をアピールしてアタックしている可能性を思ったら、居ても立ってもいられなくなった。アルフレッドは、現場の荒れ具合も認識出来ないまま「ここで失礼する」と告げると、早々に踵を返して走り出していた。

唐突に終息した取っ組み合いの現場で、ギリアム達は、呆気に取られた顔でアルフレッドを見送った。黒兎伯爵が浮かべた、置いていかれた子供みたいな表情があまりにも意外で、しばし言葉も出てこなかった。カティの事は諦めてくれたのだろうか、と茫然と思う。

同じように、アルフレッドの遠くなっていく後ろ姿を見届けた王都警備部隊員達は、続いて破壊された通りに目を戻し、それから、おそるおそる現在の上司の様子を窺った。残されたレオルドが、片手で顔を押さえ「夕食の招待とか嬉しすぎる」と幸せを噛み締めて呟いている。

ドーナツ店から出てきた店主が、店先にあった軍服のジャケットを拾い上げて、「あの、新しいものと替えますから……」と震える声で言って、彼に桃色の菓子袋を差し出した。

◆

ドーナツ店のある通りで騒ぎが起こる少し前、エミリアは目的地に辿り着いていた。

「あなた、軍人さんだったの?」

どうにか待ち合わせ時間に間に合ったところで、大公園の入り口に立つ彼女を見て、目を丸くした。短髪のくすんだ金髪に、大きなエメラルドの瞳をしたあの伯爵令嬢、カティは腰に剣を差しており、治安部隊の軍服に身を包んでいたのだ。

とはいえ、ズボン姿であっても可愛い。エミリアは、大公園の入り口にちょこんと立つカティを、しげしげと見つめてしまった。それをなんと取ったのか、彼女が小綺麗な顔を少し恥ずかしそうに染めて、「普段はいつもこんな感じだよ」と言った。

「スカートなんて穿かないもん。似合わないって分かっているし………」

「ふふっ軍服を着ても、こんなに可愛いのねぇ」

「ぴょ!?　かかか可愛くないよレオルドの目がおかしいだけなのッ」

「レオルド？」

不思議に思って尋ねたら、彼女が慌てて、話をそらすように治安部隊の第七班に所属しているのだと教えてきた。結婚を決めたのは最近で、仕事の今後については考え中らしい。

一緒に大公園に入って丘の上に移動したエミリアは、カティが自然と向かった中央の木の下に、一緒に腰を下ろした。もしかしたら婚約者と来た時は、いつもここに座っているのかしらと、普段アルフレッドが案内する木の方を見てそう思ってしまった。

持ってきたスケッチブックを芝生の上に広げて、早速二人で覗き込んだ。エミリアはデザインの中に使われている花柄の意味などを説明しながら、ページを進める。

「すごく綺麗だね！　というか、これが手描きなのが信じられない」

「一緒にお店をやっている一人が、人物画メインで活動している芸術家で、いつもこうして記録として残してくれるの。本職のお仕事では、肖像画も描いているのよ」

「現役の画家さんなの？」

カティがそう言って、小首を傾げる。なんだか『画家さん』という丁寧な言い方が愛らしくて、エミリアも「画家さんよ」と笑顔で答えた。

「一度見たものは、映像として頭に残っていて、その風景や人物がいない状態でも描けちゃうんですって。肖像画を描く時も、残りの部分は持って帰って仕上げたりしているみたい」

「それってすごいね！　この前、弟を描きに来ていた人がいたけど、数時間もずっと座っていて大変そうだったよ。結婚して夫婦になったら、描いてもらわないといけないみたいな事を言われて……」

とてもすごい人なんだね、とカティが思案気に呟いて、ぱっと顔を上げた。

「その人、なんて名前なの？」

「ジョシュアよ。今年で十五歳になったから、あなたよりは一歳年下ね。リス科の獣人で、いつもドレスを着ているの」

「ドレス……？」

男性名を聞いたカティが、しばし考えて「まぁ、私も好きでズボンだし、同じようなもんか」と自己解決してスケッチブックに向き直った。エミリアも違和感を覚えないまま、説明を再開した。

刺繍を積極的に取り入れたドレスが、こんなにも沢山あるとは知らなかったようで、カティはキラキラとした柄等を、純粋に楽しんでいるようだった。何度も気になるページに戻る様子を見て、エミリアはちゃっかり営業慣れした手際の良さで、とある仕事道具の一つを取り出した。

「こんな事もあろうかと、栞を持ってきたのよね！」

ドレスなどの女性の衣服は、生地で形を作って盛り込むか、レースでのアレンジが一般的だ。刺繍で大きく彩るという手間暇の掛かる制作方法は他になく、エミリア達の店だけがそれを扱っている状況だった。

ムード作りなら任せろ、と口にした音楽家のダニエルの案で、安価で細かな部分まで配置調整がきくビーズを装飾の柄として加えて、キラキラと豪華にされているのも特徴だった。こうして仕上がるエミリア達のドレスは、新しい製法とデザインとして注目を集めてもいる。

二冊目も見終えて、スケッチブックも三冊目に突入した。

お喋りを楽しみながらページを見る事に没頭していたから、サクッ、と芝生を踏み締める足音がそばで聞こえるまで、二人は第三者が丘に登ってきた事に気付かなかった。すぐ横で止まった足音と、視界の隅に映り込んだ軍靴で誰か来たらしい事を知った。

一体誰だろうと思って目を向けてみると、そこには出会った時と同じく、護衛騎士の軍服に身を包んだアルフレッドがいた。ここに来るまでに少し走ったのか、こちらを見下ろしている彼の艶やかな黒い髪の一部が、珍しく少し乱れている様子に目を留める。

「…………」

「…………」

吹き抜けた風に、黒い髪がサラリと音を立てて、元の位置に落ち着いた。

長い間、アルフレッドは芝生の上に直接腰を下ろすエミリアと、治安部隊員の軍服に身を包んだ華奢なカティの組み合わせを見つめていた。二人が揃って小首を傾げる様子を、黙り込んだまま真顔で観察する。

カティは、エミリアの袖をつまんで「知り合い？」と尋ねた。自分から名乗った事はなかったと気付かされて、エミリアはくすぐったい気持ちが込み上げて、小さな声で「私の仮婚約者なの」と彼との関係を教えた。

しばし沈黙していたアルフレッドが、それを聞いてすぐ、左手を胸にあてて紳士らしい礼を取って腰を屈めた。

「――こんにちは、可愛らしいお嬢さん。初めまして、私は彼女の仮婚約者のアルフレッド・コーネインだ」

「あっ。初めまして、治安部隊第七班のカティです。えぇと、カティルーナと言います」

カティが座ったまま背筋を伸ばして、ちょっと焦った様子で自己紹介する。「そうか、獣人だからか……」と呟きながら座り直す彼女を見て、エミリアは不思議に思った。

「最近は、あんまり性別を勘違いされないんだけど、なんだかなぁ」

「だってあなた、すごく可愛いんだもの。男の子に見える方がおかしいのよ」

「お姉さん、私、先月まで男の子だと思われたまま部隊にいたんだけど………」

そうカティが呟いた回答を、エミリアは聞き逃した。アルフレッドが、「隣、いいかな」と尋ねてきたので、どうぞと答えてから、刺繍デザインを見せている旨を説明して、それから彼

女と共に再びスケッチブックへと視線を戻した。

青い空を、春の鳥が悠々と羽ばたいて過ぎ去っていく。そんな長閑な晴れ空の下の木陰で、邪魔をしないよう、アルフレッドが少し距離を空けて隣に座って静かにしている中、スケッチブックを広げたエミリアとカティの楽しげな話が続いていた。

しばらく、二人の賑やかなやりとりをそばで見守っていたアルフレッドは、「それにしても、バウンゼン伯爵の娘だったか」と口の中で呟いて、思案気に顎に触れた。

「――なるほど。一番目は、女の子も悪くない」

「何か言った？」

肩越しに振り返り、エミリアは尋ねた。目が合った彼が、途端に穏やかな表情を浮かべて「何も言っていないよ」とひどく落ち着いた声で答えてきて、たったそれだけで心地良い空気が流れているように感じて、彼女も知らず微笑みを返していた。

全てのスケッチブックを見終え、片付けるのを手伝ってすぐ、カティが立ち上がった。

「親友二人と、同じ班で動いてるんだ。待たせちゃうのも悪いから、そろそろ行くね」

それから彼女は、ちょっと照れくさそうに笑って、こう続けた。

「今度、お店の方に相談に寄ってもいい？　他の物もあるなら、色々とゆっくり見てみたいなぁと思って……」

「ええ、いいわよ。今日チェックしたものも、そのまま栞を挟んで置いておくわね」

「本当に？　ありがとう！　行く時は、前もって手紙で日程を知らせるね」

カティが手を振りながら、元気良く走り出した。その様子は、十四歳である弟のセリムを彷彿とさせて微笑ましく、エミリアは小さな彼女の姿が見えなくなってしまうまで見送った。

「とても楽しそうだったね。それに、満足そうだ」

「少しでも協力出来るのが嬉しいの。あの子、秋には結婚するんですって」

二人きりになったところで尋ねてきた彼が、「そうか」と言って微笑んだ。その相槌だけで嬉しくなって、自然と満面の笑みを浮かべて「そうなのよ」と笑い返したところで、エミリアはハタと気付いた。

話を聞いて知ってもらえて嬉しい、という気持ちが胸にはあった。緊張感もなくゆったりと流れている時間に、安心感を覚えている自分がいて、この場に漂う穏やかで心地良い空気を考えると、よくは分からないけれど『なんだか幸せだわ』と口にしてしまいそうになる。

高揚も緊張もないのに、不思議とトクトクと小さく脈打つ自分の胸に手を触れて、エミリアはアルフレッドを見つめた。

数日前まで、うまく喋れなくなってしまう事もあったのに、その優しげに笑う美しい顔を長らく目に留めてしまっていた。女性とは違うしっかりとした、それでも絹みたいにサラサラとした癖のない漆黒の髪。大人の男性といった雰囲気のある、夜空色の切れ長の獣目――

「どうかした？」

「え——ううん、なんでもない」

問われて我に返り、エミリアはそう答えた。この不思議なふわふわとした感じはなんだろうか、と考えた一瞬、カティみたいな可愛い女の子の子供がいて、彼とこうして、ピクニックを楽しんでいるという光景が想像されていた。

どうしてそんな妄想が過ぎったのか、分からなかった。三人でいた時からずっと、そばにいて当たり前のような暖かさが胸にはあって、そんな疑問に首を傾げてしまう。

「良ければ店まで送ろう」

アルフレッドが立ち上がり、こちらに手を差し出してきた。エミリアは右手を伸ばそうとしたところで、スケッチブックを抱えている左手の求婚痣を思い出した。

「アルフレッド様は、今日も左手に『挨拶』をするの？」

どうしてか、ふと、そう尋ねてしまっていた。

僅かに目を見開いたアルフレッドが、すぐに目元を和らげて、どこか嬉しそうに微笑を深めて背を屈めてきた。

「君が許してくれるのなら、したいな」

「今するの？」

「今すぐに」

一度スケッチブックを膝の上に置いて、エミリアは座り込んだまま彼の掌に左手を添えた。

アルフレッドは、その指先をそっと握り込むと、恭しく腰を屈めて白い手の甲に唇を寄せ「光栄だ」と口にして、そこに咲いている求婚痣にキスを落とした。

大公園を後にしたエミリアは、アルフレッドと共に人が多く行き交う広い通りに入った。丘を下りてからずっと、スケッチブックを片手に持った彼に促されて、すんなりとその腕に自分の手を回してエスコートされていた。

商業通りの賑わいを眺める彼女の横顔を、アルフレッドは微笑を浮かべて、飽きずに見下ろしていた。恋人同士かと気を遣って道を開けてくれる人々の間を、誇らしげに進む。

「もし時間があるのなら、このまま歩いていかないか?」

「別に構わないけれど、アルフレッド様は大丈夫なの？　お仕事の途中の、休憩時間なんでしょう?」

「問題ない。だから散歩デートをしよう、エミリア」

なんだか、聞き慣れない名前のデートだ。でも口にした彼が、これまでになく上機嫌で楽しげな様子だったので、エミリアは尋ねないまま「そうね」と答えて、小さく笑った。

やっぱり、やんちゃで元気な兎みたいなところがあって、クールながらも言葉遊びだったり、そういうところを楽しむ人でもあるのだろうと思った。

アルフレッドはそれを見て、たまらずといった様子で目を細め「ああ、エミリア」と呼んだ。

自分の腕ごと彼女の手を引き寄せて、ふわりと揺れるハニーブランの髪の頭頂部に口付けを落とした。

「必ず予定を調整する。三日後には、いや、明後日には会いたい」

「突然どうしたの？　というか、今なんか頭に触れたような……？」

小さな疑問を覚えたものの、次の仮婚約の交流デートに誘われたらしい事を少し考えた。明後日は特に大きな予定もないから大丈夫――と答えようとしたところで、ふと、騒ぎの声が耳に入ってそちらに注意が向いた。

隣のアルフレッドが、邪魔をされたと言わんばかりに、同じ方向へ絶対零度の眼差しを向けた事には気付けなかった。革職人の工房店から、覆面姿の複数の男達が飛び出すのが見えた一瞬後、エプロンを着た小太りの中年男が「売上金を盗られた！」と叫んだからだ。

店から飛び出した覆面の男達は、強盗団であるようだった。ざっと目算した人数は七人で、何人かの男は少し怪我でもしているのか、走る様子がどこか変でぎこちなかった。

そのおかげで、今からでも追いつけると察したエミリアは、隣のアルフレッドの存在も忘れて、唐突にスイッチが入ったみたいに走り出していた。頑張って稼いだ人のお金を盗るなんて、最低である。同じ職人として、その想いに熱く燃えていた。

「おじさん、その鞄ちょっと借りるわね！」

「え!?　ちょっ、お嬢ちゃんまさか……!?」

エミリアは返答も聞き終えないまま、突然の騒ぎで立ち止まっていた男の大きな鞄を掴んだ。腕にはずっしりと重さを覚えたが、職人の敵を成敗してくれる、という思いで人混みの間を駆けると、追いついた覆面の男達に飛びかかるべく地面を蹴った。

軽々と跳躍した彼女を見て、近くにいた人々が「あの子は猿か!?」と目を剥いた。熊の耳を持った獣人族の小さな男の子が「スカートの中が見えそ――」と言いかけて、隣にいた母親が慌ててその口を塞ぐ。

「頑張って稼いだ人のお金を、盗るな!」

飛び出したエミリアは、覆面男のうちの一人に、大きな鞄を思い切りぶつけて地面に沈めた。その活きのいい様子を見ていた周りの男達が、途端に「いいぞッ」と野次を飛ばし、ベレー帽を被った男達のグループが、こう叫びながら意気揚々と走り出した。

「よっしゃ俺らもやったれ!」

「作家根性ナメんなよ!」

「詩人に負けるなッ、俺らも後に続け!」

その時、覆面男の仲間達が、エミリアを振り返って睨みつけた。

「チクショーこの女!」

そう言って男が腕を振り上げた。ちょっとした喧嘩くらいならやってやるわッ、とダニエルとジョシュアの見よう見まねで身構えたエミリアは、その一瞬後、眼前から男の姿が消えて

「あれ?」と声を上げていた。

一瞬、魔法のように消えてしまったのでは、と本気で思いかけた。

しかし、少し視線を下ろしたエミリアは、後ろに置いてきたはずのアルフレッドがそこにいて、覆面男の頭を容赦なく鷲掴みにして、地面にめり込ませている姿がある事に気付いた。

その場に居合わせた人々が、同時にピタリと動きを止めていた。

極度の緊張感に満たされた通りに、重々しい沈黙が広がる中で、アルフレッドがゆらりと立ち上がった。二人目の仲間が悲鳴を上げる暇もなく、コンマ二秒で沈められた場面を間近で目撃していた覆面の強盗団達が、呼吸もままならない殺気に喉仏を上下させた。

「…………王都警備部隊の連中は、一体何をやっている?」

美麗な顔からごっそりと感情が抜け落ちたアルフレッドの、形のいい唇から地を這うような怒りを孕んだ声がこぼれ落ちた。

何人かの見物人が我に返り、王都警備部隊か治安部隊を呼んでこいと騒いで動き出した。近くで足を止めていたベレー帽の男達が、ゴクリと唾を飲んでこう呟く。

「魔王だ……」

「そういや、ダニエルがそんな題名の、禍々しい曲を作っていたよな」

「やめろトラウマになるわ、マジで魔王登場の音楽になるだろッ」

「あいつはきっと、後世に残る有名な音楽家になりそうだよな。あの曲、まさにぴったりだわ」

そんな彼らの視線まで集めているアルフレッドは、そこにいる五人の覆面の男達を冷ややかに見据え、手首をゴキリと鳴らしていた。パン屋の前で野次を飛ばしていた男が「あいつ、素手でヤる気だぞ」と言い、隣にいた青年が「腰の剣はなんなんだ」と口にする。

「彼女に指一本でも触れようものなら、私が噛み殺す」

草食系の兎科とは思えない台詞が放たれた直後、アルフレッドが動き出して、五人の覆面の男達の悲鳴がこだました。

一方的に強すぎる男が相手だと、五人という人数差も関係なくなるらしい。もはや体術戦というよりは、ただひたすら打ち負かす事が目的のような力技でいく喧嘩である。一見すると、か弱い小動物が、災害級の大型で凶暴な野獣に襲われているように見えないでもない。

人間ってあんなに簡単に放り投げられるもんなんだな、と目撃者達が軽々と吹き飛ばされていく強盗団の一人を、茫然と目で追った。男達が慌てて避けたアルフレッドの足が、薄いガラスのようにあっさりと地面を叩き割る。しかし、圧倒的な力差でも彼は止まらない。

「アルフレッド様って、本当に騎士でもあるのね……」

伯爵としての彼としか過ごしてこなかったエミリアは、呆気に取られてそう呟いた。

戦闘知識はなかったので、軍人は多分みんな喧嘩に強いんだろう、というざっくりとした認識で考える。これも彼の一面であるのだろうと思ったら、胸がきゅんとするのを感じた。

「…………私、もっと彼の事を知りたいわ」

知らずほんのりと頬を染めて心の声を出したエミリアを見て、近くにいたエプロンを付けた革職人の男が「あんなんだよ⁉」と、思わずといった様子で乱闘を指差して突っ込んだ。しかし、その声は、思案を続ける彼女の耳には届いていなかった。

大人で、紳士で、それでいて物事を楽しむやんちゃなところもあって、子供みたいな部分も持っていて、そして親友達と同じように喧嘩も強い人。

どこか感動した様子で、アルフレッドに熱い眼差しを向ける彼女と、恐れ慄く周囲との温度差が凄まじい事を、一部の目撃者達が目に留めて「えぇぇぇ……」とこぼした。その間に、喧嘩のような迷惑級の騒ぎは、あっという間に勝敗がついていた。

意外にも打たれ強さがあった盗賊団が、一人も立ち上がらなくなったところで、アルフレッドが戦闘モードを解いた。直前の事などなかった様子で、落ち着いた仕草で肩の汚れを払い、紳士や騎士としての嗜みのように襟元を整える。

静まり返った場に、駆けてくる足音が聞こえてきてエミリアは我に返った。音の方に目を向けてみると、カティと同じ治安部隊の軍服に身を包んだ男達が、こちらに向かってやってくるのが見えた。先頭を走っているのは、マントを付けた痩せ型の中年男だった。

「おいおい、狼の次はなんだ⁉」

「ザガス隊長、どうやら兎らしいです。しかも黒い方の」

ザガスと呼ばれた治安部隊の中年男が、「勘弁してくれよ……」とこぼして横を通過していった。その彼と合流したアルフレッドが、少しだけ話してすぐ、こちらに向かって足を進めてきた。

「すまなかった」

戻ってきて早々、彼がそう謝罪した。

その表情は普段のように冷静だったが、一緒に歩いていた先程と違って、どこか落胆して落ち込んでいるような気配を察し、エミリアは小首を傾げた。

「どうしたの、アルフレッド様？　謝る必要はないわ。私の方こそ、勝手に飛び出してしまって、ごめんなさい」

「いいや、君は悪くない。私は紳士であるのに、途中まで君をエスコートしていながら、ここに来て紳士らしくないところを見せてしまった――すまない」

クールな表情のまま視線を落として、もう一度、ぽつりと呟くようにアルフレッドが謝った。

エミリアは、心が沈んでいる理由を察して「なんだ、そんな事なのね」と、つい笑ってしまった。そんなところに反省するなんて、彼は本当に、心の底から生粋の貴族紳士なのだろう。

「アルフレッド様は、かっこ良かったわよ。親友達みたいに喧嘩が強いところがあるんだって知れて、すごいなって思っちゃった」

「………『かっこいい』、『すごい』……？」

眉一つ動かさないまま、こちらに視線を戻したアルフレッドが、言葉を反芻する。エミリアは「うん」と笑顔で肯定して、こう続けた。

「実は私、セリムが生まれる少し前くらいに、お父さんに冒険小説を読んでもらって、憧れた事があるの。でも私は女の子だったから、冒険出来るくらい強くなる事はないんだろうなとも思って。だから、初めて出会った時、ダニエルやジョシュアが元気に飛んで走っている姿を、楽しく見ていたのよ」

穏やかな領地で産まれ育ったから、王都に出るまでは、喧嘩といった騒動とは無縁の生活を送っていた。だから取っ組み合いの力比べも、怖いものであるという認識はなくて、普段から元気ねぇとにこにこと見守っていたのだ。そんなエミリアを見下ろして、アルフレッドは力の戻った獣目で「そうか」と淡々と口にした。

「ならば君のために、強さを証明しよう」

「証明？」

「お嬢さん、すみません、どうか黒兎伯爵をけしかけるのはやめてください」

この求愛者に対して、この想い人あり――

王都ではよく聞く、そんな常套句がぴったりといった既視感溢れる不穏な空気を察知して、そのやりとりが始まってから様子を見て近づいていた治安部隊の隊長ザガスが、間髪入れず青い顔でそう言って止めた。

王都なら稼げると聞いていた盗賊団の頭ビージーは、治安部隊の男達が被害状況を確認しつつ、意識のない仲間達の拘束に取りかかり始めたところで、軽い失神から目を覚ました。途端に全身に容赦ない痛みが走り、彼は「ぐぉぉ」と呻いて砕けた地面を掴んだ。

数日前、小さな刺繍店を襲おうと思ったら、不健康そうな長身の中年男と、女装少年に返り討ちに遭ったうえ、有り金も取られた。大人しい人間しか集まらないだろうと思って『文系食堂』で食い逃げ予定で食べていたら、唐突に店主含む全客の乱闘が始まって、気付いたら外に捨てられていた。

今度こそはと思い、部隊の見回りルートも調べて、近くにあった革職人の個人工房店に狙いを定めたら、このありさまである。

「……この町は、一体どうなってんだよ」

もう王都なんて二度と来るもんか、とビージーは男泣きして心に誓った。

◆

二人でのんびりと歩きながら話し、時間を掛けて店に送り届けられたエミリアは、その翌日に、次の仮婚約者としての交流デートを知らせる手紙を受け取った。

今度もピクニックになるらしい。午前中の時間は取れなかったようで、迎えの時間は正午に設定されていた。前回は食べられなかったからと、昼食に君の手作りのサンドイッチを楽しみにしている、と書かれていた。

エミリアはずっと、カティと三人で過ごした時と、その後でアルフレッドと過ごした二人きりの時間について考えていた。家族以外の人と一緒にいて、一分一秒がゆるやかに流れるような心地の良い穏やかさを覚えたのは、初めての事だった。

どうしてか、ふとした瞬間に、繰り返し思い出して回想していた。

一晩目も、二晩目も、手の甲の求婚痣を習慣のように眺めては、まだ胸に残っている気がする、その満たされるような感覚が、なんであるのかを考えた。

求婚痣へキスをするのかと自分から確認して、その『挨拶』がされた際には、ふわふわとした気持ちで彼を見つめてしまっていた。その後の騒動で、落ち着いた紳士な彼が、男性として強く荒ぶる一面も持っていると知れた当時の事も、振り返るたび同じ心地に包まれた。

強盗団を退治すべく彼らと向き合った時、アルフレッドが珍しく物騒な感じの台詞を口にしたのを聞いた気がした。ハッキリとは聞こえなかったけれど、まるでこう言われているみたいだと、エミリアはその逞しい騎士姿の背中を見て妄想してしまったのだ。

『誰であろうと、私以外の男に君を触らせてなるものか』

落ち着いた大人の彼なら、言いそうにもない強引で強気な言葉だった。けれど、昨日の強い眼差しをしていたアルフレッドで妄想すると、ドキドキしてしまうくらい似合っている気もした。

紳士らしからぬ行動について、彼はどこか恥じてもいるようだった。エミリアとしては、普段は見せないそういった全てを知りたいから、見せてくれても全然構わないのにと……騒動の後の店までの道のりを『散歩デート』している時、そう口にしてしまいそうにもなった。

でも、全部を知って、全て受け止めたいと感じてしまうのは、どうしてだろう？

自分の事なのによく分からなくて、この数々の疑問についてずっと考えていた。


自分の中の答えが分からないまま、約束のピクニックの日が来た。

不思議と心は穏やかなままで、エミリアは以前のような寝不足や不調に悩まされる事もなく、いつもより早い時間に起きて鶏達の世話をしていた。

ちょっとぼうっとしてしまい、彼らのご飯を多めに撒いてしまっていた。足元に寄ってきた鶏達に頭を擦り寄せられて、ようやくそれに気付いて「あ」と手を止めた。

「ごめんなさい。大盛りごはんみたいになってしまったわね」

思わず、小さく苦笑を浮かべて謝ったら、どうしてか鶏達が凛々しい顔をした。丸々とした身体に対して、小振りな翼を一度広げると、餌に向き直って猛然と食べ始めた。

「姉ちゃん今日は早起きだな」

通りかかったセリムがそう言って、足を止めてチラリと鶏に目を向けた。

「こいつら、また太るんじゃないか？」

　すると、近くにいた鶏達の一部が、一声鳴いて彼の脇腹に飛び蹴りを入れた。エミリアは、どうにか踏み止まったセリムを見て、不思議に思ってこう言った。

「太っているんじゃなくて、そういう種類の鶏なのよ」

「いーや、違うね。絶対太ってるって、よその家の鶏とは肉質も重さも違うし。──っしゃ今度はよけてやったぜ！　あ、姉ちゃん、今日は午後にちょっとだけ店に寄る感じなのか？」

「うん、帰ってくる時間によっては、もしかしたら少ししかいられないかもって、ダニエルとジョシュアには昨日の内に伝えてあるわ」

「ふうん。じゃあ朝はゆっくりだな──いてっ」

　鶏に見事な両足蹴りを入れられたセリムが、「チクショーこのボス鶏め！」と、頭に赤いラインの柄がある一番大きな鶏を追いかけ始めた。ピクニックは正午になるから、サンドイッチは予定の一時間前に調理に取りかかる計画を立てながら、エミリアは卵を回収した。

　午前中は家の手伝いをして、店にはピクニックが終わった帰りに寄ろうと考えていた。しかし、郵便受けを確認した父から、手紙が届いていると手渡されたところで、急きょその予定の一部を変更する事になった。

　それは、カティからの手紙だった。刺繍デザインを見せてもらった件を婚約者に話したら、その店で一からウェディングドレスを作ってもらっても、いいんじゃないかと言われたそうだ。

そこで改めて話し合ったところ、家族や婚約者に前向きに賛成されて正式に決定したらしい。

明日の午前中、婚約者と一緒に、一回目の相談兼打合せに来店するという。手紙の最後には、その際に『ジョシュアさん』に別件で相談したい事がある、とも書かれていた。

エミリアは居ても立ってもいられず、朝食を食べたら、すぐ店に行こうと決めた。

「迎えは正午だろう？　大丈夫なのかい？」

「お父さん、大丈夫よ。だって往復を考えても、十時ちょっと過ぎまでに向こうから出る乗合馬車に乗れば、十分間に合うもの」

「姉ちゃん、ちょっとは落ち着いて食べようぜ……」

朝食が進められている食卓にて、隣の姉の様子を見たセリムが「令嬢はもっと、おしとやかに食うんだぜ」と言った。エミリアは食事を続けながら、「令息は『食うんだぜ』なんて言わないのよ」と言い返していた。

子供達の相変わらずなやりとりを見ていた母が、父の方を見て「珍しいわね」とにっこり笑った。

「あなた、一応彼の味方なのね。てっきり、だだをこねるかと思ったわ」

「彼は良い男だよ。――だから僕は、なんの心配もしていないんだ」

エミリアは、ふと、視線を向けられたと気付いて、父と目を合わせた。

穏やかに笑った顔は、どことなく雰囲気がアルフレッドの暖かな柔らかい表情を思わせた。

他に何か言いたい事があるのだろうかと見つめていたけれど、父は特に言葉も続けず、満足げに食事に戻ったのだった。

届いた手紙を持って、弟よりも早く家を出て朝一番の乗合馬車に飛び込んだ。そして、到着して下車するなり、エミリアは興奮が抑えきれず、店までの道のりを全力疾走した。

「カティちゃんッ、うちでウェディングドレスを作るんだって！」

開店して一時間しか経っていない店内には、太い縄を収納しやすいように巻いている途中のダニエルと、珍しく既に出勤しているジョシュアがいた。

彼らはちょっと目を見開いて、遅れて内容を察したように相槌を打った。

「この前話していた子か。そりゃ良い、めいいっぱい心を込めて仕事にあたらないといけねぇな」

「エミリアが散々、可愛いと騒いでいた子か。まぁ可愛いドレスなら任せておけ」

その手紙をジョシュアに手渡しながら、エミリアはカティが、当日に何か相談したい事もあるらしいと伝えた。彼は「なんだろうな？」と秀麗な眉を顰(ひそ)めたものの、すぐに眉間の皺を解いて、明日は開店時間から待機しておくと答えた。

二人の会話の横で、ダニエルは縄の巻き取り作業を終えた。そのままカウンターに入ると、下にある棚にしまう。

「いつも思うんだけど、その縄よく買い足しているわよね。一体何に使うの？」

「ちょっとした運搬用に使ってる。引きずっても千切れにくいから、重宝してんだ」

何を運搬するのかしら？　とエミリアは思ったのだが、ジョシュアに声を掛けられて疑問を忘れた。

「今日、また伯爵様と会うんだろ？　それにしては、落ち着いているみたいだな」

「えぇと……彼女と待ち合わせた日に、偶然会ったたって話したでしょう？　それから不思議と緊張はないのよ。なんというか、別れた後の方が、そわそわしているような………？」

会えない時間を、どこか上の空に過ごしてしまう事がたびたびあった。今朝も、ついぼんやりとしまって、鶏に多めに餌をあげてしまっていた。

先日店まで送り届けられた際、あっさりと別れた事に物足りなさを覚えたりと、なんだか自分がよく分からなかった。先日は、特にこれといって強いドキドキを覚えた訳でもないのに、ぐるぐると悩まされていた時よりも、アルフレッドを思い出して考えてしまっていた。

そう、エミリアは先日から今朝までの事を、ぽつりぽつりと二人に話し聞かせた。最後に「どう思う？」と尋ねてみると、彼らが互いの顔を見て「ふうん」と意味深に口角を引き上げた。

「僕からアドバイスする事があるとしたら、そのまま『緊張せずにいる事』だな。難しく考えなければ、その感覚については、あっさり答えが出ると思うよ」

どういう意味なのか分からなくて、エミリアはダニエルに視線を向けた。すると、彼もまたニヤリとして「俺からのアドバイスも、ジョシュアと同じだな」と言って、こう続けた。

「正午に待ち合わせだったら、余裕を持って早めに戻りな。『交流デート』、楽しんでこいよ」

◆

一旦店から帰宅したエミリアは、少し畑の作業を手伝った後、自分達の分だけでなく、家族分の昼食用と併せてサンドイッチ作りに取りかかった。

溶いた玉子に、いつものハーブを刻んで、ほんのりと風味を甘くさせて厚めに焼く。そして、先程菜園から収穫した新鮮なサラダ野菜を、玉子焼きと一緒に重ねてパンに挟めば完成だ。前回の物よりも、大きめのバスケットにサンドイッチを詰めた。

迎えの馬車が到着したのは、正午をほんの少しだけ過ぎた昼食時間だった。

アルフレッドは、先日に見た騎士服に身を包んでいた。挨拶を交わしてすぐ、着替える時間がなく仕事着のままですまない、と申し訳なさそうに詫(わ)びてきた。初めて護衛騎士らしい姿を見た父と母は、伯爵であり軍人であるというのは本当の事だったのかと、感心していた。

大公園に到着したのは、正午の時刻を過ぎた頃で停車場には、黒塗りの馬車が一台だけ停まっていた。丘の下に敷かれた散歩道を上がっていると、これから帰るらしい一組の家族連れとすれ違った。

日傘を差した夫人の足元には、十歳くらいまでの三人の子供達がいた。荷物を持った紳士がハット帽に手を添えて「どうも」とにこやかに挨拶してきて、エミリアとアルフレッドも笑顔を返した。

丘の頂上に辿り着くと、いつもの木陰にブランケットが敷かれた。先にエミリアが座り、続いてバスケットを置いたアルフレッドが、肩が触れるくらいの近い距離感で隣に腰かける。

不思議と、仮婚約を始めたばかりの頃の緊張感も、すっかりなくなってしまっていた。頭上の木の葉が風で揺れるたび、キラキラと光る木漏れ日に目を留めていたら、「エミリア」と声を掛けられて、自分がまた少しぼんやりしていた事に気付いた。

「こうして昼食を共に出来て嬉しいよ」

「そういえば、ちゃんとしたランチタイムは初めてね」

朝食からだいぶ時間が過ぎてしまっていたので、エミリアも腹ペコだった。バスケットを開けようとしたら、彼が手で制して代わりにそれをやった。

「ランチにもディナーにも誘いたいところなんだが、店や屋敷の中だと、君がまだ緊張するかなと思って」

エミリアは、コーネイン伯爵邸で、彼と食事をしている自分を少し想像していた。いつでも招待してくれるつもりなのね、と思ったら、落ち着いたまま胸の奥がまたしてもトクトクと小さな音を立て始めるのが分かって、そこにそっと手で触れてみた。

どうしてだろう、なんだか、ふわふわするわ。

目の前には、バスケットの中を覗き込んで、嬉しそうに夜空色の瞳を細めるアルフレッドがいた。穏やかな表情ながら、本当に心の底からそう感じて喜んでいるのだと伝わってきて、それがなんだか心地良くて嬉しくて、その様子から目が離せなくなってしまう。

すると、彼が顔を上げてこちらを見た。「どうぞ」とサンドイッチを差し出されて、エミリアは自分が作ったそれを目に留めて、小さく笑った。

「私が作った物なのに、なんだか変な感じね」

「作った本人みたいに渡してみたら、君がどんな反応をするのか、見てみたくなったんだ」

クールで大人である印象が強いのに、結構そういう冗談も好きなところがある人だ。つい、おちゃめな小さい黒兎の想像が頭に浮かんで、獣人としてそういう部分も持っているのかもしれないと考えたら違和感もなく、むしろ彼らしいとも思えた。

エミリアはそう考えを終えて、両手で持ったサンドイッチをバクリと口にした。彼女をしばらく見つめていたアルフレッドが、それを見届けて片手に持ったそれにかぶりついた。

「野菜も美味だが、玉子焼きも癖になる味だ」

しばらく咀嚼した後、彼が「全部食べてもいいの？」と柔らかな口調で尋ねてきた。

前回のサンドイッチをぺろりと完食してしまった事を思い出して、エミリアはクスリと笑った。鼻先を動かせて新鮮な野菜を愛らしく食べる兎の食事風景も過ぎっていたから、食欲旺盛な兎さんなのね、という感想も覚えて微笑ましくも感じたのだ。

「全部食べてしまっていいわよ、だって、あなたの物だもの」

そう答えたら、一瞬だけ、アルフレッドがピクリと動きを止めた。一度冷静になるように視線をそらすと、こちらに静かな微笑を戻して「――それは嬉しいね」と言った。

エミリアは、二個のサンドイッチでお腹がいっぱいになってしまい、彼が手と口を止めずに食べ進める中、足を伸ばして暖かい日差しと涼しい風を楽しんだ。ふと、王都の町の上に広がる青空の向こうに、黒く大きな影が見えたような気がして目を留めた。

鳥にしては、やけに大きくて翼も妙な形をしていたような……。まさかドラゴン？

そんなはずはないだろうから、きっと気のせいなのだろう。王都には、大きめの鳥がいない訳でもない。獣人の中には、竜種というもっとも古い一族もいるとは聞いたけれど、巨人やドラゴンがいたのは、太古の昔であると博物館でも紹介されていた。

太陽がほぼ真上の時間帯は、ぽかぽかと空気が暖かい。次第に心地良い眠気に誘われた。

「一緒に少し横になろうか」

いつの間にか、アルフレッドがサンドイッチを食べ終わっていた。エミリアは緊張も覚えなくて、朝が早かったせいだろうと思いながら、促されるままに彼と一緒に横になった。

こちらに身体を向けた彼が「寝過ごしそうなら、起こしてあげるから」と言って、それがなんだかとても安心出来て、エミリアは目を閉じてすぐに眠ってしまっていた。

幼い頃に、出産前だった母がリビングで眠っていた、ある日の記憶を夢に見た。

父が口の前で指を立てて、手を引かれて一緒に外に出て少し散歩した。鶏達が後ろからついてきて、まだ目尻に皺もなかった父が、苦笑して「遠くへは行けないなぁ」と言った。

足が疲れて、途中でしばらくの間は背負ってもらった。エミリアの肩には、ヒヨコから鶏になりかけの子が座っていて、特等席のように居座って丸くなっていた。

「いつかは『パパが一番』じゃなくなって、エミリアも嫁いでいってしまうんだろうなぁ」

僕の可愛いエミリア。君が産まれてきた時、僕は涙が出るほど嬉しかったんだよ。僕達のもとに産まれてきてくれて、ありがとう……。

二人きりで散歩に出ると、父は独り言のようにそう口にしたりした。産む時だけでなくて、その前から母体も胎児も共に頑張っているのだと。だから、よく眠ってしまうのは大切な休養なのだと言い聞かせて、遊び足りない幼いエミリアを、よくこうして連れ出した。

「僕がママと出会ったのはね、彼女の家でパーティーがあった日だったよ。当時、僕達は互いに十歳で、うっかり足を滑らせた僕が、恥ずかしい事に彼女に抱き留められてしまって、小さい子ねって言われたのが、初めて交わした言葉だった」

「ママの方が、大きかったの？」

「女の子の方が、早く成長するからね。パパがママの身長を追い抜けたのは、それから六年が経って、ようやくだったよ」

幼馴染のような存在だった。けれど十六歳のある日、各地が大被害を受けたとある大きな嵐が起こって、彼は領地復興のため四年を費やして働き続けた。

そして、気付いたら二十歳を迎えていたという。

「一緒にもっと過ごせたらいいのに、という気持ちがなんであるのか、幼かった当時は分からなかったんだ。でも大人になって再会して、彼女と共に生きたいと思ったんだよ。心から愛する人のそばにいられる、家族になれる、これほどに幸せな事はないと知った」

大きな背中から下ろされて、再び手を繋いで歩いた。

「だから、共に生きたいと——そばにいて安らげるような、共に過ごしたいと思える人が出来たのなら、その人と一緒になりなさい」

「パパのお話、むずかしくてよく分からないわ」

「今は分からないかもしれない。でも、それでいいんだ、ゆっくり大人になりなさい。僕以上に君を愛する人が現れて、そして、君がその人を選んだのであれば、僕は門出を見送ろう。寂しくなったら、いつでも戻ってくればいいんだよ。僕はずっとここにいる」

さあ帰ろうか、と父が言う。

幼かったエミリアは、母が起きるタイミングをいつも分かっている彼は、きっと魔法使いなのかもしれないと思っていた。

「幸せにおなり、僕の可愛いエミリア」

時々甘やかすように、頭を撫でてくれる大きな手の温もりが、とても優しくて大好きだった。いつも父の後ろをついて歩いていた日々、きっと彼以上の『一番』なんて、ないと思っていた頃があった事を――その夢を見て、エミリアは思い出した。


大好きな自然溢れる領地で耳に馴染んだ、そよそよと風が吹き抜ける心地良い音を聞きながら、懐かしい夢から覚めて、ふっと目を開けた。

視線を感じて横に顔を向けると、眠る前と同じように、アルフレッドが隣で寝転がって頬杖（ほおづえ）をついてこちらを見つめていた。絵になるような美麗な顔は、とても穏やかな表情を浮かべている。

彼が「起きたの？」と柔らかな口調で言い、少し背を起こして、こちらを覗き込んできた。

僅かに細められた夜空色の瞳が、とても暖かくて優しげで、しばらくエミリアは、視界いっぱいにあるアルフレッドの顔を見つめていた。

周りの事情や雑念も全て取り払う、とジョシュアが言っていた事を思い返した。もしかしたら、これがそうなのかしらという胸の中の静けさを覚えながら、ぼんやりと彼だけを目に留めて、感じるままに考えてみた。

初めて彼と夜会に出席した時、あの眼差しで、他の誰かを見つめて欲しくないと思った。

彼以外の獣人貴族に求婚痣を贈りたいと言われた時、そこに彼以外の人の唇が肌に触れるのを想像して、どうしてか恥ずかしさよりも先に抵抗を覚え、彼が刻み残した物でないのであれば、眺めたくないなとも思わされた。

ここ数日は、穏やかな気持ちに包まれていた彼との一時を思い出しては、流れている時間を忘れて、彼がそばにいない事に落ち着かなくてそわそわした。そして、今は、何も知らなかった幼かった頃のように、心地良さと安心感に胸が満たされているのを感じている。

——私が好きなのは、君だけだからね。

——私が結婚したいのは君だけだよ、エミリア。

アルフレッドの顔を見ていたら、以前にそう言われた言葉が蘇った。

前回ここで偶然にも彼と会って、デートのように散歩がてら店まで送り届けられた。その後から、先程迎えられる前までそわそわとして、何かが足りないような心あらずの状態だったのは、この人がそばにいなかったからだと、エミリアは不意に気付かされた。

穏やかな気持ちなのに、胸がトクトクと鳴るのは、溢れるほどに心が満たされる幸福感のせいであったらしい。自分は、ただ目の前の彼のそばで、過ごしたいみたいだと分かった。

「私、あなたが好きだわ」

トクトクと心地良く感じる暖かい想いのまま、エミリアは難しく考えずそう口にしていた。

それはしっくりと胸の中に落ちてきて、これまでの全部の答えなのだと理解した。

いつからそう感じ出して、いつから『好き』になって、恋が始まっていたのかは分からない。もしかしたら一目惚れかもしれないし、もしくは会うたびに知る彼に、じょじょに惹かれていったのかもしれない。ただ、はじめからずっと、手の甲にされるキスが嫌だと感じた事など一度だってなかったのは確かだった。

「私は、アルフレッド様の事が好きよ」

胸に満ちる想いを確認するようにして、もう一度そう言葉にして出してみたら、安堵するほどにその通りだと分かって、エミリアはふわりと微笑んでいた。

安心しきった柔らかな笑顔を近くから見せつけられ、そのうえ好きだと二回も告げられたアルフレッドは、二回目の言葉を聞き届けた瞬間、冷静な真顔のままプチリと切れた。彼女の顔の横に腕を置いて、自分の下に閉じ込めて真剣な眼差しで見下ろした。

「キスするよ、いいね？」

「え」

拒否権もない問いかけの直後、彼の顔が近づいてきたと思ったら、少し触れるだけのキスをされていた。それはすぐに離れていったものの、頭を起こしたアルフレッドは今にも鼻先が触れそうな距離にいて、エミリアは大きな目で彼を見上げていた。

「改めて、この場で君に求愛したい。結婚を前提に、私の婚約者になって欲しい」

君の答えを聞かせて、と吐息混じりに囁かれた。

初めてのキスには少し驚いたものの、唇に残る小さな熱にはそれ以上の幸福感があった。彼と夫婦として暮らせるのなら素敵だろう、と思うだけでふわふわと心地良くて、エミリアはその気持ちのままに微笑んで「はい」と答えていた。

こちらを熱く見つめ返していたアルフレッドが、そっと左胸の上を指してきた。

「本当は今すぐにでも、婚約の証である正式な求婚痣を付けたい。君のここに、歯を立てたくてたまらないんだ」

教えるように、ここ、という言葉と共に指先でなぞられた。

獣人族は、婚約が決まったら大きな求婚痣を付ける、とは聞いて知っていた。獣の性質を持っている彼らは、それぞれの種族の本能的な求愛位置を『噛みたい』となるらしい。

歯を立てたい、という言葉に、エミリアは直接肌に口が触れるところを想像して頬を染めた。ここは大公園にある丘の頂上で、外だ。家族連れも出入りしている場所なのに、こんなところで首の後ろを少し噛まれた時のような事をされるのだろうか？

「あの、ここでするのは、ちょっと――」

「大丈夫だ、ここではしないから。私は大人で紳士でもある。本婚約の求婚痣を付けるのは、大事な二人だけの儀式だと知っている」

「儀式……？」

「大きく噛むから、きちんとした場所で二人だけでやるんだよ。獣人によって、正式な噛み位置はそれぞれだ。普段は晒さないところの場合も多いからね」

エミリアは、確かにそうだと感じて、外でそれをするところを思い浮かべてしまった自分に羞恥を覚えた。

視線をそむけてすぐ「とはいえ」と続けた彼の声が聞こえて、掌を重ねられて握り込まれた。自分よりも高い体温を覚えながら視線を戻してみると、こちらをじっと見据えているアルフレッドがいた。

「このままだと、私の熱が冷めてくれそうにない。だから少しだけ、恋人として君に触れてもいいだろうか?」

そう言った彼が、目尻にキスを一つ落としてきた。

エミリアは、そこに感じた唇の熱に、ビクリとしてしまった。まるでこちらの反応を窺うように、アルフレッドが寄せた耳に吐息をこぼして、それから今度はその手前にそっと口付けをされた。

「私は、君の全てが愛おしいんだ、エミリア。君と別れた後、私が一人でどれほど君を想って熱を持て余しているのか、知らないだろう」

耳元で囁かれた言葉を聞いて、男として触れたくてたまらないほど好きなのだと言われていると気付いて、エミリアはとうとう赤面した。愛おしい想いでされているのだと分かったら、余計に敏感になってしまい、続いて耳のすぐ前にキスをされて、ぶるりと小さく震えてしまう。

　恥ずかしいのに、その一つ一つのキスも満たされるような心地良さがあった。間を置かずに耳の下に唇が落とされて、啄ばむようなキスをされビクリとしても安堵感を覚えていて、押さえつけるように指を絡めて握る彼の手を、きゅっと握り返していた。

「エミリア、今のは平気？　怖かったら言って欲しい、すぐにやめる」

「ん、大丈夫。なんだかくすぐったくて……、ぁ」

「ここにも、恋人として触れたい」

　彼の頭が少し下がって、顎先に黒い髪がさらりと触れた。

　首筋に唇が押しつけられて、舐められているのか吸われているのか、それとも両方されているのか分からなくなった。ちゅくりとされるキスは優しくて、心地良くて、痺れる感覚に頭の芯がじんとする。

　アルフレッドが身体を半ば重ねてきて、両手で抱き締めて引き寄せられた。互いの衣服が擦れる音がしてすぐ、やや反って先程より露わになった首筋を、唇でゆっくり味わうように愛撫されていた。

　それが喉や耳の下へと移動するたび、彼の頭が動いているのが見えた。エミリアは目を閉じると、全身に感じる温もりに身を任せて、その逞しい背中に手を回した。

「明日にでも、両家に婚約の挨拶に行こう。そうしたら、私の屋敷で婚約の儀式を行わせて欲しい」

ここにするんだよ、と教えるように、服の上から胸の左上辺りを甘噛みされて、走り抜けた痺れにビクリとして「んっ」と背を反らせた。

きちんと両親に挨拶をして、婚約の許可を取ってからとするところに、彼らしい礼儀正しさを覚えた。不安や怖さは一つも感じなくて、再び首への愛撫を始めた素敵な獣人紳士であるアルフレッドに、エミリアは「はい」と答えて、ぎゅっと抱き締め返していた。

「正式に婚約が済んだら、その日に私に、あなたの大きな求婚痣を刻んでください」

それを聞き届けたアルフレッドは、たまらず彼女の肩口に頭を寄せて、強く抱き締めた。

「嬉しいよ、エミリア。私だけの特別な人」

もう一度だけ、キスをしていいかい。ほんの少し、触れるだけだから。

そう囁いた彼が、熱が宿る眼差しで見下ろしてきた。くらりとするくらいに美しくて、胸に愛おしさが込み上げたエミリアは、手触りのいい髪に指を埋めるように両手で抱えて「キスして」と、自分から引き寄せて目を閉じていた。

終章　そして、二人

めでたい事に、親友であり副業店の経営仲間であるエミリアが、昨日、黒兎伯爵アルフレッド・コーネインと正式に婚約した。

店の掃除を済ませたダニエルは、普段は彼女が腰かけている丸椅子に座って、いつもならエミリアが出勤している普段の時間を思いながら、扉の方を眺めていた。本日は珍しく無精髭も丁寧にそられていて、少し若々しさが覗く。

「今日は婚約儀式明けだから、来られないだろうなぁ」

「だろうな。というか昨日は両家だけじゃなくて、わざわざ僕らのところにも挨拶に来るなんて、まったく律儀な二人だよね」

ジョシュアはそう相槌を打ちながら、棚から見繕った参考になりそうな数冊の資料を、栞が挟まれたスケッチブックの上に重ね置いた。他にも何かなかっただろうか、と口にして、黄色味かかった大きな丸い獣目で、物が多い店内を見回す。

元気な姿が見られるのは明日以降か、と少しだけ寂しそうに呟いたダニエルは「まっ、次に来た時には、盛大に祝ってやらねぇとな」と気を取り直すように膝を叩いて、本日は刺繍もされた淡いカラードレスを着たジョシュアに目を向けた。

「今度は、お前の番なんだろうなぁ。あと二、三年したら『成長変化』を迎えて、成人する訳だし？」

「その計算だと、ダニエルは四十一歳か四十二歳になってるぞ。お前の方こそ先なんじゃないか？」

「ははは、俺は結婚なんて出来ないだろうし、今のままだろうな。何せ、顔がいい訳でも上品さもねぇからな」

ダニエルは、自分で言っておいて腹を抱えて笑った。胸ポケットに手を伸ばしかけて、

「おっと違ったわ」と独り言を言い立ち上がると、カウンターの隅に置いてある容器から、飴玉の小包を一つ取り出して口に放り込む。

愛想のない真顔で、ジョシュアは「なぁ」と彼を呼んで問い掛けた。

「なんで煙草をやめたんだ？」

三年前は答えをはぐらかされていた。それなのに、振り返ったダニエルはきょとんとした顔で、考える間も置かず口を開く。

「なんでって、お前とエミリアがいるからに決まってるだろ」

そう答えた彼は、カウンターの横の戸棚に掛かっている時計に目を留める。

ジョシュアは、三年前とほとんど変わらない、長身の痩せたその後ろ姿を見つめていた。いつもダニエルは、頬に掛かる少し長めのくすんだ赤毛の邪魔な部分を、簡単にすくって後ろで

軽く結んでいる。だらしがないと誰もが言うけれど、彼の眼差しは活気に満ちて芯がある強さを宿していた。

「…………もしかしたら本当に、僕の『運命の相手』って、案外身近にいる誰かさんかもしれないね」

ぽつりと呟いたジョシュアは、丸椅子に戻るダニエルに「なんか言ったか？」と尋ねられ、しれっとした様子で「別に」と答えて言葉を続けた。

「ひとまず、今日はエミリアが言っていた、ウェディングの客の件を全力でやる。昨夜も言ったが、僕が入手した情報だと、彼女の婚約者はベアウルフ侯爵家の嫡男の『狼隊長』だ。良かったな、ダニエル、どんな奴か見てみたいと言っていただろ」

「あ〜っと……昨日飲みすぎて、その辺の記憶は曖昧なんだが…………」

「ちッ、演奏直後に『婚約祝いだ』とか言って、散々飲んで騒ぐからそうなるんだ」

その時、カラン、と店の鐘が鳴った。

軍服に身を包んだ二メートル近くはあろうかという大きな獣人族の青年と、その傍らにちょこんと立つ少年の格好をした、それでも女の子だと分かる可愛らしい顔の少女の姿を認めて、ジョシュアはニヤリとして「来たみたいだな」と腰を上げた。

※

その頃、エミリアはコーネイン伯爵邸の寝室のベッドにいた。目を覚ましたのはつい先程で、いつも通り起き上がろうとして、ぐったりとベッドのシーツに逆戻りしたところである。

昨日は、両家と親友に婚約の挨拶に行き、アルフレッドと一緒に必要な書類を役所に提出して、その足で伯爵邸に行った。

夕刻前という早い時刻に湯浴みを済ませた後、痛みを覚悟のうえで婚約の証である正式な求婚痣を刻むべく『初夜の前の婚約式』に臨んで、寝室のベッドで彼と向かい合った。深く噛むためそれなりに痛みはあるので、それを和らげるためにも時間を掛けてゆっくりやってもらったのだが――

なんというか、エミリアが想像していた物とかなり違っていた。思い出すのも恥ずかしいくらい濃厚だった、としか言えない。

用意されていた夜着は、服越しなのに体温を生々しく感じ取れるくらい薄い物だった。はじめは向かい合って座っていたはずなのに、気付いたら圧しかかられていて、彼が少し上で動くたび密着する逞しい身体を感じて、まるで肌触りを確かめられているような錯覚までした。

アルフレッドは、とても優しくて丁寧だった。

多分、そのせいもあって、慎重過ぎる対応に出られたようだ。おかげで、たっぷり時間を掛けて広範囲で肌を愛撫された。痛みをそらすためには必要な事だよ、と覗いている部分の肌にキスを落とされて、吸われたり舐められたりした。

何故か途中、指先をパクリと口に含まれたのだが、噛む位置に関係があったのだろうか、とそこについては疑問を感じていた。頭の芯が痺れて呼吸もままならなくなって、記憶が曖昧なところもあるけれど、なんだか夜着の上から、胸までやわやわと揉み解されたような……。

左胸の上を噛まれた時は、それなりに痛みは感じた。けれど、痺れるような刺激が腰まで走り抜けて、頭の芯が蕩けてしまうみたいな気持ち良さが上回り、まるで自分ではないような甘える声を上げたのは覚えている。

エミリアは、貴族令嬢として基本教育は全て受けていたから、あの行為がどんなものに含まれるかくらいは知っていた。身体を重ねた状態でされる触れ合いに心地良さを覚え、最後の疲労感は幸福感に包まれてもいた自覚もあったから、思い返すと余計に恥ずかしい。

本当に優しすぎて困る。触れてくる手や、唇の動き一つ一つが、大切にするからと伝えてきて、エミリアは始まって早々に全てを彼に預けていた。唇へのキスも、宥めるように触れる程度で、とても優しくて安心出来たのだ。

その間、アルフレッドがこちらの反応を見ながら「気持ちいい？」と、まるで計ったタイミングで確認してきたのは羞恥を煽られて、大変困ったけれど。

とはいえ、指先一つさえ重く感じるとは、一体どういう事だろうか。

うつ伏せていたエミリアは、どうにか腕で身体を支えて頭を起こした。なんだかひどく気だるいというか、身体に力が入らない。

広々とした見慣れない寝室を見回して、窓のカーテン越しに明るい日差しがこぼれている事に気付いた時、隣でシーツが擦れる音が聞こえた。振り返って目が合った途端、起きたアルフレッドが、愛おしくてたまらないと言わんばかりに、柔らかな微笑を浮かべていた。

「おはよう、エミリア」

「あの、えぇと、おはよう……？」

彼だけ疲れていないというか、艶々として肌の調子も良さそうで元気たっぷりに見えるのは、自分の気のせいだろうか、とエミリアは小さな疑問を覚えた。

アルフレッドは、足腰が立たなくなっているらしい彼女の様子を、じっくりと眺めた。ベッドに座ると「おいで」と言いながら、まだ身体に倦怠感があるエミリアを抱き寄せて自分の膝の上に乗せ、夜着の胸元から覗く、大きな求婚痣の紋様の一部にキスをした。

傷跡のように敏感になっていたから、エミリアはピクリと反応してしまっていた。つい無意識に腰が逃げるものの、彼がしっかり腕を回して離してくれず、薄い夜着の上にその指先の高い体温まで感じた。

「ぁっ、待って、なんで続けてキスしてくるの——んんっ」

「君のここに、私の求婚痣が大きく咲いているのが、嬉しくてたまらないんだ。紋様の全部にキスをしたくなるよ」

「全部にキスするの⁉　恥ずかしくて死んじゃうから、ストップ！」

　首回りの大きな夜着が、肩から滑り落ちそうにもなって焦りが込み上げ、エミリアは慌ててアルフレッドの頭を押し返した。

　すっかり平気で触れてこられるようになった様子を見て、アルフレッドはクスリと笑い、白く伸びるその腕にもキスをした。腕の中で小さくはねた彼女に気付くと、甘えるように肩口に頭を埋めて、ぎゅっと抱き締めた。

「すまない、君が愛らしい反応をするものだから、つい」

　そう告げられたエミリアは、もうこれ以上はしないからと宥められて、その腕の中で大人しくなった。恥ずかしいけれど、やっぱり好きだという気持ちがストレートに伝わってきて、改めて好きだなぁと思って、つい抱き締め返してしまっていた。

　片方の肩の夜着が少しずれ落ちて、アルフレッドが軽く触れる程度に唇を滑らせてきた。小動物が匂いを嗅いで、鼻先を触れさせるような様子だった。

「ん？　ちょっと待って。アルフレッド様、もしかして本当に匂いを嗅いでる？」

「食べてしまいたいくらい、甘い『匂い』だ」

「えぇと、あの、メイドさん達が用意してくれた湯だったんだけど……」

「ここにキスをしてもいいかな」

　それくらいの甘えであれば、あっさり許してしまうようになっていたから、エミリアはちょっと困ったように笑いながらも「一回だけよ」と答えて好きにさせた。昨晩、もっと恥ずかしいくらい舐められて吸われて、そのうえ密着度もすごかったせいかもしれない。

肩口にそっと唇が落とされた後、抱き締めていた腕が緩められて、エミリアは彼の足の上に座ったまま、アルフレッドと近くから見つめ合った。改めて向かい合ったら、昨日両親に挨拶した際『結婚します』と口にした事が思い出されて、照れて互いに笑ってしまった。

「エミリア、今のうちに練習しておこうか。夫婦は、目覚めたら朝のキスをする」

そう言って、アルフレッドは彼女の頬へキスを贈った。

エミリアはくすぐったさを覚えつつ、昨夜にそんな事を話していたのだったと思い返した。自分からするのは恥ずかしさもあったものの、同じように好きよと伝えたくて、気付いたら彼の頬へ押しつけるだけのキスを返していた。

すると、言い出したはずのアルフレッドが、数秒ほど沈黙した。「ふぅ」と息を吐いたかと思うと、甘えるように胸元に頭を預けて、再びぎゅっと抱き締めてきた。

「ああ、まずいな。君が愛おしすぎる」

温もりを確認するように顔を擦りつけてくる彼の髪が、胸元が大きく開いた夜着から覗く肌に触れて、少しくすぐったかった。人懐っこい小さな黒兎を想像したら、なんだかやっぱり兎っぽい気がして可愛くも感じ、エミリアは手触りのいいその頭を撫でてしまった。

ふと、求婚痣は、初夜を迎えたら消えるという内容を思い出した。これがなくなる代わりに何かあるらしいけれど、そういえば、なんだったのかを確認していないままだった。

「アルフレッド様、初夜を迎えたら求婚痣は消えてしまうと聞いたのだけれど、なくなったらどうなるの？」

「お互いの身体に、夫婦である事を示す同じ紋様が刻まれる」

「また噛むの？」

「いいや、夫婦の証については、噛んで出来るものではないよ」

柔らかく微笑(ほほえ)んだアルフレッドが、そこでやんわりと言葉を切った。エミリアは深く考えず、続いては本婚約の期間について、教えてもらった内容を思い返していた。

「つまり結婚までは、恋人として過ごすのね」

それまでに、彼の新たな一面をもっと探していきたい。だって、彼の全てを受け止めて、その全部を好きになりたいのだ。妻となる前に、まずは恋人として知っていく楽しみもあった。

自分で確認するように言うエミリアの、その大変愛らしい姿を目に焼きつけるように眺めながら、アルフレッドは冷静な表情の下で、どうしたものかと真剣に考えていた。

はたして結婚式の日まで、我慢出来るのだろうか……。

いや、紳士としては我慢しなければならないだろう。婚前に処女をもらってしまう事があってはならない。

　アルフレッドはそう思いながら、柔らかい彼女の胸にちゃっかり頭を押しつけて、結婚の日取りを出来るだけ早めてもらう方法を思案した。真面目な顔の下で、やっぱり一番目の子供は女の子がいいな、と考えていた。

番外編～すっかり懐いた新規常連のお客さん～

KUROUSAGIHAKUSYAKU NO DEKIAIKYUUKON

「すっかり居着いちまったなぁというか、なんというか……。つか、狼（おおかみ）の獣人族に向かって『お座り』ってのは、ウケたけどさ」

カウンターに頬杖（ほおづえ）をついていたダニエルが、先日に初めて相談で訪れていた、とある客人を見てそう言った。丸椅子（いす）に腰かける薄い桃色の、これまた豪勢なドレスに身を包んだジョシュアの隣には、治安部隊の軍服姿の少女が座っている。

男の子の格好をしている彼女の名前は、カティルーナ・バウンゼン。ルーナというのがきちんとした愛称であるらしいが、どうしてか男性名の愛称として受け取られる『カティ』と自己紹介してきて、ひとまずはそう呼ぶ事にしていた。

彼女の婚約者は、なんと王都警備部隊の『狼隊長』と呼ばれている青年である。初回の訪問時を思い返して、ダニエルは「なんとも面白い組み合わせだよなぁ」と、王都の端だというのに、一週間のうちで四回目の来訪となったその少女を垂れた目で見やった。

すっかり乗合馬車にも慣れて、冒険心でも満たされるかのように遠出を楽しんでいる節があるらしいその少女が、こちらを見て「ん？」と愛嬌（あいきょう）のある顔を傾（かし）げる。

「エミリアさんに、会えるかなと思って」

「そんでさ、うちのエミリアにめちゃくちゃ懐いてるよな。なんかさ、わくわくしたその表情を見ていると、出会い頭の好印象がなんだったのか、おじさんとしては訊きたいような、聞きたくないような気がしてくるんだわ」

そう言いつつも、ダニエルはエミリアがやっているように、カウンターの上にあった小瓶から飴玉の包みを一つ取り出して、長い腕を伸ばしてカティに手渡していた。途端に彼女が「わぁ、ありがとう！」と瞳を輝かせて、それを口に放り込む。

ジョシュアがその様子を見て、それから何も言わないまま親友へと目を戻す。成長期で歯が痒いのか、美麗な顔をしているというのに、相変わらず無愛想な顰め面で「エミリアからの飴玉、僕にも寄越せ」と短い台詞でしっかり主張してきた。

まるで二人の子供の世話をしているようだ、と思いながら、ダニエルは親友に慣れたようにそれを投げ渡した。そこでハタと我に返り「じゃなくて」と、つい話が脱線してしまった事に気付いて話を戻した。

「いや君が来るとさ、なぁんかもれなく、騒ぎが引っついてくるって言うか」

「この前の治安部隊の奴らは、実に煩かったな」

飴玉をガリガリと噛み砕きながら、ジョシュアが同意の声を上げる。再び視線を戻して、スケッチブックに描かれ始めた下絵を、カティが興味津々に覗き込んだ。

「あっ、これ私とエミリアさんだ！」

「よく気付いたな」

「だって、この前の風景を切り取ったみたいだから、分かるよ。エミリアさんと恋のお話まで出来るとは思わなかったから、楽しくって」

店に初訪問した後、彼女の婚約を知ったカティがそう言う。ジョシュアが「ふむ。『お話』ね」と適当な調子で相槌を打って、ぼそりと「恋というより、君達の場合は食の話がほとんどだろう」と個人的な感想を口にした。

そう言えばこの前は、最終的には手作りのサンドイッチをエミリアが教えていたな、とダニエルも思い出した。彼女手製のそれは美味で、よく手土産でもらって食べていた。

今月内に、エミリアの弟のセリムと、カティを含めたメンバーで、近々ここでちょっとしたサンドイッチ・パーティーでもしようか、という提案がされたのは二日前だ。その時に、彼女の婚約者となった『黒兎伯爵』のアルフレッド・コーネインが、護衛騎士の軍服でやってきて、通りかかったからと顔を覗かせていたが、そんな訳ないだろうと思ったものである。

つか、どうやったら王都ド真ん中の王宮から、この王都の端に『通りかかる』事があるんだよ、とダニエルは心の中で突っ込んだが、エミリアが全く気付いていない様子だったので口にはしなかった。顔が見られて嬉しそうだったし、まぁいいか、とは思っているが。

しかしだなぁ、と彼は頬杖をついて、悩ましげに言葉をこぼした。

「まだ一度も起こっていないとはいえ、俺としてはさ、狼隊長と黒兎伯爵が鉢合わせたら、とんでもねぇ事になるんじゃないかって予感も、拭(ぬぐ)えないっつうか」

先日に治安部隊と鉢合わせたアルフレッドが、何故(なぜ)か即、素手での勝負を挑もうとしていた。そのうちの一人が、顔見知りでもあったのか「またあんたかよ！」と叫んでいたのが、どういう意味だったのか、少し気になっていたりする。

しかし、そんなダニエルの発言を、誰(だれ)も聞いていなかった。店の扉の開閉音がしたと思ったら、エミリアが出勤してきたからだ。

自身の弟とほぼ同じ年頃(としごろ)のせいか、カティを甘やかしている彼女の手には、予備で置いておこうという魂胆が筒抜けの菓子袋があった。昨日、学校が早目に終わって顔を出していたセリムが、一昨日食ったやつがあるッ、と喜んで食べていたのをダニエルは思い出した。

「うーん、一歳差でここまで変わるものなのか」

「おい、今、僕とセリムと比べただろ。あいつが子供過ぎるんだ」

またしても消しゴムが額目がけて飛んできて、ダニエルは「いてっ」と声を上げた。

店に入ってきたエミリアが、彼を睨(にら)みつけジョシュアの隣にいたカティと目を合わせて、にっこりと笑いかける。

「あら、来ていたのね」

「こんにちは、エミリアさん！」

「うふふっこんにちは、カティちゃん。今日も可愛(かわい)いわねぇ」

エミリアは答えながら歩き、振り返ってニヤリとして手を上げてきたジョシュアと、カウンターにいたダニエルに挨拶をした。持っていた菓子袋を彼に預けつつ、続けて彼女に尋ねる。

「今日はお仕事、大丈夫なの？」

「この前の残業の代わりに、急きょ午前中が休暇になったから、馬車に飛び乗ってみました」

「なんで敬語？」

まぁ楽しそうだからいいか、とエミリアは口にして、元気いっぱいに挙手して答えたカティに目を留めて笑った。

ダニエルは、いやいやいやと顔の前で手を振って、「それは問題だろう」と思わず突っ込んでいた。ジョシュアが「じっとしていられないタイプの子らしいな」と、自分と背丈が変わらない彼女を見やる。

「だからさ、俺としては二人の婚約者が顔を合わせるのは、ちょっとまずいんじゃないかなぁと思わないでもないというか――」

将来は妻の尻に敷かれそうな、意外にも従順で『待て』がきく狼隊長の青年を思い返しながら、ダニエルはたまらずそれを伝えようとした。

何せ彼が、婚約者になったばかりのアルフレッドと同様に、予定もなくここに足を運んでくる可能性は、ゼロではないと思うのだ。少しでも離れて姿が見えなくなると、気になって仕方がないというように捜しに来るんじゃないか、という想像がされている。

その時、入口に目を留めて、ダニエルは言葉を切った。

不意に台詞が途切れた事に気付いて、ジョシュアが顰め面で振り返る。その様子を見て、エミリアはカティと共にそちらへと目を向けたところで、「あ」と声を揃えていた。

そこには、同時にピタリと動きを止めていた、両者の獣人族の婚約者の姿があった。

ちょうど店に入ろうとしていた長身の大柄な、王都警備部隊の軍服姿の青年『狼隊長』レオルドと、護衛騎士の軍服に身を包んだ『黒兎伯爵』アルフレッドが、互いの顔を見て沈黙する。

どちらも真顔なので、一体何を思っているのか分からない。

ダニエルは、初対面だろうという認識のもと、カウンターからそろりと立ち上がってそちらへと向かった。危機感に対する察知能力が低いらしいエミリアと男装少女に代わって、出会い頭に喧嘩に持ち込まれないよう事情を説明すべく、間に入ろうと思った。

あとがき

百門一新と申します。このたびは、多くの作品の中から本作をお手にとって頂きまして、誠にありがとうございます。

デビュー作『獣人隊長～』から始まった獣人シリーズも第三弾となりました！　いつも楽しくお読み頂いている皆様、本当にありがとうございます。今回も新たなカップリングでお届けしている本作ですが、第二弾と同じように「あっ、このキャラは！」というメンバーも色々と登場しておりますので、楽しんで頂けましたら幸いです。

今回はプロットを作った際、穏やかな恋のお話になるんだろうなぁ（微笑み）と思っていたのですが、追加シーン（人物も）が増えて最後に仕上がった原稿を改めて読み返してみたら、読み切りとしては有り得ないキャラ同士のＶＳになって「ん?」と。

本作のイラストを担当してくださいました、春が野かおる様。とっても素敵なイラストを、本当にありがとうございました！　また、前作に引き続きご指導くださいました担当編集者様、本作にかかわった全ての方々に深く感謝申し上げます。

また、この場で会える事を願いまして。

百門一新　２０１８年12月

IRIS
ICHIJINSHA

黒兎伯爵の溺愛求婚
獣人伯爵様は、自称紳士な武闘派兎さんでした

2019年２月１日　初版発行

著　者■百門一新

発行者■野内雅宏

発行所■株式会社一迅社
〒160-0022
東京都新宿区新宿3-1-13
京王新宿追分ビル5F
電話03-5312-7432（編集）
電話03-5312-6150（販売）

発売元：株式会社講談社
（講談社・一迅社）

印刷所・製本■大日本印刷株式会社

ＤＴＰ■株式会社三協美術

装　幀■小沼早苗(Gibbon)

ISBN978-4-7580-9141-1

この本を読んでのご意見
ご感想などをお寄せください。

おたよりの宛て先

〒160-0022
東京都新宿区新宿3-1-13
京王新宿追分ビル5F
株式会社一迅社　ノベル編集部
百門一新 先生・春が野かおる 先生